AF291028

plaisir
d'amour

FSC
www.fsc.org
MIX
Papier aus ver-
antwortungsvollen
Quellen
Paper from
responsible sources
FSC® C105338

SAWYER BENNETT

DOMINIK

ARIZONA VENGEANCE

Sawyer Bennett
Arizona Vengeance Teil 6: Dominik

Aus dem Amerikanischen ins Deutsche übertragen
von Julia Weisenberger

© 2020 by Sawyer Bennett unter dem Originaltitel
„Dominik (Arizona Vengeance, Book #6)"
© 2022 der deutschsprachigen Ausgabe und Über-
setzung by Plaisir d'Amour Verlag, D-64678 Lin-
denfels
www.plaisirdamour.de
info@plaisirdamourbooks.com
© Covergestaltung: Sabrina Dahlenburg
(www.art-for-your-book.de)
© Coverfoto: Shutterstock.com
ISBN Print: 978-3-86495-550-1
ISBN eBook: 978-3-86495-551-8

KAPITEL 1

Dominik

Es gibt Leute, die glauben, mich zu kennen. Sie sehen einen Mann, der großzügig mit seinem Geld und seiner Aufmerksamkeit umgeht, und denken, dass sie mich beherrschen können. Sie irren sich.

Ich bin schon hellwach, als mein Wecker um acht Uhr klingelt. Da heute Samstag ist, habe ich mir den Luxus gegönnt, über meinen normalen Weckruf um sechs Uhr hinaus zu schlafen. Ich lasse ihn noch ein paar Augenblicke weiterschellen, was die Frau neben mir aufschrecken lässt, bevor ich ihn endlich ausschalte. Ich drehe mich auf die Seite und sehe sie an.

Eine typische südkalifornische Lady mit goldenem Haar und einem fantastischen Bikinikörper. Sie streckt sich, schlägt die Augen auf – wunderschönes Babyblau – und lächelt. Ihre Stimme ist heiser vom Schlaf. „Ich denke, wir sollten brunchen gehen und dann vielleicht an der Küste entlangfahren."

Sie kennt mich überhaupt nicht.

Um sie von der Vorstellung abzubringen, dass wir den Tag zusammen verbringen werden, rolle ich mich von der Matratze. Ich schnappe mir meinen Bademantel vom Fußende des Bettes, ziehe ihn an und werfe ihr einen mitfühlenden Blick zu. „Ich fürchte, ich muss heute arbeiten."

„Aber es ist Samstag." Schmollend streckt sie sich erneut ausgiebig, sodass das Laken bis zu ihrer Taille rutscht. Ich lasse meine Augen nicht einmal zu ihren Brüsten schweifen.

Ich binde den Gürtel des Bademantels zu. „Trotzdem ein Arbeitstag für mich."

„Ich bin sicher, dass mir etwas einfällt, damit es sich für dich lohnt." Sie nimmt eine sexy Pose ein. Zugegeben, das ist ein wenig verlockend.

Doch als es an meiner Schlafzimmertür klopft, bin ich sofort wieder bei der Sache. „Kommen Sie rein, Mrs. Osborne."

Die Tür schwingt auf, und meine Assistentin kommt herein, ihr iPad und den Bluetooth-Stift gezückt und bereit, sich Notizen zu machen. Die Frau im Bett zieht schnell das Laken über ihre Brüste. Sie wirkt schockiert.

Mrs. Linda Osborne ist siebenundfünfzig und seit neun Jahren meine Assistentin. Auch wenn ich ständig darauf bestehe, dass es keine Kleiderordnung gibt, kleidet sie sich jeden Tag auf die gleiche Weise: in einen schwarzen Hosenanzug, darunter eine strahlend weiße Bluse mit Kragen, und bescheidenen fünf Zentimeter hohen Blockabsätzen. Ihr graublondes Haar ist im Nacken zu einem strengen Knoten gebunden. Sie trägt immer eine Hornbrille auf dem Nasenrücken, die mit einer unscheinbaren Metallkette um ihren Hals gehalten wird.

„Ihr Fahrer wird Sie in einer halben Stunde zu den ESPN-Studios bringen", liest sie vom iPad-

Bildschirm ab. „Danach kehren Sie hierher zurück, um Ihr Interview und Ihr Fotoshooting für den *Rolling Stone* zu machen. Ihr Flugzeug steht bereit, um Sie danach nach Phoenix zu fliegen."

Ich nicke ihr kurz zu. „Danke schön. Können Sie jemanden schicken, der meine Sachen aus der Reinigung abholt?"

„Schon erledigt." Mrs. Osborne winkt der Frau in meinem Bett. „Kommen Sie mit, meine Liebe."

Der Blick der Blondine schnellt in meine Richtung und sie zieht die Augenbrauen hoch. Sie scheint leicht beleidigt zu sein.

„Mrs. Osborne ist meine Assistentin", sage ich mit einem Lächeln. „Sie wird dafür sorgen, dass du sicher nach Hause kommst."

„Aber ich dachte …"

Mit einem Kopfschütteln schiebe ich ein Knie auf die Matratze und beuge mich vor, um ihre Hand zu nehmen. „Letzte Nacht war großartig, aber ich werde die nächsten Wochen auf Reisen sein. Vielleicht können wir uns treffen, wenn ich im Juni zurückkomme."

„Juni? Aber es ist April", jammert sie, und ich versuche, bei ihrem Tonfall keine Grimasse zu schneiden.

„Und es sind Play-offs", erwidere ich fröhlich. Ich lasse ihre Hand los und erhebe mich vom Bett.

„Play-offs?"

Ich werfe Mrs. Osborne gerade noch rechtzeitig einen Blick zu, um zu sehen, wie sie mit den Augen rollt. Ich beiße mir auf die Innenseite der

Wange und versuche, nicht zu lachen.

Die Blondine setzt sich auf und hält weiterhin das Laken fest. „Aber ich dachte, dein Team hätte in den Play-offs verloren."

Sie redet von meinem NBA-Team, den Los Angeles Quakes. Sie haben letzte Woche in der ersten Runde verloren, was eine große Enttäuschung war. Aber ich habe einen divenhaften Superstar, der ein bisschen runtergeholt, und ein Trainerproblem, an dem gearbeitet werden muss. Ich hoffe, dass die nächste Saison besser wird.

Um ehrlich zu sein, habe ich die Quakes aus meinem Gedächtnis gestrichen und mich stattdessen voll und ganz auf mein professionelles Eishockeyteam konzentriert: die Arizona Vengeance. Sie sind ein Expansion Team, das ich letztes Jahr gekauft habe, und sie sind im Rennen um die Meisterschaft. Dass ein Expansion Team so gut abgeschnitten hat, ist praktisch einmalig, und die Sportwelt spricht gerade über sie. Das ist der Grund, warum ich heute Morgen ein Interview in den ESPN-Studios habe.

In den nächsten Wochen setze ich darauf, dass mein Team es bis ins Finale schafft.

Dafür braucht es vier Runden.

Sie müssen zwei Runden in ihrer Division, die Endrunde in der Conference und dann das eigentliche Finale um den Cup überstehen. Jede Runde wird im Best-of-Seven-Modus gespielt. Im Moment haben wir aufgrund unseres Tabellenplatzes das Heimrecht. Das bedeutet, dass die ersten beiden der sieben Spiele in Phoenix ausgetragen werden, die nächsten beiden dann in der Arena des Gegners. Die letzten drei werden abwechselnd zu Hause und auswärts ausgetragen.

In der ersten Runde treffen wir auf die Seattle Storm, die mit dem heißesten Rookie in ihrer ersten Reihe und einem erfahrenen Torwart ein sehr starker Gegner sind.

Aber ich spüre, dass der Sieg zum Greifen nah ist. Tief im Inneren bin ich zuversichtlich, dass wir ihn erringen werden.

Mrs. Osborne fängt an, die Kleidung der Frau aufzusammeln, ein Zeichen, dass sie sich beeilen muss. Sie ist ein Juwel – meine Mrs. Osborne – und meine vertrauenswürdigste und am meisten geschätzte Mitarbeiterin. Es ist nicht das erste Mal, dass sie mich von einem Übernachtungsgast befreien muss, damit ich meinen Tag in Angriff nehmen kann, und das macht sie unersetzlich.

Ich neige den Kopf zu der Blondine in meinem Bett, die sehr verwirrt wirkt. „Danke für den schönen Abend, Tamara."

Angesichts meiner abrupten Abfuhr heute Morgen scheint sie fast überrascht, dass ich mich an ihren Namen erinnere.

Aber das tue ich natürlich.

Wenn eine Frau bei mir ist, hat sie meine ungeteilte Aufmerksamkeit. Ich höre aufmerksam zu und merke mir jedes Detail, das sie mir erzählt.

Werde ich mich nächste Woche noch an sie erinnern?

Wahrscheinlich nicht.

Ohne einen Blick zurückzuwerfen, gehe ich durch mein Hauptschlafzimmer ins Badezimmer. Meine Gedanken sind jetzt bei einer anderen Frau.

Ich habe weder ihren Namen noch ein einziges Detail vergessen.

Willow Monahan ist absolut unvergesslich.

Sie ist die Schwester von einem meiner Starspieler der Vengeance – Dax Monahan. Wir hatten ein paar Begegnungen, und wenn ich „Begegnung" sage, dann meine ich ein spektakuläres Zusammentreffen zweier Menschen mit explosiver Chemie. Leider frustriert sie mich allerdings gerade sehr, weil sie mich inzwischen vollkommen ignoriert.

Sie ist zu einer kleinen Herausforderung geworden, die ich aber zu meistern gedenke.

Innerhalb einer knappen Viertelstunde schaffe ich es, mich zu duschen, zu rasieren und einen maßgeschneiderten Anzug mit einer blau-grünen Krawatte in den Farben der Arizona Vengeance anzuziehen.

Als ich in die Küche komme, wartet Mrs. Osborne mit meinem Kaffee und einem tadelnden Blick. „Ihre Freundin war ziemlich verärgert. Vielleicht wäre es einfacher, wenn Sie sie in ein Hotel bringen würden. Auf diese Weise könnten Sie ohne Konfrontation gehen."

Ich nehme die dampfende Tasse Kaffee von Mrs. Osborne und schenke ihr mein liebenswürdigstes Lächeln. „Aber ich liebe mein Haus. Ich liebe mein

Bett. Außerdem habe ich Sie."

Mrs. Osborne schnaubt, als ich mich auf den Weg zum Esstisch mit Blick auf den Pazifischen Ozean mache. Warum sollte ich irgendwo anders sein wollen?

Ich setze mich, während sie ihre eigene Tasse Kaffee vom Tresen holt und sich zu mir setzt. „Es ist gut, dass Sie mir ein exorbitantes Gehalt zahlen."

„In der Tat", murmle ich und scrolle auf meinem Smartphone durch die Schlagzeilen.

„Es gibt nur noch ein paar Dinge, die ich mit Ihnen durchgehen muss, bevor Sie gehen", sagt sie und deutet wieder auf etwas auf ihrem iPad. „Ich habe eine Erinnerung für Ihre jährliche Spende an das Miller House. Wie viel möchten Sie dieses Jahr spenden?"

„Fünf Millionen", antworte ich, ohne mit der Wimper zu zucken. Nachdenklich nehme ich einen Schluck von meinem Kaffee. „Und wir sollten dieses Jahr einige neue Stipendien einrichten. Eine weitere Million sollte genügen."

„Verstanden", erwidert sie und macht sich mit ihrem Bluetooth-Stift ein paar Notizen.

„Ich kann auch bestätigen, dass Ihre Möbel in das neue Haus in Phoenix geliefert worden sind. Möchten Sie, dass ich mir die Freiheit nehme, heute einige Lebensmittel und andere wichtige Dinge zu besorgen?"

„Das wäre großartig. Danke."

Es mag eine extravagante Anschaffung sein, aber ich hielt ein Haus in Phoenix für eine gute Investition. Ich werde in den Play-off-Monaten sehr viel Zeit dort verbringen. Außerdem setze ich große Hoffnungen in dieses Team für die kommenden Jahre. Ja, achtzehn Millionen für eine 1000-Quadratmeter-Villa auf den Tisch zu legen, mag ein wenig übertrieben erscheinen für ein Haus, in dem ich wahrscheinlich nur ein Viertel des Jahres wohnen werde, aber ich bin milliardenschwer. Das ist nur ein Tropfen auf dem heißen Stein.

Es klingelt an der Tür und Mrs. Osborne erhebt sich. „Das wird Ihr Fahrer sein."

Während sie geht, um aufzumachen, nehme ich noch einen Schluck von meinem Kaffee. Die Fahrer kommen immer etwas früher, damit ich Zeit habe, auszutrinken. Wären sie jedoch pünktlich gewesen, hätte ich mich gezwungen, zu gehen. Ich bin nie zu spät bei einem Termin, was für mich als Geschäftsmann unglaublich wichtig ist.

Ich rufe meine SMS auf meinem Handy auf und suche nach der letzten, die ich Willow geschickt habe. Das war vor drei Tagen, und sie hat immer noch nicht geantwortet.

Sie antwortet nie – außer, um mir mitzuteilen, dass ich sie nicht mehr belästigen soll.

Das ist so nervig. Oft juckt es mir in der Handfläche, weil ich ihr den Hintern versohlen will.

Ihre „Unnahbarkeit" hält mich jedoch nicht davon ab, eine weitere Nachricht zu verfassen.

Ich: Ich fliege heute nach Phoenix. Abendessen?

Ich erkläre nicht, woher ich weiß, dass sie von ihrer Arbeit im Kosovo zurückgekehrt ist. Sie ist Fotojournalistin und wohnt im Haus ihres Bruders in Phoenix. Ich habe mich bei einigen meiner Spieler der Vengeance so beliebt gemacht, dass sie mir diese Informationen haben zukommen lassen. Diese spezielle Info kam direkt von Bishop Scott, dem Kapitän des Teams. Ich nehme an, dieser kleine Gefallen war ein überfälliges *Dankeschön* dafür, dass ich ihm letztes Jahr meinen Privatjet geliehen habe, damit er seiner Verlobten durch das Land nachjagen konnte.

Ja, es ist gut, dass mir einige von der Vengeance bei Willow helfen. Gott weiß, dass ihr Bruder Dax mich nicht unterstützen wird. Wenn ich Willow schon für nervig hielt, weil sie sich weigerte, mit mir zu reden, dann ist er zehnmal schlimmer in seiner Verachtung für mein Interesse an seiner Schwester.

Aber er geht mich nichts an. Auch wenn er immer wieder deutlich gemacht hat, dass er will, dass ich seine Schwester in Ruhe lasse, bin ich nun mal sein Chef und kann tun, was ich will.

Allerdings kann ich beim besten Willen nicht verstehen, warum Willow mich nicht wiedersehen will. Die beiden Male, die wir zusammen waren, waren weltbewegend – nicht nur für mich, sondern auch für sie.

Wie ich schon sagte, sie ist unvergesslich, und ich habe vor, sie wieder zu besitzen. Sie hat keine Chance gegen meine Hartnäckigkeit und Hingabe, wenn es darum geht, das zu bekommen, was ich will. Also ist sie hoffentlich bereit, dass ich die Jagd auf sie fortsetze, bis ich meinen Preis in den Händen halte.

KAPITEL 2

Willow

Bist du fertig?", fragt Regan, meine Schwägerin, während sie sich an den Türrahmen des Gästebads lehnt.

Nach einem kritischen Blick auf mein Gesicht entscheide ich, dass ich eine weitere Schicht Mascara brauche. „Nur noch fünf Minuten."

Regan rührt sich nicht, sieht nur zu, wie ich mich zurechtmache. Ich bin vor vier Tagen aus dem Kosovo, wo ich über den Jahrestag des Krieges berichtet habe, nach Phoenix geflogen. Nach meiner Rückkehr brauchte ich drei Nächte Schlaf, um mich wieder wie ein Mensch zu fühlen.

Aber ich liebe es. Das Reisen, die Begegnungen mit spannenden Leuten, die schöne Landschaft, die Gefahr … einfach alles. Ich würde meinen Job als Fotografin, die berichtenswerte Ereignisse auf der ganzen Welt festhält, gegen nichts eintauschen wollen. Dazu wurde ich geboren.

Ich kann es kaum erwarten, bis ich wieder reisen kann, doch jetzt werde ich erst einmal meine Pause genießen. Ich habe zwar einige interessante Vertragsangebote erhalten, aber keines war so großartig, dass es mich von hier wegziehen würde. Ich möchte Zeit mit Dax und Regan – meinem Bruder und seiner neuen Frau – verbringen und ihn und die Arizona Vengeance in den Play-offs anfeuern.

Heute sind Regan und ich auf Haussuche, während Dax das letzte Training der Mannschaft vor dem ersten Spiel morgen besucht. Sie und Dax leben derzeit in einer kleinen Eigentumswohnung, die er vor ihrer Hochzeit gemietet hat. Regan ist hier zufrieden, aber Dax möchte ihr ein Traumhaus schenken, und er ist fest entschlossen. Er hat ihr freie Hand gelassen, sich auszusuchen, was sie will, und sie besteht darauf, dass ich ihr dabei helfe.

Ich liebe meine Schwägerin. Ich habe sie geliebt, lange bevor wir vor dem Gesetz miteinander verwandt waren, denn ihre Familie und meine waren damals in Michigan die engsten Freunde. Lance, ihr Bruder, war der beste Freund von Dax.

Doch ihre Eltern starben, und Lance übernahm Regans Erziehung.

Dann verstarb Lance, und Dax war der nächste, der die Verantwortung übernahm.

Allerdings stellte er dabei fest, dass Regan kein Kind mehr war. Sie war eine atemberaubende Frau, die – wie er völlig überraschend herausfand – an einer äußerst seltenen Blutkrankheit litt, welche sie vor uns geheim gehalten hat.

Dax tat das Richtige, indem er sie heiratete, um ihr eine Krankenversicherung zu ermöglichen.

Prompt verliebte er sich in sie, und der Rest ist Geschichte.

„Ich habe wirklich kein gutes Gefühl dabei", sagt Regan.

Durch den Spiegel sehe ich, dass sie die Arme vor dem Bauch verschränkt hat und stirnrunzelnd auf ihrer Lippe kaut.

„Das ist lächerlich." Ich schnaube, während ich meine Wimperntusche auflege. Ich trage noch eine Schicht auf, bevor ich fortfahre. „Dax liebt dich. Er will dir etwas Schönes schenken. Du solltest dich freuen und es annehmen."

Regan rollt mit den Augen. „Ich liebe deinen Bruder, Willow. Nicht sein Geld."

Ich schiebe die Mascarabürste zurück in den Behälter. Mit schräg gelegtem Kopf wende ich mich meiner Schwägerin zu. „Glaubst du, er weiß das nicht? Oder ich? Ich kenne keinen Menschen, der nicht sieht, dass ihr beide wahnsinnig verliebt seid. Warum zum Teufel sträubst du dich dann dagegen, dass er dir ein schönes Haus kaufen will?"

Regan seufzt, dreht sich von mir weg und geht in Richtung des großen Schlafzimmers. Ich werfe die Wimperntusche in meine Schminktasche, nehme mein Handy vom Waschbecken und folge ihr.

„Regan", rufe ich. „Sprich mit mir. Was gibt es für ein Problem?"

„Kein Problem", murmelt sie und dreht sich dann frustriert um, als sie ihr Schlafzimmer betritt. Sie breitet schwungvoll die Hände aus und ruft: „Ich habe nichts dagegen, dass er ein Haus kauft, wenn er das wirklich will. Aber mir die Macht zu geben, das alles zu entscheiden? Das ist einfach zu viel Verantwortung, und ich will das nicht. Er muss mir bei dieser Entscheidung helfen."

„Aber er kann nicht", erwidere ich. „Er beginnt morgen mit den Play-offs. Du musst dich einfach zusammenreißen und es übernehmen."

„Oder wir könnten einfach warten", murrt sie. „Wir könnten bis nach den Play-offs warten und die Entscheidung gemeinsam treffen."

Ich höre es an ihrer Stimme.

Den Zweifel. Die Angst.

„Er glaubt nicht, dass du sterben wirst", sage ich unverblümt, und sie blinzelt überrascht, bevor sie verlegen den Kopf einzieht, weil ich ihre Gedanken laut ausgesprochen habe.

Regans Krankheit kann tödlich sein, aber sie bekommt die notwendige Behandlung, weil sie jetzt eine Krankenversicherung hat. Und Dax war anfangs vielleicht ein bisschen durcheinander und hat sich ständig Sorgen um sie gemacht, doch inzwischen hat er sich beruhigt.

Ich glaube, sie ist weniger gelassen, und ich kenne Regan … Sie ist nur besorgt, dass *Dax* sich Sorgen macht, was sie beunruhigt.

„Ich schwöre", sage ich fest und trete vor, um meine Hände auf ihre Schultern zu legen. Ich beuge mich zu ihr und schaue ihr in die Augen. „Dax geht es gut. Du brauchst dir seinetwegen keinen Kopf zu machen. Er hat es nicht eilig, dieses Haus zu kaufen, weil er befürchtet, dass du bald stirbst."

„Das glaube ich doch gar nicht."

„Hör auf", befehle ich. „Und wie du das glaubst."

„Okay, tue ich", jammert sie. „Ich will nur, dass er sich auf die Play-offs konzentriert und nicht auf mich. Ich will nicht, dass er sich Sorgen um meinen Zustand macht. Tatsächlich geht es mir großartig. So gut habe ich mich schon lange nicht mehr gefühlt."

„Und das ist offensichtlich", verspreche ich. „Du und Dax seid wirklich toll zusammen. Ehrlich … Er freut sich darauf, ein Haus für euch zu kaufen, das ihr mit kleinen Monahans füllen könnt. Wie wär's, wenn du und ich auf Haussuche gehen, und dann essen wir schön zu Mittag …"

Das Summen meines Handys schreckt mich auf. Ich drehe es um und verdrehe nur die Augen, als ich eine SMS von Dominik Carlson sehe.

Es ist nicht zu leugnen, dass mir ein kleiner Schauer über den Rücken läuft, wenn ich seinen Namen lese. Er ist unerbittlich, und das macht mich an. Trotz der Tatsache, dass ich mich hartnäckig dagegen gewehrt habe, ihn wiederzusehen, kann ich nicht anders: Allein der Name dieses Mannes verursacht mir Gänsehaut.

Dominik: *Ich fliege heute Nachmittag nach Phoenix. Abendessen?*

Ein etwas stärkeres Zittern durchläuft mich.
Abendessen?
Das bedeutet, dass ich atemberaubenden Sex mit einem Mann haben würde, der vielleicht der fähigste und tollste Liebhaber ist, den ich je hatte.
Verdammt noch mal.
„Wer hat dir gesimst?", fragt Regan. Ihr lockerer, neckischer Tonfall zeigt mir, dass sie genau ahnt, von wem der Text ist.

„Niemand", erwidere ich, während ich den Kopf hebe und sie trotzig anschaue.

„Lügnerin", murmelt sie mit einem hinterlistigen Grinsen. „Dominik, nicht wahr?"

Ich rolle mit den Augen. „Warum sagst du denn so etwas Dummes?"

Sie lächelt wissend. „Weil das da derselbe Gesichtsausdruck ist, den du bekommst, wenn ich dich nach ihm frage. Zum Beispiel, als er dir diese Blumen geschickt hat."

„Egal", murmle ich und schiebe mein Handy in die Gesäßtasche. „Wollen wir jetzt auf Haussuche gehen?"

„Ach, komm schon …" Regan seufzt und breitet wieder einmal die Arme aus. „Wie kannst du nur kein Interesse an diesem Mann haben?"

Gott, das ist die Millionen-Dollar-Frage, nicht wahr?

Ich kann es nicht zugeben, doch ich bin mehr als interessiert – vor allem an dem, was er zwischen den Laken treibt –, aber ich kann das nicht noch einmal machen. Er ist viel zu gefährlich. Er stellt die Art von Versuchung dar, der man auf Dauer nur schwer widerstehen kann, und ich möchte niemals von jemandem abhängig sein. Das käme einer Verwicklung meines Herzens bedrohlich nahe.

Regan plappert weiter. „Er sieht so gut aus. Und ist reich. Und er ist so nett. Er hilft seinen Spielern immer und …"

Ihre Stimme wird leiser, als ich mich kristallklar

an unser erstes Treffen auf der Vengeance-Rookie-Party vor zwei Monaten erinnere.

Er war in der Tat verdammt gut aussehend und natürlich reich. Absolute Kraft, gepaart mit einem Selbstvertrauen, das so sexy ist, dass kein anderer Mann wirklich mithalten kann. Aber Regan sagt, er sei nett, was ich lächerlich finde. Er war an diesem Abend nicht nett. Er war böse. Ziemlich verrucht. Herrschsüchtig und kontrollierend, und, Gott steh mir bei, ich liebte jedes bisschen seiner unartigen Seite.

Er hat alles, was ich mir von einem Mann wünschen würde, wenn ich eine Beziehung führen wollte. Selbstbewusstsein trieft aus seinen Poren, und er weiß genau, was er will. Verdammt, er weiß genau, was *ich* will ... und er hat es mir in Hülle und Fülle gegeben.

In dieser Nacht in seinem Hotelzimmer reagierte mein Körper auf eine Art und Weise, wie es bei einem anderen Mann nie der Fall gewesen ist. Oder sogar bei meiner eigenen Hand. Er war einfach die erstaunlichste sexuelle Erfahrung meines Lebens. Es war etwas Besonderes, kein Zweifel.

Aber ich habe mir vorgenommen, dass das alles sein würde ... eine tolle einmalige Sache. Als sich unsere Wege trennten, blickte ich nicht zurück, denn ich mag keine Beziehungen. Der Schmerz, den sie verursachen, ist die Freude nicht wert.

Daher bin ich entschlossen. Ich habe keine Skrupel, Dominik Carlson und seine wiederholten Bitten, mich wiederzusehen, abzulehnen.

Aber ... ich habe ihn wiedergesehen. Mir wird heiß beim Gedanken an das Treffen in Detroit, als meine Familie zusammenkam, um Dax spielen zu sehen. Dominik ist bei dem Match aufgetaucht und hat dann meine ganze Familie in die Loge eingeladen, wo er mich wie ein Falke beobachtete.

Ich bin weder dumm noch eingebildet, wenn ich sage, dass er nach Detroit kam, um mich zu sehen. Ich weiß das, weil er es mir gesagt hat. Gleich nachdem er mich in einer privaten Nische des Restaurants in die Enge getrieben hat, wo wir uns nach dem Spiel alle versammelt hatten. Er drängte mich mit dem Rücken in eine Ecke in der Nähe der Garderobe, legte einen Unterarm gegen die Wand hinter meinem Kopf und lehnte sich dann ganz dicht an mich heran.

„Warum gehst du mir aus dem Weg, Willow?", murmelt er mit tiefer, samtiger Stimme.

Ich lecke mir über die Lippen. „Weil ich nicht interessiert bin. Begreifst du das nicht?"

„Kleine Lügnerin", knurrt er mit einem wilden Lächeln. „Im Moment sind deine Augen geweitet, deine Brust hebt sich, und ich wette, du bist feucht, wenn du an all die schmutzigen Dinge denkst, die ich jetzt mit dir machen könnte."

Ich versuche, zu schlucken, aber meine Kehle ist so trocken.

Ein Geräusch hinter uns lässt Dominik sich leicht herumdrehen und er gibt einen grollenden Laut der Frustration tief in seiner Brust von sich. Dann ergreift er meine Hand und zieht mich durch den Notausgang hinaus in die Gasse hinter dem Restaurant. Er biegt rechts ab, geht einen halben Block weiter und stößt mich gegen eine Wand.

Sein Mund ist auf mir. Seine Hände sind auf meinem Gesicht, sodass ich nicht entkommen kann. Und dann löscht er mit der Magie seiner Zunge jedes bisschen gesunden Menschenverstand aus, an das ich mich in Bezug auf diesen Mann zu klammern versucht habe.

Ich stöhne, lege meine Hände auf seine Hüften und ziehe ihn näher an mich heran. Sein steifes Glied drückt hart gegen meinen Bauch, und es gibt kein anderes akzeptables Ergebnis, als dass er mich genau hier an dieser Wand vögelt. All meine Entschlossenheit, ihn zu ignorieren und so zu tun, als wäre er nichts weiter als ein guter Fick gewesen, ist dahin.

Eine Hand löst sich von meinem Gesicht, wandert zu meinem Oberschenkel und beginnt dann, unter meinem Rock hochzuklettern. Mein ganzer Körper ist wie elektrisiert. Ich lehne mich in ihn hinein, will mehr, sehne mich nach jedem langen, dicken Zentimeter von ihm. Eine Fingerspitze spielt mit dem Saum meines Höschens.

„Ich werde dich nicht ficken, Willow", murmelt er gegen meinen Mund.

Ich erstarre, die Enttäuschung lässt mein Blut gefrieren.

Er spürt anhand der Reaktion meines Körpers, wie sehr mir seine Worte missfallen.

Aber dann gibt er mir etwas und beißt mir in die Unterlippe, bevor er sagt: „Ich werde dir gerade so viel geben, dass du dich jedes Mal, wenn dir das Blut durch *die Adern rauscht, an meine Hand zwischen deinen Beinen und meinen Namen auf deinen Lippen erinnern wirst."*

Und dann ließen mich die Dinge, die er mit seinen Fingern in dieser Gasse tat – zweimal –, als zitternde Masse hormoneller weiblicher Nerven zurück, die nicht wusste, ob ich jemals auch nur einen Tropfen Macht über ihn gehabt habe.

Er hatte es nicht nötig, mich in dieser Nacht zu ficken.

Die Tatsache, dass er mich aus dem Restaurant herausgezogen hat, als uns nur eine Mauer von meiner Familie trennte, und dann zwei Orgasmen mit nichts als seinen Fingern aus mir herausgekitzelt hat, war mehr als genug, um mich aufzurütteln.

„Dein Gesicht ist rot", bemerkt Regan beiläufig. „Und du schwitzt."

„Tu ich nicht", murmle ich und wende mich von ihr ab, damit sie die Wahrheit nicht in meinen Augen sehen kann.

Dominik Carlson kontrolliert mich ohne jede Anstrengung ... Ich liebe es.

Verdammt.

Regan klammert sich an meinem Arm fest. Sie zieht an mir und zwingt mich, sie anzusehen. Ihr Gesichtsausdruck ist weder neckend noch spottend.

Sie ist todernst. „Ernsthaft, Willow ... Warum willst du nicht mit ihm ausgehen? Nach allem, was man hört, ist er ein toller Kerl und er hat das immer wieder bewiesen."

Das ist wahr. Er ist wiederholt eingesprungen, um Teammitgliedern auf persönlicher Ebene zu helfen. Er hat mehr als bewiesen, dass er ein aufrichtiger Mensch ist.

„Er ist ein Serien-Dater", rufe ich verzweifelt und versuche, ihr irgendwas zu sagen, damit sie mich in Ruhe lässt. Er ist zwar seit ein paar Monaten hinter mir her, aber ich habe schon viele Artikel und Fotos von ihm bei Promi-Veranstaltungen gesehen, auf denen er jedes Mal eine andere Frau am Arm hatte.

„Das bist du auch", erwidert sie.

Das ist richtig, daher missgönne ich es ihm nicht wirklich.

„Ich will nicht nur eine weitere Kerbe an seinem Bettpfosten sein", antworte ich sanft und verschränke die Arme vor der Brust.

Regan rollt mit den Augen. „Noch mal … Du hast keine Skrupel, deine eigenen Kerben zu schlagen, also auf ein Neues."

Verdammt. Ich wusste, wir hätten nicht so offen über Sex reden sollen.

Schließlich gestehe ich es ihr. „Er ist gefährlich, Regan. Jemand, in den ich mich verlieben könnte, und das will ich einfach nicht."

„Warum nicht?", fragt sie mit zur Seite geneigtem Kopf.

„Du weißt, warum", entgegne ich mit Nachdruck.

Regan mustert mich und nickt nachdenklich. Gerade als ich denke, dass sie versuchen könnte, mein katastrophales Liebesleben zu analysieren, sagt sie einfach: „Hör zu, Willow … Du bist eine kluge Frau. Du weißt, wie du mit dir selbst umgehen musst. Wenn du nicht willst, dass es ernst wird, dann setze die Grenzen im Voraus, damit es nicht dazu kommt. Wenn du nicht willst, dass ein Penis mitspielt, leg das fest. Dann geh und amüsier dich. So simpel ist das."

Kann das wirklich sein? Ich kann nicht verhindern, dass sich meine Augenbrauen immer weiter heben, während ich darüber nachdenke.

„Du weißt doch, dass du ihn wiedersehen willst", fordert sie mich in einem Singsangtonfall heraus und grinst schelmisch. „Also geh und hab Spaß. Du wirst bei den Play-offs dabei sein und er wird eine nette Abwechslung sein. Es muss ja nicht ernst werden, wenn du es nicht willst."

Regan sollte Verkäuferin sein, denn sie hat es mir verkauft. Sie hat alle richtigen Worte benutzt.

Grenzen setzen.

Lass es nicht ernst werden.

Hab Spaß.

„Ich bin eine kluge Frau", überlege ich laut und wiederhole ihre eigenen Worte. „Ich kann auf mich selbst aufpassen. Ich weiß, wie man Grenzen setzt und sie einhält."

„Verdammt richtig, das tust du", trällert sie, hebt ihren Arm und lässt ihre Faust vor mir schweben.

Ich nicke heftig – als Bestätigung, dass ich es draufhabe – und schlage aus Solidarität mit der Faust gegen ihre.

Ich hole mein Handy heraus und schicke Dominik eine SMS.

Ich: *Hol mich um 19 Uhr ab.*

KAPITEL 3

Dominik

Ich unterscheide mich in vielerlei Hinsicht von den Besitzern anderer professioneller Sportmannschaften, doch am auffälligsten ist wohl, dass ich mich um das persönliche Wohlergehen der Spieler kümmere. Manche nennen mich einen Wichtigtuer, aber das ist mir egal. Ich möchte, dass meine Jungs glücklich und zufrieden sind, denn das bedeutet, dass sie mit dem Kopf voll bei der Sache sind.

Es ist einfach ein gutes Geschäft.

Das Team ist daher nicht sonderlich überrascht, als ich in die Vengeance-Trainingseinrichtung komme, um zu trainieren. Ich habe einen Nachmittag voller Besprechungen mit dem Management, also ist das für mich bequemer, aber mir gefällt auch die Gelegenheit, unter meinen Jungs zu sein.

Nachdem ich mich für ein Laufband entschieden habe, beginne ich mit gleichmäßigem Joggen. Normalerweise laufe ich mehrmals pro Woche und mache Krafttraining, doch heute Morgen gab es keine Möglichkeit, da ich schon früh das Interview mit ESPN und das Fotoshooting für den *Rolling Stone* hatte.

Beide Termine liefen sehr gut, und vielleicht hatte ich sogar etwas mehr Schwung als sonst, weil Willow endlich so gnädig gewesen ist, mir zurückzuschreiben und meine Einladung zum Abendessen tatsächlich anzunehmen.

Ihre Antwort war unerwartet, aber typisch Willow. Eine Handvoll Worte.

Willow: *Hol mich um 19 Uhr ab.*

Ich habe nicht geantwortet. Ich habe nicht gefragt, wo ich sie abholen soll, weil ich ihr zeigen will, dass ich genau weiß, wo sie sein wird. Natürlich weiß ich, dass sie während der Play-offs bei ihrem Bruder wohnt, weil Tacker es mir gesagt hat. Seine Informationen bezüglich Willow sind sehr großzügig, und ich bin ihm ewig dankbar, denn ihr Bruder will mir nichts verraten. Ich schätze, Tacker hat gute Laune, seit er die Liebe zu seiner schönen Therapeutin Nora Wayne entdeckt hat.

Auf jeden Fall freue ich mich darauf, Willow zu sehen. Ich weigere mich jedoch, irgendwelche Erwartungen zu haben, was passieren könnte. Ich gehe lieber mit der Einstellung heran, dass alles geschehen kann und es unendlich viele Möglichkeiten gibt.

Ich habe trotz der wenigen Zeit, die wir zusammen verbracht haben, einiges über Willow gelernt, und seien wir ehrlich, die gemeinsamen Momente haben wir nicht mit Gesprächen verschwendet.

Aber durch ihre Weigerung, mir Beachtung zu schenken – in gleichzeitiger Verleugnung ihrer eigenen Wünsche –, habe ich ein gutes Verständnis dafür gewonnen, wer sie ist.

Willow Monahan ist zuversichtlich.

Clever.

Unabhängig.

Hält sich nicht an die Normen.

Ist nicht leicht zu umschmeicheln.

Kennt ihren eigenen Wert.

Jedes bisschen davon ist verdammt sexy, und leider habe ich festgestellt, dass ich bei keiner einzigen Frau, mit der ich in meinen neununddreißig Lebensjahren zusammen war, von etwas anderem als ihrem Aussehen angezogen wurde.

Ja, Willow ist eine umwerfende Schönheit mit dunkelbraunem Haar und exotisch geneigten bernsteinfarbenen Augen. Sie ist eher klein und reicht mir kaum bis zu den Schultern, während ich normalerweise mit Frauen ausgehe, die hochgewachsen sind, aber sie wirkt keineswegs zerbrechlich. Wenn überhaupt, scheint sie unverwüstlich zu sein, was wahrscheinlich an dem immensen Selbstvertrauen liegt, das sie an den Tag legt.

Fazit: Ich bin mehr als fasziniert. Ich werde keine Gelegenheit ungenutzt lassen, um mehr über sie zu erfahren.

Als ob es den Gott der Ironie gäbe, betritt der Mann, der die Richtung meiner Gedanken in diesem Moment vermutlich hassen würde, die Trainingshalle.

Ich grinse böse und werfe einen Blick auf den Bildschirm des Laufbands. Ich habe kaum mehr als eine Meile geschafft, wobei ich eigentlich gehofft hatte, fünf Meilen laufen zu können, aber manche Dinge sind es wert, abgebrochen zu werden.

Ich drücke auf den Knopf, um das Gerät auszuschalten, und lasse es ausreichend langsamer werden, bevor ich abspringe. Ich schnappe mir mein Handtuch und die Wasserflasche und folge Dax durch das Labyrinth der hochmodernen Trainingsgeräte.

Er macht sich auf den Weg zu einem Squat Rack, nickt seinen Teamkollegen zu und stößt mit seiner Faust gegen ihre. Einige starren mich schockiert an, als ich vorbeigehe, weil sie nicht wussten, dass ihr oberster Boss hier ist.

Erik sieht mich, während er ein paar Kettlebells schwingt, und sagt: „Was gibt's, Dominik?" Dax zuckt zusammen und dreht sich dorthin um, wo ich nur wenige Schritte hinter ihm stehe.

Er runzelt die Stirn, schüttelt den Kopf, wendet sich dem Squat Rack zu und beginnt, die Langhantel mit Gewichten zu versehen.

Ich lächle Erik an, hebe das Kinn und schlendere zu Dax.

„Und, wie geht es dir?", frage ich und bleibe neben ihm stehen. Inzwischen habe ich all meinen Spielern das Du angeboten. „Liegt dein Fokus auf den Play-offs?"

„Aber sicher", antwortet er knapp.

Ich glaube, unter normalen Umständen würde Dax mich tatsächlich mögen. Und er scheint ein aufrichtiger, anständiger Kerl zu sein. Oh, ich habe alles über seine Geschichte gehört … Er heiratete die kleine Schwester seines besten Freundes, nachdem dieser tragisch ums Leben gekommen war.

Sehr romantisch.

Aber ich glaube, es ist einfach zu viel, dass ich mich für seine Schwester interessiere. Vor allem, weil ich sie in der ersten Nacht, in der wir zusammen unterwegs waren, erst gegen drei Uhr früh heimgebracht habe, und er genau wusste, dass ich sie abgesetzt habe. Ich habe gesehen, wie er aus dem Fenster schaute, als meine Limousine vorfuhr. Ich erinnere mich, wie zerzaust Willow war, als sie, nachdem wir auf der Veranda weitergeknutscht hatten, das Haus betrat.

„Ich habe heute Abend ein heißes Date", erwähne ich beiläufig.

Dax' Schultern versteifen sich, aber er würdigt mich keines Blickes. Er schiebt lediglich ein zusätzliches Gewicht auf die Stange.

„Irgendeine Idee, mit wem?", frage ich.

Schließlich richten sich seine Augen auf meine. Obwohl er sich um einen freundlichen Tonfall bemüht, scheitert er kläglich. „Ich nehme an, mit meiner Schwester."

„Gut geraten", entgegne ich sanft und genieße das vielleicht etwas zu sehr. Ich werde ernst, denn ich wollte ihn nur ein wenig necken. Hauptsächlich jedoch wollte ich ihn beruhigen. „Ich will nur, dass du weißt, dass ich keine ruchlosen Absichten in Bezug auf Willow habe."

Dax schnaubt, wendet sich ab und schnappt sich ein fünfundzwanzig Pfund schweres Gewicht, um es ebenfalls einzuhängen.

„Ich mag deine Schwester …"

Er wirbelt herum, beugt sich vor und flüstert barsch: „Tu nicht so. Du willst ihr nur an die Wäsche."

Okay, da kann ich nicht widersprechen, denn das will ich definitiv. Aber auch etwas mehr als das.

„Ich mag deine Schwester", wiederhole ich, diesmal langsam und deutlich. „Ich werde sie mit Umsicht und Respekt behandeln. Was sie und ich in unserer gemeinsamen Zeit tun, geht niemanden was an, außer uns selbst. Aber ich verspreche dir … sie wird die ganze Zeit über meinen größten Respekt haben, und das liegt zu einem großen Teil daran, dass ich dich respektiere. Ich möchte, dass du das weißt."

Dax ist völlig verblüfft, was man an den runden Augen erkennen kann, die mich wiederholt, mit einem leisen Anflug von Misstrauen, anblinzeln.

Aber ich habe gesagt, was ich sagen wollte. Ich musste ihm nur dieses eine Versprechen geben, in der Hoffnung, dass es ausreicht, um ihn zu beruhigen. Ich bin ihm in letzter Zeit auf die Nerven gegangen, weil ich ihn um Informationen über seine Schwester gebeten habe, und er hat keinen Grund zu glauben, dass ich gut zu ihr sein werde. Er kennt mich nicht.

Ich wende mich ab, um zu gehen, aber nicht bevor ich höre, wie er mir etwas schwört. „Wenn du ihr wehtust, werde ich dir wehtun. Es ist mir egal, ob du mein Boss bist oder nicht."

„In Ordnung", antworte ich, ohne mich umzudrehen. Ich würde nichts anderes erwarten.

Dadurch habe ich sogar noch mehr Respekt vor ihm.

Ich gehe zum Laufband zurück, in der Absicht, mit meinem Training weiterzumachen. Ich sehe, dass Tacker und Wylde sich gegenseitig beim Bankdrücken helfen, und gleich links von ihnen sitzen Bishop und Legend auf Rudergeräten und scheinen einen Wettbewerb zu veranstalten, wer am schnellsten am weitesten kommt.

Es ist schön, zu sehen, dass die gesamte Gruppe hier ist und so eng zusammenarbeitet, aber diese Jungs besaßen vom ersten Spiel im letzten Jahr an etwas fast Magisches, das sie zusammenhielt. Es ist einfach eine dieser perfekten Mischungen aus Talent und Persönlichkeiten, die sich zu einem Meisterschaftsteam zusammengefunden haben.

Ich könnte nicht stolzer sein, und die Play-offs beginnen erst morgen.

„Mr. Carlson", höre ich hinter mir, als ich mein Laufband erreiche.

Ich drehe mich um und sehe Rafe Simmons, den Center unserer Second Line, auf mich zukommen. Er trägt einen Trainingsanzug und ist schweißgebadet, also ist er vermutlich auf dem Weg nach draußen.

„Ich störe nur ungern", sagt er, als er näher kommt. „Aber hätten Sie einen Moment Zeit für ein Gespräch unter vier Augen?"

Ich schaue zwischen meinem Laufband und ihm hin und her. Meine Zeit wird immer knapper, seit ich sie damit verschwendet habe, Dax zu ärgern.

„Kannst du einen Termin ausmachen?"

„Es ist ziemlich dringend", antwortet er. Sein Blick fällt auf den Boden, bevor er wieder den Kopf hebt und mich entschuldigend ansieht.

„Natürlich", sage ich, ohne zu zögern. Ich kann in seinem Gesicht sehen, dass etwas nicht stimmt, also schaue ich mich in der Einrichtung um, bevor ich eine private Ecke entdecke. „Lass uns da rübergehen."

Wir schlängeln uns durch die Geräte. Ich bemerke Bishops Blick, der – leicht besorgt – auf uns gerichtet ist. Kein Wunder, denn er ist der Kapitän des Teams, und es ist seine Aufgabe, alles zu wissen, was mit seinen Mannschaftskameraden passiert.

So, wie ich es mir auf die Fahnen geschrieben habe.

Als wir die Ecke erreichen, weit weg von allen, die uns versehentlich hören könnten, bleibe ich stehen und sehe Rafe an. „Was ist los?"

Rafe wirkt unglaublich angespannt. Seine Mimik ist von schwerwiegenden Gedanken gezeichnet. Er verlagert sein Gewicht nervös von einem Fuß auf den anderen. Er blickt sich in der Einrichtung um, sieht einen Moment zu Bishop, und mir wird klar, dass der Kapitän bereits weiß, was Rafe mir sagen will.

Seine Aufmerksamkeit kehrt zu mir zurück und er atmet tief ein und schnell wieder aus. „Es fällt mir nicht leicht, das zu sagen, aber ich würde Sie gern darum bitten, mich zu einem anderen Team zu traden."

Nichts hätte mich mehr überraschen können, und ich bin mir nicht einmal sicher, ob ich ihn richtig verstanden habe. Doch ich versuche sofort, diese verdammt dumme Bitte zu zerstreuen. „Hör zu, ich weiß, dass du wieder in die Second Line versetzt wurdest, weil Tacker zurück ist, aber …"

Rafe schüttelt frustriert den Kopf und knurrt seine Antwort fast. „Nein. Darum geht es nicht."

Ich beobachte ihn und erkenne den tiefen Kummer in seinem Gesicht. Ich trete einen Schritt näher und senke die Stimme. „Was ist los?"

„Bei meinem Vater wurde gerade Bauchspeicheldrüsenkrebs im Endstadium diagnostiziert. Er hat nicht mehr viel Zeit."

Die ganze Luft strömt aus mir heraus, während sich mein Magen vor Kummer um ihn zusammenzieht. „Mein Gott … Es tut mir leid, Rafe."

Er nickt. „Hören Sie, ich weiß, es ist viel verlangt – und ich bin nicht einmal sicher, ob es möglich ist –, aber ich hatte gehofft, Sie könnten einen Tausch mit den Cold Fury arrangieren. Ich komme aus Raleigh und würde gerne in diese Gegend zurückkehren, um …" Seine Worte verstummen vor Angst und Kummer.

„Dir ist klar, dass du nicht an den Play-offs teilnehmen darfst, wenn du getradet wirst? Willst du das wirklich aufgeben?"

Natürlich will er das. Jeder in dieser Liga weiß, dass ein Spieler, der nach Ablauf der Trade Deadline gehandelt wird, seine Spielberechtigung verliert.

„Nichts für ungut, Mr. Carlson", sagt Rafe.

Ich unterbreche ihn. „Dominik."

Ich erhalte ein knappes Nicken. „Nichts für ungut, Dominik. Aber es gibt ein paar Dinge, die wichtiger sind als ein Pokalgewinn. Ich weiß, das mag für dich eine Enttäuschung sein, aber ich würde lieber einen Tag mit meinem Vater verbringen, als hundert Pokale zu erhalten, wenn ich könnte."

Verdammt … Aber ich muss einen Anflug von Nässe in meinen Augenwinkeln zurückblinzeln.

Ich darf jedoch nicht vergessen, dass ich in erster Linie ein Geschäftsmann bin, der dem Vorstand Rechenschaft ablegen muss. „Die Abwicklung wäre ein Albtraum, selbst wenn ich geneigt wäre, dich gehen zu lassen. Was glaubst du, wen die Cold Fury im Gegenzug anbieten würden?"

„Rand Berkley", bringt er sofort an. „Er hat einen Kreuzbandriss. Er fällt für den Rest der Saison aus, aber er ist ein mit mir vergleichbarer Spieler. Er wäre eine gute Ergänzung für den Kader im nächsten Jahr."

Ich ziehe eine Augenbraue hoch. „Du willst also, dass ich einen Starspieler für einen verletzten Spieler hergebe, der mir nichts nützt? Ich verstehe, warum der Trade für die Cold Fury funktionieren würde, weil er ziemlich ausgeglichen ist. Aber als Geschäftsmann versuche ich, das bestmögliche Team zu haben, um den Cup zu gewinnen. Und stattdessen soll ich dich für ihn gehen lassen?"

Rafe errötet. „Nein, ganz und gar nicht. Es gibt auch Draft Picks, über die man verhandeln kann. Das hätte ich dir auch zugetraut. Ich verzichte auf mein Gehalt, um den Deal für die Cold Fury attraktiver zu machen, wenn es sein muss.“

Oh Gott. Er meint es todernst.

Ich denke über seine Bitte nach und stelle fest, dass ich alle Draft Picks der Cold Fury bekommen könnte und es wäre trotzdem ein Verlustgeschäft für mich. Rafe spielt im Moment sehr gut. Er ist mühelos in die Fußstapfen von Tacker getreten und agiert jetzt in der Second Line auf gleichem Niveau. Alle neigen dazu, sich auf die Starspieler zu konzentrieren, doch Rafe ist ein Spieler, der in entscheidenden Momenten einen kühlen Kopf bewahrt und zwischen den Lines hin und her wechseln kann.

„Ich muss darüber nachdenken“, sage ich. Das ist alles, was ich im Moment anbieten kann, denn egal, wie leid er mir tut, ich habe Leute, denen ich Rechenschaft ablegen muss.

Den anderen Spielern in diesem Team.

Dem Vorstand.

Mehr als alles andere bin ich den Fans verpflichtet.

Rafe nickt und ich bin dankbar für die Zustimmung in seinem Gesicht. Ich weiß, dass er keine sofortige Zusage erwartet hat, das wäre unmöglich gewesen.

„Ich werde dir bald eine Antwort geben“, verspreche ich und werfe einen letzten Blick auf das

Laufband.

Jetzt habe ich keine Zeit mehr für ein Work-out. Ich habe etwas zu erledigen.

KAPITEL 4

Dominik

Lass mich ein paar Anrufe machen." Ich lege meine Hand auf Rafes Schulter. Drücke sie. „Und noch einmal … Es tut mir wirklich leid. Kann ich irgendetwas für dich tun?"

„Hast du ein Mittel gegen Krebs?", fragt er und seine Lippen krümmen sich leicht.

Ich erwidere das Lächeln bedauernd. „Ich fürchte nicht. Aber ich werde für ihn beten."

„Danke." Rafe nickt.

Ich drücke ihm noch einmal die Schulter, bevor ich mich abwende.

Als ich durch die Einrichtung gehe, fällt mir Bishop ins Auge. Er hebt sein Kinn auf eine Weise, die keine Begrüßung ist, sondern eher ein „Ich muss mit dir reden". Ich wechsle die Richtung, gehe zu ihm und sehe, wie der Rest der First Line sich um ihn versammelt.

Offensichtlich wissen sie alle, was mit Rafe los ist.

„Was hast du vor?", fragt Bishop, als ich mich zu ihnen geselle.

Der Rest der Männer steht im Kreis. Tacker zu meiner Linken – der große, zurückgezogene und zuvor gebrochene Center, der seine Verlobte bei einem Flugzeugabsturz verloren hat. Bis vor Kurzem war er emotional und körperlich nicht im Team anwesend, aber jetzt ist er wieder richtig dabei.

Auf der anderen Seite steht sein bester Freund, Aaron Wylde. Ein hervorragender Verteidiger, den wir erst vor einem Monat erworben haben, und die männliche Hure des Teams. Das respektiere ich.

Neben Wylde befindet sich Erik, der andere Defenseman und die ehemals männliche Hure des Teams. Ich weiß nicht, was es mit unseren Verteidigern auf sich hat, dass sie Playboys sind, aber so ist es. Erik hat sich jetzt zur Ruhe gesetzt, also muss Wylde anscheinend die Tradition fortsetzen.

Direkt mir gegenüber sitzt Bishop, der Mannschaftskapitän und Verlobte von Brooke Perron, der Tochter unseres Trainers. Neben ihm steht Legend, der Torwart der Mannschaft und der aktuellste Spieler, der dem Heiratsmarkt zum Opfer gefallen ist. Er hat vor ein paar Wochen seine ehemalige Nachbarin Pepper in einer schnörkellosen Zeremonie im Gerichtsgebäude geheiratet. Und schließlich, um die First Line zu vervollständigen, Dax … unser Left Wing und Bruder der unglaublich hübschen, frustrierend schwer fassbaren Willow Monahan.

Ich richte meine Aufmerksamkeit auf Bishop, um seine Frage zu beantworten. „Offensichtlich wisst ihr, was bei Rafe los ist."

„Er hat mich heute Morgen angerufen, nachdem er es von seiner Mutter gehört hatte", bestätigt Bishop. „Ich habe es meinen Brüdern erzählt."

Ich würde es nie laut zugeben, aber es erfüllt mich mit Stolz, dass er seine Mannschaftskameraden als seine Brüder bezeichnet. Das ist der Grund, warum wir dieses Jahr den Cup gewinnen werden – weil diese Männer etwas haben, was man nicht lernen oder trainieren kann. Einen Zusammenhalt, der uns einen zusätzlichen Vorteil verschafft. Zumindest meiner bescheidenen Meinung nach.

„Nun, ich bin auf dem Weg in mein Büro, um daran zu arbeiten", versichere ich ihnen und erwidere den Blick jedes Einzelnen. „Aber ich würde gerne wissen, was ihr davon haltet."

„Rafe hat sich als unverzichtbar für dieses Team erwiesen", antwortet Tacker. Er weiß das besser als jeder andere, denn Rafe ist für ihn eingesprungen, als er suspendiert wurde. „Ehrlich gesagt, ich glaube nicht, dass er ersetzbar ist."

„Ein Trade wird nichts bringen", erwidere ich und weise auf das Offensichtliche hin. Sie wissen, dass jeder, der nach der im Februar abgelaufenen Trade Deadline transferiert wird, nicht spielberechtigt ist.

„Wir haben einige gute Talente im Nachwuchsteam, die nahe drankommen können", wirft Legend ein.

Mit einem Seufzer begebe ich mich in meine Eigentümerrolle und bin ganz direkt. „Als Besitzer dieses Teams kann ich euch sagen, dass es eine schreckliche Geschäftsentscheidung wäre, wenn ich ihn gehen lassen würde. Es könnte den Verlauf unseres Rennens um den Cup verändern."

„Aber …" Bishop stupst mich an, denn er ahnt wohl, dass es mir um mehr geht als nur um das Geld unterm Strich.

„Aber …" Mit einem Seufzer fahre ich fort: „Wie kann ich mich einem Mann und seinem sterbenden Vater in den Weg stellen?"

„Das macht man nicht", sagt Wylde und sein Tonfall lässt mir die Nackenhaare zu Berge stehen. Der sonst so fröhliche, schelmische Partylöwe macht einen gequälten Eindruck. „Glaub mir, wenn ich sage, dass er diese Zeit mit seinem Vater braucht."

Ich nicke Wylde zu, eine subtile Bestätigung dafür, dass ich zwar keine Erfahrung mit einem sterbenden Elternteil habe, aber weiß, wie es ist, überhaupt keine Eltern zu haben.

„Ich möchte euch etwas fragen." Ich schaue mich in der Gruppe um. „Wenn ihr wüsstet, dass wir den Cup verlieren würden, wenn ihr Rafe aufgebt, würdet ihr ihn dann gehen lassen?"

Ohne zu zögern, bejahen sie alle. Sie würden ihn sofort ziehen lassen.

Und verdammt … Auch das macht mich stolz. „Ihr seid alle ein Haufen Weicheier", murmle ich voller Zuneigung.

Ich habe noch einiges zu tun. Ich wende mich von den Männern ab und will Coach Perron anrufen, damit er und mein General Manager Christian Rutherford mich in meinem Büro treffen. Ich merke an Dax' Blick, dass er offensichtlich verwirrt ist.

Zweifellos will er mich nicht mögen. Doch ich kann erkennen, dass ich ihn mit meiner Absicht beeindruckt habe, Rafe zu helfen, wenn ich kann.

Egal. Das ist nicht mein Ziel, aber ich bin froh,

dass ihm klar wird, dass ich mehr als nur ein Anzugträger bin, wenn es um dieses Team geht.

***

Es ist nicht einfach, den General Manager eines professionellen Eishockeyteams ohne einen vorher vereinbarten Termin ans Telefon zu bekommen, doch als Teameigentümer hat man einen gewissen Einfluss. Normalerweise würden solche Gespräche von General Manager zu General Manager geführt, aber in diesem Fall möchte ich das Hin und Her abkürzen. Zeit ist von äußerster Wichtigkeit.

Als ich also Gray Brannons Sekretärin anrief und ihr sagte, wer ich sei und dass ich ihre Chefin dringend sprechen müsse, teilte mir die Assistentin sofort mit, dass sie zwar in einer Vorstandssitzung sei, sie sie aber gleich holen würde.

Gray Brannon ist General Manager der Carolina Cold Fury. Das Team ist zweimaliger Cup-Sieger und hat einen dritten Titelgewinn im Visier.

Natürlich wird sich mein Team ihnen direkt in den Weg stellen, wenn es nach mir geht.

Gray ist ein Phänomen in unserer Branche. Sie ist die einzige Frau in dieser Position und die erfolgreichste – unabhängig vom Geschlecht – in der jüngeren Sportgeschichte. Ich habe sie nur einmal angetroffen, als das Vengeance-Expansion-Team von der Liga genehmigt wurde, aber ich habe ihre Karriere genau verfolgt. Sie ist eine kluge Managerin mit einem Intellekt, mit dem in dieser Branche offen gesagt niemand mithalten kann.

„Gray Brannon." Ihre Stimme ist professionell, aber heiser. Wäre die Frau nicht bereits glücklich mit Ryker Evans, dem ehemaligen Torwart und jetzigen Trainer der Cold Fury, verheiratet, würde ich einen Flirt in Betracht ziehen. Sie ist eine umwerfende Frau.

„Gray … Hier ist Dominik Carlson."

Es ist offensichtlich, dass ihre Sekretärin ihr bereits mitgeteilt hat, wer am anderen Ende der Leitung ist, um sie dazu zu bringen, ihre Sitzung zu verlassen. Sie ist weder überrascht noch beleidigt über meine Unterbrechung. Sie antwortet lediglich: „Was kann ich für Sie tun, Mr. Carlson?"

„Dominik", sage ich. „Alle nennen mich Dominik."

„Okay, Dominik … Schießen Sie los."

Effizient. Das gefällt mir.

„Ich habe einen Spieler … Rafe Simmons."

Sie zählt sofort seine Statistiken auf, die alle in ihrem hübschen und brillanten Kopf gespeichert sind. „Second Line Center. Er wurde in Denver vom Nachwuchsteam nach oben geholt. In der regulären Saison hatte er sechsunddreißig Tore und siebenundzwanzig Assists. Dreiundsechzig Punkte in zweiundachtzig Spielen. Nicht schlecht."

Ja … Etwas verrückt, dass sie diese Informationen über einen Spieler kennt, der nicht in ihrem Team ist, aber ich bin froh, dass ich gleich auf den Punkt kommen kann.

„Er will zu den Cold Fury getradet werden", sage

ich unverblümt.

„Verzeihung?" Das ist eine nie dagewesene Bitte nach Ablauf der Trade Deadline, da sie genau weiß, dass sie mit der Bedingung einhergeht, dass er nicht an den Play-offs teilnehmen kann.

Ich informiere sie über Rafes Situation und darüber, dass dies ein persönlicher Wunsch ist, einem sterbenden Familienmitglied nahe zu sein.

„Das ist furchtbar", murmelt sie, ein relativ kleiner Einblick in ihre einfühlsame Seite, bevor sie wieder die Geschäftsfrau herauskehrt. „Aber er ist keine Bereicherung für unser Team, da er nicht spielberechtigt ist. Und ehrlich gesagt, bin ich überrascht, dass Sie ihn gehen lassen. Es wird zu Ihrem Nachteil sein. Ich bin sicher, das wissen Sie. Aber ich kann nicht mit gutem Gewissen jemanden aus meinem Team an Sie abgeben, wenn ich weiß, dass ich ihn damit dem gleichen Schicksal aussetze, nicht spielen zu können."

Sie erzählt mir nichts, was ich nicht schon wüsste oder erwartet hätte. Trotzdem kann ich nicht widerstehen. „Kommen Sie schon, Gray. Haben Sie ein Herz."

„Geben Sie mir eine Option, bei der ich Mitgefühl zeigen kann, die mir aber auch hilft", entgegnet sie, was mich zum Lachen bringt.

Ich mag sie wirklich.

„Okay, ich habe eine Idee, aber es wäre riskant und es drängt." Ich lehne mich in meinem Stuhl zurück und starre auf die Skyline von Phoenix. Ich habe die letzte Stunde damit verbracht, das mit

Coach Perron und Christian zu besprechen, und wir denken, dass es machbar ist. „Ich werde Rafe heute in die Minors schicken und ihn auf die Waiver-Liste setzen. Sie machen dasselbe mit Kane Bellan."

„Er ist mein Second Line Center", antwortet sie und ist überrascht, dass ich ihn gerade jetzt, wo die Play-offs beginnen, im Visier habe.

„Es wäre ein ausgeglichener Trade. Meinen Second Line Center für Ihren, aber ich möchte auch darauf hinweisen, dass mein Center etwas besser ist als Ihrer. Bellan hat in der regulären Saison nur sechsundsechzig Punkte erzielt."

„Wir müssten sie für die Wartezeit aussetzen lassen", sagt sie. „Achtundvierzig Stunden ohne sie, das bedeutet das erste Spiel der Play-offs."

„Es ist ein Risiko", stimme ich zu. „Aber wenigstens haben wir beide einen gleichen Anteil daran."

Gray grübelt über meine Worte nach. Ich kann mir gar nicht vorstellen, welche Gedanken ihr gerade durch den Kopf gehen.

Die Regel besagt, dass jeder Spieler, der nach Ablauf der Trade Deadline im Februar getradet wird, nicht mehr für die Play-offs spielberechtigt ist. Aber wenn wir sie auf die Waiver-Liste setzen und sie in die Minor League schicken, behalten sie ihre Spielberechtigung. Wir müssen sie nur nach einer achtundvierzigstündigen Wartezeit zurückfordern, und schon können wir Spieler austauschen, die in der Lage sind, anzutreten.

„Sie wissen aber, dass die Kader um Mitternacht

eingefroren werden, oder?", fragt sie. „Das ist in acht Stunden."

„Deshalb wird es auch so schwierig werden." Die Uhr tickt. Wir müssen die Rechtsabteilung einschalten, Verträge aufsetzen und die Liga benachrichtigen. So etwas braucht Zeit, und wir müssen uns den Arsch aufreißen, um es zu schaffen. „Und deshalb haben Sie wirklich nicht viel Zeit, darüber nachzudenken. Ich brauche Ihre Antwort, Gray. Glauben Sie, wir können das gemeinsam machen, damit ein Mann nach Hause gehen und Zeit mit seinem sterbenden Vater verbringen kann?"

Schließlich seufzt sie. „Ich kann nicht fassen, dass ich das überhaupt in Betracht ziehe. Ihnen ist doch klar, dass die Chancen gut stehen, dass unsere Teams gegeneinander spielen, oder?"

„Das scheinen die Wettfreunde in Vegas zu glauben", antworte ich lachend.

„Lassen Sie mich das besser mit meinen Anwälten klären." Ein weiterer Seufzer von ihr, aber er klingt nicht verärgert. Eher bedauernd – wahrscheinlich wegen der Tatsache, dass ich ihre Abendpläne ruiniert habe, denn wir haben eine Menge Arbeit vor uns.

Na ja, sie.

Und Christian Rutherford ... da ich ihm die Fertigstellung überlassen werde.

Das ist die Aufgabe von General Managern.

„Danke, Gray", sage ich von Herzen. „Rafe ist ein guter Kerl. Trotz allem, was mit ihm persönlich los ist, wird er immer zweihundert Prozent für Sie geben."

„Das sollte er auch", erwidert sie, aber ich kann das Lächeln in ihrem Tonfall hören. „Oder ich komme nach Phoenix und trete Ihnen in den Arsch."

„In Ordnung."

Nachdem wir noch ein paar Ideen wegen der Waiver-Liste ausgetauscht haben, versichere ich ihr, dass Christian sie bald anrufen wird. Ich vertraue darauf, dass die Verzichtserklärungen durchgehen und die Sache erledigt wird.

Rafe wird nach Hause zu seinem Vater gehen können.

Als ich auflege, lehne ich mich in meinem Sessel zurück. Ein leichter Anfall von Gewissensbissen überkommt mich. Ich verhalte mich nicht wie ein guter Geschäftsmann. Ich habe mein Vermögen von Grund auf aufgebaut, indem ich ein Internet-Radiounternehmen gründete und dann nach außen hin diversifizierte. Derzeit wachsen meine Milliarden durch kluge Investitionen, Immobilien und meine beiden Profi-Sportteams weiter an.

Keiner meiner Kollegen – die Megareichen, die sich aus eigener Kraft hochgearbeitet haben – würde gutheißen, was ich tue. Sie würden mir sagen, ich solle meine Gefühle aus der Sache heraushalten. Dass ich Entscheidungen nur auf der Grundlage der Erfolgswahrscheinlichkeit treffen solle. Ich wette, die meisten Eigentümer in dieser Liga würden das nicht einmal in Betracht ziehen.

Nicht, wenn die Play-offs kurz bevorstehen.

Sie würden ihn spielen lassen und dabei alles aus ihm herauspressen.

Aber so bin ich nicht. Familie ist unglaublich wichtig. Ich sage das als jemand, der seine früh im Leben verloren hat und dann im Wesentlichen im Pflegesystem aufgewachsen ist, der von Ort zu Ort hüpfte, ohne jemals echte Bindungen aufzubauen. Ich würde jedes bisschen meines beträchtlichen Reichtums aufgeben, um eine Familie zu haben.

Genauso wie Rafe bereit ist, alles aufzugeben, um die Zeit, die seinem Vater noch bleibt, mit ihm zu verbringen.

Ich verstehe ihn mehr, als irgendjemand jemals wissen wird.

Dieser Deal wird funktionieren. Da bin ich mir sicher.

Aber ich habe einen Ersatzplan.

Wenn wir es nicht schaffen, setze ich Rafe trotzdem in ein Flugzeug nach Raleigh. Er kann Mitglied der Vengeance bleiben, sein Gehalt kassieren und sich um seinen Vater kümmern.

Es wäre das Richtige.

KAPITEL 5

Willow

„**E**r ist hier", rufe ich die Treppe hinauf, laut genug, dass Dax und Regan mich hören können.

Ich warte aber nicht auf eine Antwort. Wie ein Highschool-Mädchen, das nicht will, dass ihr Vater ihren neuen Freund kennenlernt, schnappe ich mir meine Handtasche und stürme zur Tür hinaus. Dax schreit etwas zurück, doch ich ignoriere es. Er hat mir klargemacht, was er davon hält, dass ich mich mit Dominik Carlson treffe, und ich habe keine Lust, es noch einmal zu hören.

Er benimmt sich wie ein überfürsorglicher Bruder, und ich kann es nicht verstehen. Ja, er hat sich immer um mich und unsere Schwester Meredith gekümmert, aber das hier ist etwas ganz, ganz anderes. Dax hat sich, statt wie bisher ein beschützendes Interesse an meinem Liebesleben zu haben, zu einem übermäßig aufpassenden Sorgenmacher entwickelt, und ich weiß nicht, warum.

Trotzdem schlage ich die Tür zum Haus meines Bruders zu und rase die Verandatreppe hinunter. Dominik steigt aus seinem Auto aus – einem Porsche – und sieht mich überrascht an. Ich kann sehen, dass er erwartet hat, an der Tür zu klingeln, so wie Dates normalerweise beginnen.

Er überwindet jedoch seinen Schock. Stattdessen konzentriert er sich auf mich. Sein Blick wandert an meinem Körper und dem cremefarbenen Kleid, das eine Schulter frei lässt, hinunter. Es ist vielseitig einsetzbar – es passt sowohl in eine Pizzeria als auch in ein teures und edles Restaurant.

Natürlich funktioniert es ebenso gut, wenn wir einfach in ein Hotel gehen und loslegen wollen. Auf dem Boden wird es genauso toll aussehen.

„Du bist heute Abend ein Traum", schwärmt Dominik und wendet sich der Beifahrertür zu, um sie für mich zu öffnen. Ich komme ihm entgegen, lehne meinen Kopf zurück und nehme ihn in Augenschein.

Vor allem sein Gesicht.

Es ist großartig – kantige Ecken, ausdrucksstarke Augen und eine harte Kieferpartie, an der sich die Muskeln anspannen, kurz bevor er …

Ich schüttle den Kopf, senke den Blick und murmle ein „Danke", während ich auf den weichen Ledersitz gleite.

Erst nachdem die Tür geschlossen wurde, erlaube ich mir, ihn anzustarren, als er vorn am Porsche vorbeikommt, der nagelneu riecht. Das schnittige Fahrzeug passt zu ihm. Und sein Outfit auch. In der dunklen, anthrazitfarbenen Anzughose und einem schwarzen Hemd, dessen Ärmel zu drei Vierteln hochgekrempelt sind, sieht er gut aus.

Vor allem, wenn man seine starken, kräftigen Arme bemerkt.

Verdammt, es gibt keinen Teil seines Körpers, der *nicht* wunderschön ist.

Als er die Tür öffnet und sich neben mich auf den

Sitz fallen lässt, fragt er: „Warum die überstürzte Flucht aus dem Haus?"

Ich erzähle ihm nichts, was er nicht schon weiß. „Dax ist nicht dein größter Fan."

Schmunzelnd schließt Dominik die Tür, dann startet er den Motor, der aufheult, bevor er schnurrt. „Er wird sich mit mir anfreunden."

Ich lache und schüttle den Kopf. „Ich bin mir nicht einmal sicher, ob *ich* mich für dich erwärmen kann."

„Du bist jetzt gerade in meinem Auto", murmelt er heiser und jagt mir damit einen Schauer über den Rücken. „Ich würde sagen, du bist ziemlich warm geworden."

„Schönes Auto, übrigens", erwidere ich und streiche mit der Hand über meinen Ledersitz.

„Danke", antwortet er leichthin und legt den Rückwärtsgang ein, um aus der Einfahrt zu fahren. „Es wurde geliefert und wartete am Flughafen auf mich."

„Ich wusste nicht, dass Autovermietungen so schicke Autos haben."

„Keine Ahnung, ob sie das tun", entgegnet er mit einem charmanten Grinsen. „Das hier habe ich heute per Telefon gekauft."

„Du hast es gekauft? Nur um herumzufahren, während du hier bist?"

„Ich habe hier auch ein Haus erworben", antwortet er wie nebenbei. Er legt den ersten Gang ein und fährt die Straße hinunter. „Ich bringe dich jetzt hin und koche für dich."

Ich blinzle nur und versuche, diese Art von Reichtum zu verarbeiten. Ich habe das noch nie aus der Nähe erlebt. Ich meine, Dax verdient eine Menge Geld, aber nicht genug, um aus einer Laune heraus zusätzliche Häuser und Porsches zu kaufen.

„Es sei denn, du möchtest nicht zu mir nach Hause", sagt er, da er das Ausbleiben meiner Antwort offenbar als Zögern interpretiert.

„Kannst du kochen?"

„Ich bin nicht schlecht."

Ich zucke mit den Achseln. „Dann lass uns zu dir nach Hause gehen."

Wir machen Small Talk, während er den Sportwagen schnittig durch die Straßen nach Scottsdale manövriert. Er fährt in ein Viertel mit Gebäuden, wie ich sie noch nie gesehen habe, und biegt in die Einfahrt eines riesigen Hauses, das gut eintausend Quadratmeter oder mehr umfassen muss.

Als er den Wagen in der kreisrunden Auffahrt zum Stehen bringt, staune ich über die Pracht und pfeife leise. „Als jemand, der das, was du zu bieten hast, aus der Nähe gesehen hat, weiß ich verdammt gut, dass du dieses Ding nicht gekauft hast, um etwas zu kompensieren, was dir … ähm … persönlich fehlt."

Dominik schnaubt und gestikuliert. „Raus aus dem Auto, Klugscheißerin. Es war im Angebot."

„Oh, ein Haus im Wert von mehreren Millionen Dollar ist im Angebot? Wie könntest du dir das entgehen lassen?" Ich rolle mit den Augen.

Er antwortet nicht und wir verlassen das Fahrzeug. Während ich die Tür schließe, lasse ich meinen Blick über die Fassade im klassischen Wüstendesign aus cremefarbenem Stuck und rotem Ziegeldach schweifen und staune über die Größe. Es hat sogar Flügel.

Das Haus, das er gekauft hat, um nur bei den Play-off-Heimspielen darin zu wohnen, hat *Flügel*.

„Weißt du, wie viele hungernde Kinder du für den Preis von diesem Ding ernähren könntest?", murmle ich und sehe ihn neben mir an.

Wenn ich gedacht hätte, dass ihn das beleidigen würde, hätte ich mich getäuscht. Er lächelt nur und legt seine Hand auf meinen unteren Rücken, um mich in den vorderen Säulengang zu führen. „Ich spende viel, damit sich um Kinder gekümmert wird. Ich kann mit ruhigem Gewissen schlafen."

Ich fühle mich ein wenig schlecht, weil ich das angedeutet habe. Ich habe genug Artikel gelesen, um zu wissen, dass Dominik Carlson ein großzügiger Mensch ist, und aus erster Hand gesehen, wie gut er seine Spieler behandelt.

Dennoch ist eine solche Leichtfertigkeit schockierend, aber … ich habe noch nie jemanden gekannt, der über diese Art von Reichtum verfügt.

Dominik führt mich hinein, nachdem er einen Code in eine Alarmanlage im Foyer eingegeben hat. Während er an mir vorbeigeht, folge ich ihm über eine geschwungene Treppe in einen riesigen Raum, in den wahrscheinlich fünf normal große

Wohnzimmer passen würden.

Natürlich ist es komplett möbliert und geschmackvoll dekoriert, bis hin zum Schnickschnack in den Einbauschränken. Ich bin neugierig, wer sich um die Einrichtung gekümmert hat, denn ich hätte erwartet, dass jemand wie Dominik robuste, maskuline Stücke verwendet. Stattdessen sind die Möbel plüschig, aber leicht und luftig. Man könnte sich bestimmt mit einem guten Buch auf die Couch setzen und stundenlang darin versinken.

„Möchtest du einen Drink oder etwas Wein, während ich koche?", fragt Dominik und geht nach links in eine riesige Küche mit glänzenden Geräten, einer Kücheninsel in der Mitte, die acht Personen Platz bietet, und maßgefertigten Schränken im provenzalischen Stil.

„Wein", antworte ich und versuche, nicht auf die Pracht vor mir zu starren. Ich liebe es, zu kochen. Diese Küche könnte direkt meinen Träumen entsprungen sein.

Ich lege meine Tasche auf die Insel und ziehe mir einen Hocker heran. Dominik öffnet das, was ich für einen Schrank gehalten hatte, sich aber als eine Tür entpuppt, die in eine riesige Speisekammer führt. Sie ist größer als die meisten Küchen, die ich gesehen habe. Er kommt mit einer Flasche Wein zurück und entkorkt sie.

„Wie kommt es, dass du dich so unnahbar gibst?", erkundigt er sich, während er zu einem anderen Schrank hinübergeht und Weingläser herausholt.

„Unnahbar?", wiederhole ich und stelle mich ein wenig dumm, was mich sehr amüsiert. „Ich war den letzten Monat nicht im Land. Es ist schwer, sich etwas zu nähern, das nicht einmal in Reichweite ist."

Dominik schafft es, mit den Augen zu rollen und gleichzeitig ein Glas Wein einzuschenken. Er schiebt es über die Insel zu dem Platz, an den ich mich erst noch setzen muss. „Ich spreche nicht von körperlichem ‚Nähern'. Du hättest wenigstens auf meine SMS reagieren können."

Ich hebe das Glas und führe es an meine Lippen, während ich darüber nachdenke. Er hat recht. Ich hätte ihm einfach antworten können, dass er mich in Ruhe lassen soll, und das hätte er auch getan. Die Tatsache, dass ich das nicht getan habe, spricht Bände.

Aber ich bin nicht bereit, zuzugeben, dass ich ihn für gefährlich halte, was der Hauptgrund dafür ist, dass ich nie geantwortet habe.

Stattdessen wende ich mich wieder an ihn, während er sich selbst Wein einschenkt. „Warum hast du mir immer wieder gesimst, obwohl ich nicht reagiert habe?"

Dominik ignoriert sein Glas und geht zum Kühlschrank. „Ich finde dich faszinierend. Und halte dich für eine Herausforderung."

„Keine große Herausforderung", murmle ich und schwenke die Flüssigkeit in meinem Glas. „Ich habe dir innerhalb weniger Stunden nach unserem ersten Treffen nachgegeben.“

Er legt den Kopf zurück, lacht schallend und sieht mich über seine Schulter an. „Verdammt, danke dafür. Das war eine der besten Nächte, die ich je hatte.“

„Ich *bin* ein großartiger Fick“, stimme ich zu.

„Korrekt.“ Er klingt fast wehmütig, während er den Kühlschrank durchwühlt.

„Warum verzichten wir dann nicht auf das Vorspiel mit Wein und Essen und gehen direkt ins Schlafzimmer?“, schlage ich vor – na ja, es ist eher eine Herausforderung. „Ich wette, du hast ein tolles Bett.“

Dominik tritt vom Kühlschrank zurück und schließt die Tür mit der Hüfte. Er jongliert mit einer Packung Eier, Pancetta und einem Stück Parmesankäse.

Auch er grinst. „Wir werden ins Schlafzimmer gehen, wenn ich bereit bin. Ich werde dich ficken, wenn ich bereit bin, dich zu ficken. Aber jetzt bin ich am Verhungern, also werde ich Abendessen kochen. Entspann dich und genieße deinen Wein.“

Okay … Ich bin eine sture und unabhängige Frau. Ich mag es nicht, wenn man mir sagt, was ich tun soll, und ich ziehe es vor, das Sagen zu haben. Manche – vor allem mein Bruder – nennen mich unerbittlich, herrisch und überheblich.

Aber Gott steh mir bei, sobald Dominik die Entscheidung trifft, dass wir erst Sex haben werden, wenn er es sagt, werden meine Knie schwach. Aus irgendeinem seltsamen Grund habe ich das Bedürfnis, meinen Hals zu entblößen und mich von ihm unterwürfig festhalten zu lassen.

Und das passt so *gar* nicht zu mir.

Umso überraschter bin ich, als ich auf den Hocker sinke und einen langen Schluck des schweren Rotweins nehme.

„Wie, glaubst du, werden die Vengeance in den Play-offs abschneiden?", erkundigt sich Dominik und breitet alle Zutaten auf dem Tresen aus, bevor er in die Hocke geht, um einen Unterschrank zu öffnen.

„Du willst über Eishockey reden?", frage ich neugierig.

Er reckt seinen Kopf über die Kante der Theke. „Warum nicht? Du bist mehr als fähig dazu, da du aus einer Eishockeyfamilie kommst."

„Ich hätte nicht gedacht, dass dich meine Meinung interessiert", erwidere ich zurückhaltend.

Dominik erhebt sich und vergisst für einen Moment, was er eigentlich vorhatte. Er legt seine Handflächen auf die Granitplatte und lehnt sich über die Kücheninsel zu mir. „Willow ... Was glaubst du, was hier geschieht?"

„Ähm ..." Das ist alles, was ich zustande bringe.

„Du hast nur Sex erwartet und sonst nichts, habe ich recht?", vermutet er.

„Vielleicht ..."

„Also, wie gesagt, ich habe einen Riesenhunger." Dominik geht wieder in die Hocke und verschwindet erneut kurz, um im Schrank zu wühlen. „Und wenn du einfach nur schweigend dasitzen willst, nur zu. Wenn du dich ein bisschen unterhalten willst, dachte ich, Eishockey wäre ein guter Anfang, weil wir uns beide ein bisschen damit auskennen."

Ich fühle mich so was von fehl am Platz. Am besten wäre es wohl, wenn ich einfach aus dem Haus liefe. Ich möchte auf keinen Fall ein gutes Gespräch führen, denn das macht ihn noch gefährlicher, als ich ihn ohnehin schon einschätze. In einer Beziehung, in der es nur um Sex geht und keine Bedingungen gestellt werden, ist alles schwarz und weiß. Angenehme Interaktionen außerhalb des Schlafzimmers werden die Grenzen nur verwischen. Wenn man dann noch gute Konversation hinzufügt, wozu Dominik meiner Meinung nach durchaus fähig ist, wird die Situation zu verwirrend.

Und doch ertappe ich mich dabei, wie ich genau das tue, was er verlangt. „Ich glaube nicht, dass euch die Storm in der ersten Runde Probleme bereiten werden. Sie sind gut, aber sie wurden von zu vielen Verletzungen am Ende der regulären Saison geplagt. Ich sage voraus, dass ihr sie in vier Spielen wegfegen werdet, weil dein Team mehr Tiefe hat."

Dominik richtet sich auf, eine tiefe Bratpfanne in der einen und einen Topf in der anderen Hand. Sein Blick ist auf mich gerichtet. „Mehr Tiefe?"

„Die Statistiken belegen es schwarz auf weiß", erkläre ich und fahre fort, all die wichtigen Zahlen herunterzurasseln, die die Vengeance – zumindest auf dem Papier – zu einem Topteam machen. „Aber darüber hinaus hast du eine Gruppe von Männern zusammengestellt, die entweder durch deine Genialität oder durch Zufall zu einer Einheit zusammengewachsen sind und die ebenso viel Poesie besitzen wie Eishockeytalent. Sie harmonieren einfach auf natürliche Weise miteinander. Es ist fast so, als würden sie per Gedanken kommunizieren. Ich weiß nicht, wie du es geschafft hast – und ich bin sicher, dass jeder in dieser Liga dein Geheimrezept haben will –, aber du hast mit diesem Team Geschichte geschrieben, Dominik. Ich sage nicht nur voraus, dass ihr die erste Runde gewinnen werdet, sondern auch, dass ihr am Ende den Cup mit nach Hause nehmen werdet. Dein Team ist einfach dermaßen magisch."

Dominik starrt mich an und legt den Kopf leicht schief, als ob er nicht wüsste, ob ich ihn verarschen will oder nicht.

Er lässt die Pfanne auf die Arbeitsplatte sinken und murmelt: „Ich möchte dich jetzt wirklich ficken."

Ein Blitz sexueller Energie durchströmt mich, nicht nur wegen der Worte, sondern wegen des Hungers, der ihnen zugrunde liegt. Deswegen bin ich doch gekommen, oder?

„Aber …", beginnt er mit einem verschmitzten Grinsen, während er die Bratpfanne in die Hand nimmt. „Gutes kommt zu denen, die warten."

Ich möchte vor Frustration knurren. Ich möchte die Hüllen fallen lassen und verlangen, dass er mich gleich hier nimmt. Ich weiß, dass er es auch tun würde, denn er könnte mir nackt nicht widerstehen.

Aber wiederum … Gott hilf mir … Ich fühle mich insgeheim zu dieser kontrollierenden Seite von ihm hingezogen.

Eigentlich ist es nicht einmal eine Seite.

Es ist die Gesamtheit von Dominik Carlson. Er muss die Kontrolle haben und derjenige sein, der das Sagen hat.

Im Moment ist es nur ein Abendessen. Aber ich weiß definitiv, dass ich im Schlafzimmer so ziemlich alles tun würde, was er mir sagt.

Doch ich habe auch einen Ruf zu wahren. Dominik muss mich immer noch für eine Herausforderung halten, also hebe ich mein Kinn ein wenig an und betrachte die Zutaten. „Was machst du da?"

„Carbonara", antwortet er und schnappt sich den Karton mit den Eiern. „Klingt das gut?"

„Klingt köstlich. Kann ich helfen?"

Er lächelt verrucht. „Auf jeden Fall. Aber wenn du zu mir auf diese Seite der Kücheninsel kommst, kann ich nicht garantieren, dass ich dich nicht anfassen werde, während wir kochen."

Seine Hände eher früher als später auf mir? Das klingt nach einem guten Vorschlag, und er wird trotzdem denken, er hätte das Sagen.

„Sag mir, was ich tun soll." Ich lächle schelmisch und rutsche vom Hocker. „Gib das Kommando und ich gehorche."

Und das meine ich wirklich so.

Dominiks Augen blitzen auf, und ich merke, dass diese Worte der Unterwerfung mehr bedeuten, als dass ich ihm beim Kochen helfe.

Er stellt die Pfanne auf den Tresen. Mit seinem heißen Blick auf mir kommt er um die Kücheninsel herum und geht auf Tuchfühlung mit mir. Er legt eine Hand in meinen Nacken und beugt sich vor, um seinen Mund nahe an meinen zu bringen.

„Ich glaube, das Abendessen kann noch ein wenig warten", murmelt er.

„Weshalb?" Ich klinge atemlos und viel zu eifrig. Ich mag es nicht, aber ich kann nicht anders, denn dieser Mann gibt mir das Gefühl, etwas ganz Besonderes zu sein.

„Weil du die magischen Worte gesagt hast", antwortet er schroff.

Ich gehorche.

Dominik beugt sich vor. Meine Welt macht einen Kopfstand, als er die Schulter an meinen Bauch drückt und mich hochhebt. Seine große Hand legt sich auf meinen Hintern, um mich festzuhalten, dann schreitet er durch den riesigen Raum in den gegenüberliegenden Flügel des Hauses.

Es dauert nur wenige Augenblicke, bis ich wieder gedreht werde und auf einer plüschigen Matratze lande, auf der eine makellose weiße Baumwolldecke liegt. Ich nehme mir einen Moment Zeit, um mich in seinem Schlafzimmer umzusehen, und staune über das helle und luftige Ambiente, das zum Rest seines Hauses passt.

Dominik streift mir die Sandalen ab und lässt sie

auf den Boden fallen.

„Zieh dich aus, Willow", befiehlt er, während er beginnt, sein Hemd aufzuknöpfen.

Wie hypnotisiert bewege ich mich nicht, als seine Brust enthüllt wird.

„Sofort, Willow", brummt er, aber dann wird seine Mimik ein wenig undeutlich. „Es sei denn, du willst das nicht. Möchtest du lieber etwas Romantik haben? Es heute Abend etwas langsamer angehen lassen?"

Das reißt mich aus meiner Benommenheit heraus. Ich richte mich auf die Knie auf. „Oh, ich will es", versichere ich ihm und packe mit der Faust den Saum meines Kleides. „Genau so will ich es haben."

Dominik lächelt. Ein triumphierendes Heben der Mundwinkel.

„Ich brauche keine Romantik", fahre ich fort, während ich mein Kleid hoch und über den Kopf ziehe und achtlos auf den Boden werfe. Übrig bleiben ein trägerloser BH und ein passender Slip aus cremefarbener Spitze, von dem ich weiß, dass er zu meinem Hautton passt.

Dominiks Blick wird hungrig.

Wild.

„Runter auf Hände und Knie." Dominik entledigt sich schnell seiner Sachen und steht dann splitterfasernackt vor mir. Er bewegt sich zum Rand des Bettes und gibt mir einen weiteren Befehl. „Und komm her."

Es ist nicht misszuverstehen, was er will, als er

sich selbst in die Hand nimmt.

Und ich will das Gleiche. Ich lasse mich nach vorn fallen und meine Handflächen sinken in die Bettdecke. Ich krieche auf ihn zu und fühle mich dabei wie ein geschmeidiger Panther, der seine Beute jagt. Dominik schaut aufmerksam zu, sein Kiefer ist angespannt.

Ich schaue mir jeden langen, dicken Zentimeter von ihm an. Er ist genauso großartig wie in meiner Erinnerung. Mir läuft das Wasser im Mund zusammen, denn ich weiß noch genau, wie er schmeckt. Ich schäme mich kein bisschen. Ich hatte ihn schon einmal in meinem Mund, und ich will ihn wieder darin haben.

Vor allem, weil *er* mich dort haben will und nicht darum gebeten hat.

Er hat es mir befohlen.

Dominiks Knie drücken sich gegen die Bettkante, er schiebt seine Hüften nach vorn. Ich krabble zu ihm und öffne die Lippen.

Die Wärme seiner Haut gleitet an meiner Zunge entlang, als ich ihn tief in mich aufnehme, und ein Schauer läuft mir über den Rücken, als er ein dunkles, lustvolles Knurren von sich gibt.

KAPITEL 6

Dominik

In meinem Kopf dreht sich alles, als Willows Mund sich um meinen Schwanz schließt. Sie ist eine gottverdammte Sexgöttin, und ich weiß nicht, ob sie ein Spiel mit mir spielt oder nicht.

Da ist sie – ein wunderschönes, talentiertes, kluges und unabhängiges Geschöpf, das mich wochenlang vertröstet hat. Und im Handumdrehen ist sie auf Händen und Knien in meinem Bett und nimmt mich tief in sich auf.

Ich weiß nicht, was sie wirklich will. Aber ich glaube, die Antwort ist in diesem Moment nicht wichtig. Wir scheinen beide etwas zu tun, wonach wir uns sehr sehnen.

Sie hat gesagt, sie wolle keine Romantik, und es fällt mir schwer, das zu akzeptieren, denn meiner Erfahrung nach ist es das, was Frauen antreibt. Aber im Moment nehme ich es für bare Münze.

Ich gebe mich ihr hin, lege die Hände an ihre Wange und halte sie fest. Ich neige den Kopf nach vorn und beobachte, wie sie sich auf mir bewegt und kleine Kätzchengeräusche in ihrer Kehle von sich gibt, deren Vibrationen meine Eier zum Pochen bringen.

„Fass dich an", befehle ich. Die Lider über diesen schönen Augen heben sich, ihr Blick trifft meinen, und sie lächelt um meinen Schwanz herum.

Ich neige den Kopf zur Seite und beobachte, wie

sie diese zarten Finger zum Scheitelpunkt zwischen ihren Beinen führt und in das cremefarbene Höschen gleiten lässt. Ich kann nicht genau erkennen, was sie tut, aber ich merke es sofort, als sie ihren Kitzler berührt, denn sie stöhnt an mir.

„Genau so", lobe ich sie. „Fühlst du dich gut?"

Willow schließt die Augen, während sie sich selbst befingert und meinen Schwanz lutscht, und ich denke, sie könnte das perfekteste Wesen sein, das ich je gesehen habe.

Aber ich will mehr.

Ich lege meine Hand an ihren Hals, drücke sanft zu und schiebe sie weg. Sie gehorcht, ihre Lippen öffnen sich und sie leckt sich die Unterlippe. Ich kann mir ein Lächeln nicht verkneifen, als ihre Finger weiter zwischen ihren Beinen arbeiten.

Sie ist perfekt, verdammt.

Ich gehe zu meinem Nachttisch, ziehe die Schublade auf und nehme ein Kondom. Mrs. Osborne hat sich zwar gewissenhaft darum gekümmert, mein Haus mit dem Nötigsten auszustatten, aber das hier habe ich ihr nicht zugemutet. Bei meiner Ankunft heute Morgen habe ich eine neue Schachtel hineingelegt.

Ich habe mich noch nie so flüssig und mit so viel Vertrauen bewegt und mir genau vorgestellt, wie alles ablaufen wird.

Das Kondom ist auf meinem Schwanz, ich packe Willows Hüften und drehe sie so auf dem Bett, dass sie immer noch auf Händen und Knien liegt und ihren Hintern direkt vor mir hochgereckt hat.

Sie keucht, ihre Finger rutschen aus ihrem Höschen und beide Handflächen landen auf der Matratze.

Ich fahre über ihre runden Hinterbacken, hake meinen Finger unter die Spitze und ziehe sie zur Seite, um genau das zu enthüllen, was ich will.

Als ich in Willow eindringe, gibt sie einen gutturalen Laut von sich, ihr Rücken wölbt sich und ihre Finger krallen sich in die Bettdecke.

Besser als in meiner Erinnerung.

So verdammt gut.

Ich stemme die Füße auf den Boden, packe ihre Hüften fester und ficke sie langsam von hinten.

So hatte ich mir den Beginn dieses Abends nicht vorgestellt. Ich hatte wirklich vor, für sie zu kochen. Ich hatte sogar gehofft, dass ich sie dazu bringen könnte, sich zu öffnen, während wir an unserem Wein nippen.

Ich wollte wirklich versuchen, herauszufinden, was diese Frau antreibt.

Es hat nicht ganz so geklappt, wie geplant. Aber es konnte nicht anders enden, als dass wir jetzt hier sind, nachdem sie mir gesagt hat, dass sie mir gehorchen würde.

Ja, das hat eine Urreaktion ausgelöst, denn im Grunde meines Herzens glaube ich nicht, dass man Willow Monahan jemals etwas befehlen kann.

Das ist eine Illusion, da bin ich mir sicher, aber es ist eine, die mich sehr anspricht.

Ich hebe ein Bein, presse ein Knie in die Matratze, um mehr Druck auszuüben, und stoße in sie hinein. Immer und immer wieder, bis sie meinem Gewicht und meinem Drängen, tiefer einzudringen, nicht mehr standhalten kann. Ihre Arme spreizen sich und ihr Oberkörper senkt sich auf das Bett.

„Oh nein, so nicht", murmle ich, lege einen Arm um ihre Taille und ziehe sie hoch. Ich halte sie, festige meinen Griff und stütze eine Handfläche auf die Matratze. Ich stoße immer wieder tief in sie hinein und genieße die wimmernden Laute der Hingabe, die sie von sich gibt.

Ihr Kopf neigt sich nach unten, ihr Haar fällt nach vorn und macht den Weg frei, sodass ich die goldene Haut ihres Rückens betrachten kann. Mein Blick konzentriert sich auf die rosa-weißen Vertiefungen in ihrer Haut am oberen Teil. Narben sind über ihre linke Schulter verstreut. Sie sind mir vorher nicht aufgefallen, und ich frage mich, woher sie stammen.

Ich neige den Kopf und lasse meine Lippen über ihr Schulterblatt gleiten, bevor ich mit meinen Zähnen über dieselbe Stelle streife.

Willow erschaudert. „Ich bin kurz davor."

Ich auch. So verdammt nah dran.

„Halt dich fest", befehle ich und sie lässt ihre Hände wieder auf das Bett fallen.

Ich stütze mich mit dem anderen Knie auf der Matratze ab, lege die Finger auf ihre Hüften und fange an, immer schneller und härter in sie zu stoßen. Sie wölbt den Rücken und wirft ihren Kopf hin und her. Ihr dunkles Haar fliegt herum und bedeckt ihre Haut. Ich streiche es weg und fahre mit den Kuppen an der Spitze ihres BHs entlang.

Ich lasse den Blick schweifen und nehme sie in mich auf.

„So gut", stöhnt sie, dann spannt sie sich an. Ihre Muskeln ziehen sich abrupt um mich zusammen. Es ist ihr Orgasmus, der losbricht, und er ist intensiv.

Das ist es, was ich brauche, um meinen eigenen Höhepunkt auszulösen, und der längste, befriedigendste Ausbruch von angestauter Lust überwältigt mich.

„Fuck", brülle ich, während ich Willow so hart stoße, dass sie auf der Matratze zusammenbricht, und ich folge ihr, indem ich mit meinen Hüften pumpe, um das Gefühl zu verlängern.

Willow seufzt, als ich endlich zur Ruhe komme, meine Arme um sie schlinge und uns auf die Seite rolle.

„So habe ich mir den Abend nicht vorgestellt", sage ich und drücke meine Lippen auf ihre Schulter.

Sie lacht, ein unbekümmerter Laut, der mir versichert, dass sie mehr als glücklich ist, dass wir so angefangen haben. „Und du musstest nicht einmal deine Küche schmutzig machen, um zum Zug zu kommen."

Mein Kopf schießt in die Höhe. „Wie bitte?"

Sie wirft einen Blick über ihre Schulter. „Na ja … Ich meine, das war doch toll, oder? Genau das, was wir wollten. Du musst mir kein Abendessen kochen, weißt du."

Ich runzle die Stirn. „Du bist eine wirklich merkwürdige Frau."

Willow schnaubt. „Ach komm schon, Dominik. Wir haben tollen Sex miteinander. Deshalb hast du mir nachgestellt. Deshalb habe ich nachgegeben. Aber wir haben den Juckreiz gestillt und jetzt kannst du mich nach Hause bringen. Das nächste Mal nehme ich einfach ein Uber, um dich zu treffen. Es ergibt keinen Sinn …"

Ich drehe Willow auf den Rücken und richte mich auf, indem ich die Hände neben ihren Oberkörper stemme, sodass ich mich über sie erheben kann. „Scheiß auf gehen! Ich werde uns Carbonara machen, denn ich bin ausgehungert nach diesem Training. Wir werden essen, und dann kommen wir sofort zurück in dieses Bett, wo wir den ganzen Abend bleiben werden. Und ich will kein Wort mehr hören."

„Aber …"

Mein Mund trifft auf ihren für einen schmerzhaften Kuss, der sie zähmen soll. Als ich mich erhebe, wiederhole ich: „Die ganze Nacht. Ich bringe dich nach dem Frühstück nach Hause."

„Aber es geht doch nur um Sex. Das ist alles. Es ist …"

„Willow", knurre ich und ihr Mund schnappt zu. „Langsam habe ich das Gefühl, dass du ein Problem mit Intimität oder so hast. Wenn du das einfach nur tollen Sex nennen willst, ist das in Ordnung. Aber ich bin gierig, und das bedeutet, dass ich viel von dieser ‚Nur Sex'-Sache will. Also bleibst du heute Nacht in meinem Bett, und das ist mein letztes Wort."

Sie will sich streiten. Ich kann sehen, dass ich ihre tief verwurzelten Überzeugungen verletze. Ich weiß nicht, was die Ursache für ihre Probleme ist, und ehrlich gesagt ist es mir im Moment auch egal. Ich bin ebenfalls nicht auf der Suche nach einer innigen Beziehung.

Kurzfristig kann das zwischen uns funktionieren, weil ich denke, dass wir beide im Grunde das Gleiche wollen.

Außer … dass ich das Sagen haben muss. Das ist alles.

„Hör zu", beginne ich in einem vernünftigeren Ton. „Wir werden beide in derselben Gegend wohnen, so lange die Vengeance in den Play-offs sind. Wir sind beide wirklich sehr kompatibel im Bett. Keiner von uns beiden ist auf mehr als Sex aus. Also lassen wir es einfach auf uns zukommen, okay? Und flipp nicht aus, wenn ich will, dass du die ganze Nacht bleibst. Das ist sicher kein Hei-ratsantrag oder so."

„Gut", schnaubt sie und klingt sehr beleidigt we-gen des Wortes „Heirat". „Denn ich will nichts Tiefergehendes."

„Gut", stimme ich zu und grinse über ihren grimmigen Gesichtsausdruck. „Ich auch nicht. Aber es gibt da eine Sache, bei der wir uns einig sein sollten."

„Und die wäre?", fragt sie misstrauisch.

Ich lege meine Fingerspitze in die Vertiefung ihres Halses und ziehe sie dann in der Mitte ihrer Brust hinunter. „Dieser Körper gehört mir, und nur mir allein. Du teilst ihn mit niemandem sonst, während du mit mir schläfst."

Willow verengt die Augen und fletscht die Zähne. „Na schön. Gut, dass du mir einen passablen Orgasmus abtrotzen kannst. Du wirst genügen."

Ich lache über die völlig unzureichende Zusammenfassung dessen, was wir zusammen haben. Zum Glück ist mein Ego groß genug, um das auszuhalten.

Als ich den Blick zu ihr senke, schüttle ich rügend den Kopf. „Du bist süß, wenn du versuchst, unabhängig zu sein und so zu tun, als bräuchtest du mich nicht."

„Ich brauche …"

Meine Hand gleitet an ihrem Bauch hinunter, genau zwischen ihre Beine, und ich drücke fest zu. Willow keucht und krümmt sich zu mir, ihre Lider fallen zu und ihre Zähne graben sich in ihre Lippe.

Oh ja.

Vielleicht will sie ihr Herz nicht in die Sache verwickeln, was völlig in Ordnung ist. Aber ihr Körper ist bereits fest in meinem Besitz. Ich kann mit ihm machen, was ich will, und ich habe schon eine Million Ideen, wie ich das ausnutzen kann.

KAPITEL 7

Willow

Die Atmosphäre in der Vengeance-Arena ist so elektrisierend, dass mir die Haare auf den Armen zu Berge stehen. Die Mannschaft ist zum Aufwärmen vor dem Spiel auf dem Eis, und Metallica heizt die Menge mit ihrer Musik an. Sogar mein Vater, der am Ende der Reihe sitzt, wackelt ein wenig mit dem Kopf. Er und meine Mutter sind heute Morgen eingeflogen, um dem ersten Play-off-Spiel beizuwohnen, das für dieses Expansion Team historisch bedeutsam ist.

Meine Mutter befindet sich neben ihm, aber sie lässt sich von der Rockmusik nicht aus der Ruhe bringen. Stattdessen steht sie da, die Arme vor dem Bauch verschränkt, und beobachtet, wie ihr Sohn – mein Bruder Dax – mit der Mannschaft Aufwärmübungen macht. Sie war immer diejenige, die Dax' Hockey sehr genau im Blick hatte, während mein Vater eher der lustige Cheerleader-Typ war.

Regan und ich sitzen neben ihr. Dax hat uns neben seinen normalen Dauerkarten spezielle Plätze für die Play-off-Spiele besorgt. Regan und ich werden sie gemeinsam besuchen, aber meine Eltern wollten das erste und alle weiteren Spiele, an denen sie Zeit haben, nicht verpassen.

Ich richte meine Aufmerksamkeit auf das Eis. Ich kann gar nicht alle Spiele zählen oder mich an sie erinnern, in denen ich meinen Bruder habe spielen sehen. Darunter auch Play-offs mit anderen Teams – einschließlich einer enttäuschenden Niederlage im Conference-Finale, als er noch für Toronto spielte. Aber dieses Team hier hat etwas an sich, was über Dax' Erfahrung in der Liga hinausgeht.

Ich habe Dominik gestern Abend nicht veräppelt, als er mich nach meiner Meinung zu den Play-offs fragte. Er hat mit diesem Team etwas absolut Magisches aufgebaut, und ich kann es sogar an der Art und Weise sehen, wie sie sich aufwärmen. Jeder einzelne Spieler ist konzentriert und entschlossen, und doch … zeigen sie alle eine lässige Anmut in ihrer Haltung. Es ist, als ob sie den hohen Druck, unter dem sie stehen, akzeptiert und beschlossen hätten, ihn in die brillanteste positive Energie umzuwandeln, die ich je gesehen habe.

Es besteht kein Zweifel … Ein Teil ist darauf zurückzuführen, dass sich Tacker endlich wieder in der First Line eingelebt hat. Der Mann hat so viel durchgemacht, und obwohl ein Großteil außerhalb seiner Kontrolle lag, musste es sich negativ auf die Entschlossenheit des Teams ausgewirkt haben. Aber – und das meiste davon habe ich von Regan gehört – er scheint die wahre Liebe zum Leben wiedergefunden zu haben, nachdem er sich in seine Therapeutin Nora verliebt hat. Das wiederum hat sie alle näher zusammengebracht.

Der Beweis dafür ist die Tatsache, dass die First Line Dominik bei der Entscheidung geholfen hat, Rafe Simmons – unseren talentierten Anführer der

Second Line – nach Raleigh zu den Carolina Cold Fury gehen zu lassen. Und zwar in einem noch nie da gewesenen Deal. Niemals wurde ein derartiger Spielertausch am Vorabend der Play-offs durchgeführt, besonders nicht zwischen den beiden führenden Teams der jeweiligen Conference. Alle Sportnachrichtensender berichteten heute Morgen darüber, und Dominik hat mir gestern Abend über den Spaghetti Carbonara sämtliche Einzelheiten erzählt.

Und dann … getreu seinem Wort, gingen wir zurück ins Bett, das wir bis zum Frühstück nicht mehr verlassen haben.

Normalerweise übernachte ich nicht, da das in der Regel mehr als nur Sex bedeutet. Aber ich muss Dominik ein Lob aussprechen.

Wir haben außerordentlich wenig geschlafen.

„Also", flüstert Regan, während sie sich an mich lehnt und ihre Schulter an meine stößt. „Wirst du mir erzählen, wie es gestern Abend gelaufen ist?"

Wir haben uns heute noch nicht gesehen. Als ich von Dominik nach Hause kam, war Regan schon zu einer Schicht in ihrem Job als Kinderkrankenschwester unterwegs. Zum Glück war Dax auch weg. So musste ich nicht seine herablassende Enttäuschung darüber ertragen, dass ich mit seinem Chef schlief.

Aber während Dax eine gesunde Abneigung gegen Dominiks Interesse an mir hat, hegt Regan romantische Fantasien.

Um sie zu überzeugen, dass es rein körperlich ist,

rücke ich näher an sie heran. Ich muss so laut sprechen, dass ich die Musik übertöne, aber nicht so laut, dass meine Eltern, die auf der anderen Seite stehen, mich hören können. Ich nutze sogar meine Hand als Trichter, damit die Worte direkt in ihr Ohr dringen. „Wir hatten letzte Nacht viermal Sex, und er war großartig."

„Wow", antwortet sie ehrfürchtig. „Viermal? Dax und ich haben noch nie …"

Ich hebe die Hand, um sie zu unterbrechen. „Wir werden nicht über das Sexleben meines Bruders sprechen."

Schmunzelnd rückt Regan näher. „Also … seid ihr zwei jetzt *zusammen*?"

Meine Grimasse sollte als Antwort ausreichen, aber ich vergewissere mich, dass sie es versteht. „Nein, natürlich nicht. Ich date nicht. Und er auch nicht. Wir haben uns nur für gegenseitige Orgasmen getroffen, das ist alles."

Ihre Neugierde ist jedoch nicht gestillt. „Heißt das, ihr trefft euch aus dem gleichen Anlass wieder?"

Ich zucke mit den Achseln, obwohl Dominik das zu glauben scheint. Das hat er mir auch gesagt, als er mich nach dem versprochenen Frühstück, das im Bett serviert wurde, lecker war und auf das mehr Sex folgte, abgesetzt hat.

„Du kommst nach dem Spiel mit mir nach Hause", bestimmte er, nachdem er darauf bestanden hatte, mich zu Regans und Dax' Tür zu begleiten, wo er mich atemlos küsste.

Aber dann habe ich wieder genug Luft bekommen, um darüber zu diskutieren.

Regan stupst mich in die Rippen, doch ich ignoriere sie. Ich habe es satt, über die nicht enden wollenden Komplikationen zu reden, die Dominik Carlson in mein Leben gebracht zu haben scheint. Stattdessen konzentriere ich mich auf das Eis und tue so, als wäre ich von den Aufwärmübungen der Vengeance fasziniert.

Ich meine … Ich muss darauf vertrauen, dass Dominik und ich der gleichen Meinung sind. Ich denke, wir beide passen von den Einstellungen her genauso gut zusammen wie die anderen Teile unserer Körper, die letzte Nacht miteinander verschmolzen sind.

Er ist ein Playboy und nicht bereit, sich häuslich niederzulassen. Ich bin beziehungsunwillig und glaube, dass nichts Falsches daran ist, wenn eine Frau in dieser modernen Welt eine sexuelle Beziehung mit einem Mann eingeht, ohne die Erwartung, dass es über ein paar amüsante Momente hinausgeht.

Wir passen perfekt zusammen, oder?

Regan tippt mir auf die Schulter, aber ich ignoriere sie weiterhin und lehne mich noch weiter nach vorn, indem ich die Ellbogen auf die Knie stütze. Dax sieht draußen auf dem Eis schön locker aus.

Was bedeutet es also wirklich, dass es mir nicht schrecklich vorkam, neben Dominik aufzuwachen? Ich bin mir sicher, dass es nichts zu bedeuten hat, dass ich nicht völlig abgeschreckt war, in der Früh in seinen Armen zu liegen. Es schien nicht einmal zu aufdringlich zu sein.

Oder dass ich etwas enttäuscht war, als ich ihn heute Morgen wegfahren sah.

Ein weiteres Tippen auf meine Schulter ... dieses Mal noch eindringlicher. Entschlossen starre ich nach vorn und ignoriere Regan weiterhin.

Ich kann auch nicht dazu stehen, dass wir uns verdammt gut unterhalten haben, wenn wir nicht gerade Sex hatten oder uns berührten. Zugegeben, es ging hauptsächlich um die Play-offs und Dominiks Entscheidung, Rafe Simmons zu helfen, ein neues Zuhause bei den Cold Fury zu finden.

Und ich muss definitiv die warmen und schnulzigen Gefühle ignorieren, die durch das Wissen hervorgerufen werden, dass er die Liebe eines einzelnen Mannes zu seiner Familie über den Erfolg seines gesamten Eishockeyteams gestellt hat. Vor allem, da ihm klar ist, dass er einen sehr schrecklichen Fehler machen könnte, wenn er diesen Deal mit Gray Brannon abschließt.

Ein kleiner Seufzer entweicht mir, als ich mich daran erinnere, was er sagte, während wir im Bett lagen und uns im Mondlicht unterhielten. „Wenn wir uns nicht auf den Waiver geeinigt hätten", hat er zu mir gesagt und mit einer Locke meines Haares gespielt, „hätte ich ihn einfach auf die Verletztenliste gesetzt und nach Hause geschickt."

Das hat mich wirklich berührt.

Dass er seinen Spieler bereitwillig hätte gehen lassen, ihm weiterhin sein extrem hohes Gehalt gezahlt hätte und im Gegenzug nichts weiter von ihm erwartet hätte.

Es war viel zu aufschlussreich über Dominiks Charakter, so dass ich ihn als Person respektieren konnte, was ihn noch gefährlicher machte.

Regan stößt mir einen harten Ellbogen in die Rippen, der tatsächlich wehtut.

„Autsch", schnauze ich und drehe mich um, um sie anzustarren. „Was ist dein Problem?"

Sie antwortet nicht. Stattdessen deutet sie mit dem Daumen über ihre Schulter in Richtung des Endes der Reihe, wo mein Vater mit einem Mann spricht.

Und zwar nicht irgendeinem Mann, sondern Dominik Carlson.

In seinem gut geschnittenen dunkelblauen Anzug mit dezenten Nadelstreifen und einer gestreiften Krawatte in den Vengeance-Farben sieht er viel zu lecker aus. Sein dunkles, gewelltes Haar ist zurückgekämmt und er hat eine dicke Schicht Bartstoppeln im Gesicht. Es ist Play-off-Saison – die Saison der Bärte –, und ich habe gehört, dass er seine Gesichtsbehaarung aus Solidarität mit seinen Spielern wachsen lassen will.

Das ist auch für mich eine Gefahr, denn ich liebe einen guten Bart und das Gefühl, wenn er …

Dominiks Blick wandert von meinem Vater zu mir und trifft kurz auf meinen. Ich erhalte ein wissendes Lächeln – als ob er genau wüsste, was ich denke, oder sich an all die schmutzigen Dinge erinnern würde, die wir letzte Nacht getan haben.

Trotzdem bleiben seine Augen nur kurz auf mich gerichtet, bevor er sein Gespräch wieder aufnimmt.

„Was macht er denn hier?", fragt Regan mit vor Aufregung leicht erhobener Stimme. Für sie ist es das Äquivalent zum Prinzen, der zu Rapunzels Turm kommt, um sie zu holen.

„Keine Ahnung", murmle ich und richte meine Aufmerksamkeit wieder auf das Geschehen auf dem Eis.

Es dauert ein paar Sekunden, bis mein Vater meinen Namen ruft. Zögernd schaue ich zu ihm hinüber und stelle fest, dass meine Mutter endlich Platz genommen hat.

Mein Vater zeigt auf Dominik und einen Platzanweiser neben ihm. „Mr. Carlson hat uns in die Loge eingeladen, um das Spiel zu sehen."

Oh verflucht, einfach großartig.

Es geht ihm um mehr als nur um Sex, denn er bietet meiner Familie eine fantastische Möglichkeit an, die definitiv nicht in den Geltungsbereich unserer unverbindlichen Vereinbarung fällt.

Ich lächle Dominik höflich an, bevor ich den Kopf meinem Vater gegenüber schüttele. „Das ist ein nettes Angebot, aber ich würde gerne hier unten bleiben. Dax hat uns diese tollen Plätze besorgt. Nichts für ungut, aber es macht einfach mehr Spaß, während der Play-offs in der Menge zu sitzen."

Das Gesicht meines Vaters verzieht sich vor Enttäuschung. Beim Spiel in Detroit hat Dominik meine Familie in der Loge des Gastteams beherbergt, und mein Vater war von dem kostenlosen Essen und den Getränken unglaublich beeindruckt.

Ich hebe mein Kinn lässig in Richtung Dominik, um ihm zu zeigen, dass wir die Grenzen zwischen uns klar definiert halten müssen. Ich starre ihn herausfordernd an.

Der Blick, den ich von ihm erhalte, lässt mich erschaudern. Da ist ein Aufblitzen in seinen Augen – fast ein Hauch von Wut über meine Weigerung – und dann etwas Wärmeres, das sagt, dass er eine Herausforderung genießt. Schließlich schimmert die pure Entschlossenheit durch, mich unter seine Kontrolle zu bringen. In meinem Magen flattert es.

Verdammt … Warum mag ich dieses Gefühl so sehr?

Dominik macht meinem Vater ein Zeichen, dass er sich in unseren Gang begeben will. Meine Mutter und mein Vater stehen auf und Dominik schiebt sich vorsichtig an ihnen vorbei zu mir. Regan springt von ihrem Sitz auf, um Platz zu machen. Für eine kurze Sekunde denke ich, dass er genau das Gleiche tun wird wie gestern Abend und mich über seine Schulter wirft.

Stattdessen ignoriert er mich, schenkt mir nicht einmal einen Blick, sondern beugt sich über mich, um die Aufmerksamkeit der Fans zu meiner Linken zu erregen, die ich kaum beachtet habe.

Ich sehe sie an. Eine Gruppe – zwei Männer und zwei Frauen –, ungefähr in meinem Alter, alle tragen Vengeance-Trikots.

Dominik schiebt sich ein wenig über mich und streckt eine Hand aus. „Verzeihen Sie die Unterbrechung … Ich weiß nicht, ob Sie wissen, wer ich bin …"

Ein Mann springt auf. „Dominik Carlson", ruft er und schüttelt Dominik begeistert die Hand.

„Bingo", antwortet Dominik mit einem Lachen. „Und ich möchte euch vier die Möglichkeit bieten, während des Spiels in der Besitzerloge zu sitzen. Hat jemand Interesse? Es gibt Essen und Alkohol umsonst."

„Verdammt, ja!", ruft der andere Mann und alle vier springen von ihren Stühlen auf.

Das ist seltsam.

Was noch seltsamer ist, ist das böse Grinsen, das Dominik mir zuwirft. Als er sich aus dem Gang zurückzieht, verdränge ich es jedoch. Ich muss aufstehen und zurückweichen, damit die Gruppe an mir vorbeilaufen kann, um ihm zu folgen.

Ich meine … Versucht er, mich eifersüchtig zu machen, indem er vier Fremde mit in die Loge nimmt? Als ob mir das etwas ausmachen würde.

Ich erhasche verstohlene Blicke, als Dominik sich mit den vier Fans und dem Platzanweiser im Hauptgang versammelt. Er gestikuliert und gibt dem Platzanweiser ein Zeichen, damit er sich auf den Weg nach oben macht, während die Gruppe ihm folgt.

Und Dominik bleibt an Ort und Stelle.

Er sieht ihnen einen Moment lang zu, bevor er sich wieder zu mir umdreht. Sein schelmisches

Grinsen wird jetzt geradezu triumphierend, als er sich erneut in unsere Reihe drängt, vorbei an meiner Mutter, meinem Vater und Regan, bis zu meinem Platz.

Als ich mich nicht bewege, ist er gezwungen, über meine Beine zu steigen. Sobald er auf den Sitz neben mir geplumpst ist, verkündet er: „Viele Wege führen nach Rom, Willow."

Mir fällt die Kinnlade herunter, während ich ihn ungläubig anstarre. Es ist klar, dass der Mann das Spiel mit mir sehen will, und er hat einen Weg gefunden, es zu tun, obwohl ich versucht habe, ihn davon abzuhalten.

Außerdem war ihm bewusst, dass ich mich weigern würde, da er einen Platzanweiser mitbrachte, der die Fans zu seiner Loge führte. Er wusste, dass ich Nein sagen würde und er die Plätze neben mir erhalten würde. Hätten sich die Fans geweigert, hätte Dominik zweifellos obszöne Summen für diese Sitze – oder zumindest für den neben mir – geboten, nur um zu bekommen, was er will.

Ich weiß nicht, ob ich beleidigt oder beeindruckt sein soll.

„So romantisch", sagt Regan seufzend. Als ich in ihre Richtung schaue, lächelt sie.

Ich wage es, meinen Blick an ihr vorbei zu meinen Eltern schweifen zu lassen, die ebenfalls lächeln. Es ist offensichtlich. Sie denken, es wäre für die ganze Welt deutlich, dass Dominik Carlson an ihrer Tochter interessiert ist, und sie könnten nicht glücklicher darüber sein.

Ich drehe mich in meinem Sitz und wende mich dem unglaublich kontrollierenden Mann zu meiner Linken zu. „Bist du denn zu allem bereit, um deinen Willen durchzusetzen?"

Dominiks Augen bohren sich in meine. „Ja, wenn es um dich geht. Du könntest genauso gut gleich die Waffen strecken, Willow, und dich einfach ergeben."

„Niemals", zische ich, während ich mich auf das Eis konzentriere.

Aber tief in mir drin ist etwas, was von seiner Aggressivität erregt wird. Von seinem schieren Selbstvertrauen und der Kraft seines Egos. Von seiner Entschlossenheit, sich das zu nehmen, wovon er glaubt, dass es ihm gehört.

Das ist so ein … Neandertaler-Verhalten.

Welcher Irrsinn ist in meiner DNA verankert, der mich dazu bringt, das zu mögen?

KAPITEL 8

Dominik

Ich lächle vor mich hin, während ich Willow beobachte. Sie ist wieder in meinem Haus. Genau da, wo ich sie haben will. Sie steht neben ihrer Mutter, ihrem Vater, ihrem Bruder und ihrer Schwägerin.

Sie so schnell erneut hierherzubekommen, war etwas schwieriger, als ich erwartet hatte. Als ich sie heute Morgen nach unserer sehr langen und sehr befriedigenden Nacht bei Dax abgesetzt habe, habe ich sie gebeten, mir heute Abend nach dem Spiel Gesellschaft zu leisten.

Sie hat abgelehnt und erklärt, sie wolle Zeit mit ihren Eltern verbringen, die mit dem Flugzeug anreisten.

Das war ein legitimer Grund, aber ich spürte auch, dass das nicht die ganze Wahrheit war. Also fragte ich: „Wenn deine Eltern nicht kämen, würdest du dann bei mir schlafen?"

Und wie ich vermutet hatte, schüttelte sie den Kopf. „Nein. Das wird keine Sache für jede Nacht, Dominik. Das würde eine Art Beziehung implizieren."

„Nein, Willow", korrigierte ich mit leiser Stimme, als wir auf Dax' Veranda standen. „Das bedeutet lediglich, dass ich dich jede Nacht ficken will, wenn ich die Gelegenheit dazu habe."

Sie kicherte, gab mir einen kurzen, aber letzten

Kuss und ging zur Tür. Ihr Abschiedsgruß war: „Man sieht sich."

Er war dazu gedacht, mich in die Schranken zu weisen. Um ein wenig Macht über das zu haben, was zwischen uns ist.

Das ist für mich absolut inakzeptabel.

Deshalb habe ich dafür gesorgt, dass ich heute Abend während des Spiels bei ihr sitzen kann. Mir wäre es lieber gewesen, sie hätte sich bereit erklärt, mit ihrer Familie in die Trainerloge zu kommen, aber ich ließ mich nicht beirren. Ich hatte keinen Zweifel daran, dass ich die Leute neben ihr dazu bringen könnte, sich in Bewegung zu setzen, wenn es nötig wäre, und es hat gut geklappt.

Aber ich wollte mehr als nur bei dem Spiel Zeit mit ihr verbringen. Deshalb habe ich Mrs. Osborne gebeten, für heute Abend eine Party in meinem neuen Haus zu planen. Dann habe ich ihr per E-Mail mitgeteilt, dass ich die Mannschaft und ihre Familien dort erwarte, damit wir alle gemeinsam den Beginn der Play-offs feiern können.

Das war totaler Blödsinn. Ich wollte Willow heute Abend nur in mein Haus holen. Sobald ich sie da hatte, wollte ich sie nicht mehr gehen lassen. Aber eine Party macht immer Spaß und Mrs. Osborne hat sich mit dem Catering mächtig ins Zeug gelegt. Es ist ebenfalls hilfreich, dass wir die Seattle Storm mit 7:1 besiegt haben, was alle in Jubelstimmung versetzt hat.

Mich mehr als alle anderen, weil nicht nur mein Team gewonnen hat, sondern auch Dax mit seinen

Eltern und – was noch wichtiger ist – mit seiner Schwester im Schlepptau gekommen ist.

Bis jetzt habe ich sie ignoriert. Einige der Spieler wissen, dass ich mich für sie interessiere. Ich habe in der Nähe ihres Bruders keinen Hehl daraus gemacht und ihn wiederholt um Hilfe gebeten, um zu ihr durchzudringen, wenn sie nicht reagierte. Ich bin mir sicher, dass sich das in der Umkleidekabine herumgesprochen hat – pikanter Klatsch und so weiter. Außerdem hat jeder halbwegs intelligente Mensch, der auf der Rookie-Party war, auf der ich Willow zum ersten Mal getroffen habe, mein Interesse an ihr gesehen, und ich halte meine Spieler für verdammt schlau.

Nun, ich habe keine Ahnung, was ihre Eltern denken. Ich bin mir sicher, dass die Maßnahmen, die ich ergriffen habe, um bei dem Spiel neben Willow zu sitzen, Bände gesprochen haben. Leider haben sie wahrscheinlich romantische Vorstellungen. Sie sehen einen Mann, der ihrer Tochter den Hof machen will, während ich sie eigentlich nur kontrollieren und ficken will.

Vielleicht wissen sie aber auch, dass ihre Tochter nicht der Typ ist, der Beziehungen eingeht, und sie haben keine Erwartungen.

Trotzdem kann ich mir keine Gedanken über ihre Gefühle machen. In dieser Hinsicht bin ich egoistisch und kümmere mich nur um mich selbst.

Jemand tippt mir auf die Schulter und ich drehe mich um. Rafe steht hinter mir. Seit heute früh ist er technisch gesehen nicht mehr im Vengeance-

Kader, sondern gehört zu unserem Minor-League-Team in Rapid City, South Dakota. Die Reise dorthin wird er allerdings nicht antreten. Seine Versetzung auf die Waiver-Liste wird morgen rechtskräftig, und Gray Brannon wird ihn sich schnappen. Unser Team wird sich im Gegenzug Kane Bellan holen.

Natürlich hat Rafe heute Abend nicht gespielt, da er in die Minors geschickt wurde, aber er hat sein ehemaliges Team von der Tribüne aus angefeuert. Er fliegt morgen in seine Heimatstadt Raleigh, North Carolina, um sich seinem neuen Team, den Carolina Cold Fury, anzuschließen.

Als er seinen Arm ausstreckt, nehme ich seine Hand und schüttle sie.

„Ich wollte dir nur noch einmal für alles danken, was du für mich getan hast", sagt Rafe, dessen Stimme vor Gefühl ein wenig rau ist. „Das musstest du nicht, und mir ist klar, dass das Team dadurch gefährdet war."

„Ich war froh, dir helfen zu können", antworte ich bescheiden.

„Ja …" Er wirkt fast ehrfürchtig. „Du *bist* froh, wenn du helfen kannst. Das macht dich anders. Obwohl ich also dankbar bin, dass ich diese Zeit mit meinem Vater verbringen kann, bin ich sehr traurig darüber, die Vengeance zu verlassen. Ich hatte immer das Gefühl, zur Familie zu gehören, und was du getan hast, hat dieses Gefühl bestätigt."

Scheiße … Seine Worte verursachen ein unangenehmes Brennen in meiner Brust. Verdammt schmerzhafte Emotionen.

Ich räuspere mich und wechsle das Thema auf etwas, was leichter zu besprechen ist. „Bist du bereit, morgen zu gehen?"

Rafe nickt. „Ich habe den größten Teil des Tages mit Packen verbracht. Später in der Woche kommt ein Umzugsunternehmen, um meine Sachen zu holen, aber sie werden direkt eingelagert. Ich werde im Haus meiner Eltern wohnen, bis …"

Er bricht den Satz abrupt ab. Es ist offensichtlich, was als Nächstes gekommen wäre, wenn der Gedanke nicht zu schrecklich gewesen wäre, um ihn zu beenden.

Bis sein Vater stirbt.

„Hat er sich gefreut, dass du nach Hause kommst?", frage ich.

Rafe lacht und schüttelt reumütig den Kopf. „Nein. Er wollte, dass ich hierbleibe und es zu Ende bringe. Er war schon immer so, wenn es um meine Eishockeykarriere ging. Aber er versteht auch, warum ich es nicht tue, und er ist genauso dankbar wie ich, dass du es geschafft hast, mich zu den Cold Fury zu bringen. Jetzt habe ich wenigstens meinen Job, der mir helfen wird, bei Verstand zu bleiben."

Ich schenke ihm ein verschmitztes Lächeln. „Na ja, du wirst mit dieser Mannschaft nicht den Cup gewinnen, also opferst du eine ganze Menge."

Leise lachend beugt sich Rafe vor, nachdem er sich heimlich umgeschaut hat. „Hör mal … Morgen werde ich ein offizielles Mitglied der Cold Fury sein, was bedeutet, dass meine Unterstützung und meine unbedingte Loyalität ihnen gelten werden. Aber für heute Abend möchte ich doch sagen, dass ich glaube, dass dieses Team es ganz nach oben schaffen wird."

Ich drücke ihm die Schulter. „Danke für den Vertrauensvorschuss. Wir werden dich vermissen."

„Ich werde euch auch vermissen", antwortet er schroff und mustert den Raum. „Diese Party ist großartig. So habe ich die Möglichkeit, mich von allen zu verabschieden."

„Wenn du jemals zurückkommen willst …", sage ich und lasse den Vorschlag in der Luft hängen. „Ruf einfach Christian an, okay? Wir werden sehen, was wir aushandeln können."

„Danke, Dominik." Wir schütteln uns noch einmal die Hände, dann verschwindet Rafe in der Menge, und ich bin mir sicher, dass es viele emotionale Abschiede geben wird.

Ich beschließe, die Runde zu machen und sicherzustellen, dass ich mit jedem einzelnen Spieler und den Familien, die sie mitgebracht haben, spreche. Ich möchte als der Teameigentümer bekannt sein, der immer für sie da ist, wenn sie etwas brauchen.

Ich schaffe es, Willow fast eine Stunde lang zu meiden. Ich tue das nicht mit böser Absicht. Ich habe gerade fast drei Stunden mit ihr und ihrer Familie beim Spiel verbracht und ich möchte sie nicht verschrecken. Willow erträgt zwar einige meiner dominanten Verhaltensweisen, weil ich sie amüsiere, aber ich habe das Gefühl, falls sie sich jemals zu sehr in die Enge getrieben fühlt, wird sie vor mir davonlaufen.

Ich bin nicht bereit, zu verlieren, wenn ich noch gar nicht richtig im Rennen bin.

Aber als ich merke, dass die Leute anfangen, sich zu verabschieden, beschließe ich, dass ich mich mehr anstrengen und sie auffordern sollte, die Nacht hier zu verbringen. Als ich mich im großen Raum umschaue, sehe ich sie nicht. Einen Moment lang habe ich Angst, dass sie sich hinausgeschlichen hat, als ich nicht aufgepasst habe, aber dann bemerke ich ihre Eltern, Dax und Regan, die sich auf die Eingangstür zubewegen.

Ich mache mich auf den Weg dorthin, weiche den Leuten aus und vermeide Blickkontakt, um nicht aufgehalten zu werden. Ich erreiche sie, gerade als sie das Foyer betreten.

„Geht ihr?", rufe ich, um ihre Aufmerksamkeit zu erregen.

Willows Eltern lächeln freundlich. Ich habe die Zeit mit Linda und Calvin Monahan genossen, vor allem ihre Begeisterung, als sie Dax heute Abend spielen sahen.

„Für uns Oldtimer ist es ein bisschen spät", sagt Calvin und streckt seine Hand aus. „Aber danke, dass Sie uns eingeladen haben."

„Und wir gehen auch", fügt Regan hinzu. „Ich habe Frühschicht."

Dax sagt kein Wort, aber zumindest ist sein typisch finsterer Blick nicht zu sehen.

Doch ich mag es, ihn zu ärgern, also erzwinge ich ein Gespräch. „Wo ist deine Schwester? Ist sie schon draußen?"

Irritation blitzt in seinem Gesicht auf, aber dann verziehen sich seine Lippen zu einem Lächeln, das ich als unheimlich bezeichnen würde. „Eigentlich … wollte sie noch ein wenig Zeit draußen verbringen. Sie sagte, sie würde ein Uber nach Hause nehmen. Als ich sie zuletzt gesehen habe, hat Wylde sie gut unterhalten."

Das lässt mich innehalten. Ich drehe mich sogar um, um zu sehen, ob ich sie finden kann. Auch wenn Willow mir gestern Abend Exklusivität versprochen hat, heißt das nicht, dass mir der Gedanke gefällt, dass Wylde sie anbaggert. Es gibt einen Grund, warum er als Playboy des Teams gilt.

Als ich meinen Blick wieder auf Dax richte, grinst er.

Arschloch.

Aber ich spiele sein Spiel nicht mit, sondern wende mich an seine Eltern. „Sie beide sind bei jedem Spiel, das Sie in den Play-offs besuchen, in der Besitzerloge willkommen, egal ob es ein Heim- oder Auswärtsspiel ist. Einverstanden?"

„Sie sind viel zu freundlich", ruft Linda Monahan aus.

„Gute Reise zurück nach Michigan", sage ich und beuge mich vor, um Regan einen Kuss auf die Wange zu geben, was Dax sicher nicht gefallen wird. „Es war toll, mit dir das Spiel zu sehen."

„Danke, Dominik", erwidert sie.

Ich hebe den Blick zu Dax, der hinter Regan steht. Ich mache mich nicht lustig und versuche nicht, ihn zu provozieren. „Tolles Spiel, Dax. Du bist ein echter Anführer in diesem Team, und wir können uns glücklich schätzen, dich zu haben."

Er ist verblüfft, was mir ein wenig Genugtuung verschafft. Aber er nickt mir langsam zu. „Danke."

Nach einem letzten Nicken zu den Monahans will ich Willow finden und stoppen, was immer Wylde ihr von seinem besonderen Mojo zukommen lässt. Ich bin nicht nur kontrollierend, sondern ebenso besitzergreifend.

Ich schlendere durch mein Haus, bleibe nicht stehen, um ein Gespräch zu führen, ignoriere aber auch nicht jeden, der mich anspricht. So dauert es eine gute Viertelstunde, bis ich Willow auf der Veranda bei einer intimen Unterhaltung mit Wylde entdecke.

Ihre Stühle stehen rechtwinklig zueinander, die Köpfe sind eng zusammengesteckt, und Willow nippt an einem Glas Wein, während Wylde ein Bier in der Hand hält.

Meine Nackenhaare stellen sich sofort auf.

Ich fühle mich weitaus aggressiver, als ich es sollte.

Willow hat sich mir versprochen, und ein Gespräch bedeutet meist wirklich nicht mehr als ein Gespräch.

Was mich allerdings stört, ist, dass sie von ihrer Unterhaltung fasziniert zu sein scheint.

Das haben wir nicht – Willow und ich.

Wir haben Sex, darauf haben wir uns geeinigt, und aus irgendeinem Grund missfällt mir diese Vereinbarung gerade gewaltig.

Als sie bemerken, dass ich näher komme, verstummen sie. Wylde hebt sein Kinn. „Tolle Party, Dominik. Die perfekte Art, die Play-offs zu beginnen, aber du hättest ein paar Puckhäschen einladen können." Er wackelt mit den Augenbrauen.

Die Tatsache, dass Wylde vor Willows Augen eine unzüchtige Anspielung darauf macht, dass er es mit anderen Frauen treibt, sollte mich beruhigen. Aber ich habe mich nie bedroht gefühlt, dass er sie mir sexuell wegnehmen würde.

Was mich stört, ist, dass er sich für ihre Gedanken zu interessieren scheint und dass sie sich entschieden hat, diese mit ihm zu teilen.

Willow lächelt nur passiv und wirkt nicht gestört von der Unterbrechung. Ich beobachte sie und frage mich, ob sie sich wehren würde, wenn ich sie aus dem Stuhl auf der Terrasse reißen und über meine Schulter werfen würde. Alle meine Gäste ignorieren würde, um sie ins Bett zu schleppen.

Vermutlich ja.

„Okay", sagt Wylde und zieht das Wort in die Länge, als er sich von seinem Stuhl erhebt. Ihm muss klar sein, dass er stört. „Ich glaube, ich gehe ins *Sneaky Saguaro*. Mal sehen, was da los ist."

Ich schenke ihm endlich meine Aufmerksamkeit und reiche ihm die Hand. „Tolles Spiel, Wylde. Und ich bin froh, dass du heute Abend vorbeikommen konntest."

Er nickt und schenkt Willow ein Lächeln. „War nett, mit dir zu reden, Willow."

„Das beruht auf Gegenseitigkeit", murmelt sie.

Schweigend sehen wir zu, wie er die Terrasse überquert und ins Haus geht.

Als sich die Tür hinter ihm schließt, lasse ich mich auf den Stuhl sinken, den Wylde frei gemacht hat. „Deine Familie ist vor einer Weile gegangen. Sie sagten, du wolltest noch hier abhängen."

„Korrekt", antwortet sie und nimmt einen kleinen Schluck Wein.

„Beinhaltet das zufällig Pläne, bei mir zu übernachten?", frage ich und schenke ihr ein charmantes Lächeln. Heute Morgen hat sie gesagt, sie würde nicht bleiben, aber da sie noch hier ist und ihr Wagen nicht, habe ich Hoffnung.

Willow begutachtet mich, bevor sie antwortet. „Ich wollte nicht, doch dann wurde ein Job in Ottawa frei. Ich habe mich entschieden, ihn anzunehmen, also werde ich bald abreisen."

„Was ist das für ein Job?", frage ich. Ich weiß, dass sie Fotojournalistin ist, aber nicht viel mehr.

„Oh, es gibt einige große Studentenproteste wegen einer Studiengebührenerhöhung. Anscheinend werden übermorgen Tausende auf die Straße gehen."

Klingt für mich langweilig.

„Sie befürchten Ausschreitungen, und für den Fall, dass es sich um mehr als nur einen Marsch handelt, hat die Associated Press mich beauftragt, Fotos zu machen."

Ausschreitungen? „Ist es gefährlich?"

Willow zuckt mit den Achseln. „Wahrscheinlich nicht. Ich meine … Das sind doch nur ein paar Collegestudenten, oder?"

„Ich denke schon", murmle ich, enttäuscht darüber, dass Willow bald gehen wird. „Also … Du bleibst heute Nacht?"

„Sicher. Ich meine … Warum nicht?"

„Versuch, nicht so enthusiastisch zu klingen", antworte ich trocken und sie lacht.

Wenigstens das.

„Gib zu, dass du heute Abend Spaß hattest." Das überrascht sie, wenn ihre hochgezogenen Augenbrauen ein Hinweis darauf sind. „Während des Spiels zusammenzusitzen und tolle Spielzüge mit Abklatschen zu feiern – und das alles, obwohl wir uns einfach nur küssen wollten."

„Ich wollte dich ganz sicher nicht während des Spiels küssen", schnaubt sie hochnäsig.

Das bringt mich gleich dazu, ihr beim nächsten Spiel, zu dem sie kommt, das Gegenteil beweisen zu wollen.

„Und was ist jetzt?", frage ich. „Willst du, dass ich dich küsse?"

Ihr Lächeln ist verschmitzt. „Vielleicht."

Es gibt eine Million verschiedene Stellen, an denen ich sie küssen möchte, und ich denke, ich werde eine ganze Weile mit meinem Mund zwischen ihren Beinen verbringen.

„Wann kommst du aus Kanada zurück?", will ich wissen und tippe mit den Fingern auf die Stuhllehne.

„Wenn es nicht zu Problemen mit den verärgerten Studenten kommt, werde ich wohl beim dritten Spiel in Seattle dabei sein. Ich werde wahrscheinlich direkt dorthin fliegen.“

Sie wird für vier Tage weg sein. Das ist scheiße, aber ich werde es überleben.

„Ich habe deine Eltern eingeladen, bei jedem Spiel mit mir in der Loge zu sitzen“, teile ich ihr mit und will ihr das gleiche Angebot machen. „Ich würde mich freuen, wenn du beim dritten Spiel dabei wärst, doch noch mehr würde ich mich freuen, wenn du in dieser Nacht bei mir bleibst. Ich habe eine Luxushotelsuite in Seattle mit eigenem Jacuzzi auf der Terrasse. Stell dir vor, was wir darin alles machen könnten.“

„Ich kann mir vorstellen, dass wir ihn nach vier Tagen ohneeinander zerbrechen könnten.“

Ich liebe diese Antwort mehr als jede andere, die sie mir gegeben hat. Das bedeutet, dass ich ihr genauso fehlen werde, wie sie mir.

Und ich wage nicht einmal, darüber nachzudenken, was das heißt.

KAPITEL 9

Dominik

Die Regeln der Mediation sehen vor, dass wir uns an einem neutralen Ort treffen. Der Ort, auf den wir uns geeinigt haben, ist ein Konferenzraum in einem Hotel in der Innenstadt von Phoenix. Als Vertreter der Vengeance-Organisation sitzen auf der einen Seite des langen Tisches ich selbst, unser Anwalt Fred Gruber, Christian Rutherford in seiner Eigenschaft als Geschäftsführer und die drei namentlich genannten Angeklagten Dax Monahan, Erik Dahlbeck und Sebastian Parr, unser Direktor für Merchandising. Alle drei sind Opfer falscher Anschuldigungen, die von der mir gegenübersitzenden Frau erhoben wurden.

Nanette Pearson ist nicht so, wie ich sie mir vorgestellt habe. Unser Anwalt hat sie als manipulative Sexsirene beschrieben, die drei meiner Angestellten meisterhaft einen Prozess wegen sexueller Belästigung angehängt hat, um eine hohe Geldsumme zu erhalten.

Die Frau ist sehr hübsch, kein Zweifel. Aber ihr eigener Anwalt hat eindeutig Hand an ihre „Verwandlung" gelegt. Die Haare sind zu einem dezenten Dutt frisiert, und minimales Make-up und ein schlichter schwarzer Anzug mit einer bis zum Anschlag zugeknöpften Bluse darunter vervollständigen ihr Ensemble. Das Glanzstück ist die

Perlenkette um ihren Hals.

Sie sieht ganz wie das sanftmütige, bescheidene Opfer aus, als das sie sich seit der Einreichung dieser Klage darstellt. Ihr zufolge haben Erik, Dax und Sebastian sie mit dem Versprechen, dass sie im Gegenzug etwas Wertvolles vom Vengeance-Team erhalten würde, in sexuelle Beziehungen gelockt. Was sie sich von diesen „Gegenleistungen" verspricht, ist unklar, und ich bin gespannt, wie ihre Gedankengänge heute lauten. Allerdings nur zu meiner eigenen Belustigung. Ich werde ihr kein Wort glauben, denn ich vertraue meinen Jungs voll und ganz.

Sie ist nur wegen des Geldes hier, sonst nichts. Ja, Dax hat tatsächlich mit ihr geschlafen, aber dagegen gibt es kein Gesetz und keine Regel. Er vertrat die Organisation nicht in offizieller Funktion und hatte weder die Macht noch die Befugnis, ihr irgendwelche Versprechen zu machen. Erik schwört, dass er sie nie angerührt hat, und Sebastian meldete sie direkt bei Christian, nachdem sie versucht hatte, ihm bei einem Vorstellungsgespräch Oralsex anzubieten. Sie behauptet, Sebastian habe es von ihr als Gegenleistung für einen Job verlangt, aber das glaube ich nicht. Wenn das der Fall wäre, warum hätte er dann gleich danach sein Büro verlassen und direkt zu Christian gehen sollen, um ihn über den Vorfall zu informieren?

Ich kenne diese Männer.

Sie sind meine Männer, und meine Loyalität gilt ihnen. Ganz zu schweigen davon, dass wir durch umfangreiche Ermittlungen und Befragungen feststellen konnten, dass Nanette schlichtweg verrückt ist und immer wieder auf die Idee kommt, schnell reich werden zu wollen. Darüber hinaus ist sie wegen Diebstahls und Fälschung vorbestraft. Ich würde die Glaubwürdigkeit meiner Leute jederzeit über ihre stellen.

Unabhängig davon ist die Mediation lediglich ein Versuch, die Angelegenheit zu klären. Das ist etwas, was die Gerichte aus Gründen der Zweckmäßigkeit bevorzugen.

Vor dem heutigen Tag hat sich Fred Gruber mit uns getroffen, um uns das Verfahren und den Ablauf zu erklären. Zunächst werde Nanettes Anwalt seinen Fall darlegen und erläutern, warum sie ihrer Meinung nach Anspruch auf Entschädigung hat. Dann werde Gruber die Gelegenheit haben, unsere Verteidigung darzulegen und zu verdeutlichen, weshalb wir glauben, dass sie ihn nicht hat. Nach den Vorträgen werde ein neutraler Vermittler offenbar seine Magie wirken, um uns zu Verhandlungen zu bringen und eine Summe zu vereinbaren, die für alle Seiten gerecht ist.

Gruber hat uns befohlen, den Mund zu halten, keine Miene zu verziehen und unser Temperament unter Kontrolle zu halten. Das wird schwer sein, so viel ist sicher. Vor allem, wenn man dieser Frau bei ihren Lügen zuhört und weiß, dass sie erwartet, dass *ich* in meine Brieftasche greife und ihr Geld gebe.

Der Mediator ist ein kürzlich pensionierter älterer

Anwalt, der Fliege und Hosenträger trägt. Er beginnt mit einigen Bemerkungen über die Bedeutung des Mediationsverfahrens und darüber, dass wir beiden Seiten mit Respekt begegnen müssen. Das ist kein Problem. Ich bin schließlich Geschäftsmann und verstehe etwas von der Kunst des Verhandelns.

Die Kampfglocke läutet metaphorisch, als Nanettes Anwalt sich räuspert und dann mit der Darstellung ihres Falles beginnt. Es fällt schwer, ihm zuzuhören, wie er methodisch angebliche Tatsachen darlegt, von denen ich weiß, dass es sich um eklatante Lügen handelt. Aber Gruber wird die Gruppe daran erinnern, dass sie schon früher Menschen mit gefälschten Zivilklagen ins Visier genommen hat. Unsere Nachforschungen zu ihrem Hintergrund haben eine Menge hilfreicher Informationen ergeben.

Mein Nacken wird etwas heiß, als der gegnerische Anwalt darzulegen beginnt, wie sehr seine Mandantin traumatisiert ist. Dass sie immense Schmerzen und Leid erlitten hat. Nanette senkt den Kopf, während sie mit ihrer Halskette spielt, und lächelt leicht. Auch diese Behauptung wird Gruber zurückweisen, denn unsere Ermittler sind ihr gefolgt, und die Frau ist alles andere als traumatisiert. Sie führt ein sehr geselliges Leben mit vielen Partys und Flirtversuchen mit dem anderen Geschlecht. Meiner Meinung nach ist sie auf der Suche nach ihrem nächsten Ziel. Außerdem haben wir aufgedeckt, dass sie sich nach teuren Immobilien umsieht, die sie sich in ihrer derzeitigen finanziellen Lage nicht leisten kann. Sie versucht, ihre Einigungssumme auszugeben, bevor sie sie überhaupt erhalten hat.

Als ihr Anwalt fertig ist, sind meine Finger bereits fest um die Armlehnen meines Stuhls gekrampft.

„Zusammenfassend …", schließt er mit einer großen Portion Selbstgefälligkeit. Nanette sieht mir in die Augen, als er fortfährt: „Wären wir bereit, die Klage fallen zu lassen – für vier Millionen Dollar. Ich bin sicher, Sie werden mir zustimmen, dass das weit weniger ist als das, was ihr wegen dem, was sie durchgemacht hat, zustehen würde."

Nanette hebt ihr Kinn, ein selbstbewusstes Lächeln ziert ihr Gesicht. Sie weiß, dass ich derjenige mit dem dicken Scheckbuch bin, und sie hat keinen Zweifel daran, dass ich zahlen werde, was sie will.

Unser Anwalt kritzelt ein paar Notizen auf seinen Block und spielt dann ein bisschen Theater, indem er aufschaut und überrascht wirkt, dass sie ihren Vortrag beendet haben – als ob es nicht wichtig genug wäre, zuzuhören.

Er räuspert sich, legt seinen Stift beiseite und faltet die Hände auf dem Tisch, während er den anderen Anwalt streng ansieht. „Obwohl ich die Sichtweise Ihrer Mandantin zu dem, was ihrer *Meinung* nach passiert ist, schätze, glauben wir …"

„Warten Sie", unterbreche ich und richte mich in meinem Sitz auf. Bisher sind Nanettes Augen auf mich gerichtet geblieben, und jetzt wird ihr Blick noch intensiver. Ich breche den Blickkontakt und wende mich an unseren Anwalt. „Es tut mir leid, Mr. Gruber, aber ich muss etwas sagen."

„Ich würde wirklich davon abraten", sagt er, sein Tonfall zeigt allerdings, dass er weiß, dass ich nicht auf ihn hören werde.

Ich betrachte die beiden Personen, die mir gegenübersitzen – Nanette Pearson und ihr Anwalt. Bis jetzt habe ich mir nicht einmal die Mühe gemacht, meine Jungs anzusehen, alle drei zu meiner Linken. Aber sie sind im Moment unwichtig, weil sie nichts falsch gemacht haben.

Ich kümmere mich nicht um Nanette und spreche nur mit ihrem Anwalt, da sie für mich unbedeutend ist.

„Ich verstehe, dass Sie einen Job zu erledigen haben", sage ich ruhig und beschwichtigend. „Und in der heutigen Zeit ist es wichtiger denn je, dass wir uns für diejenigen einsetzen, die sich nicht selbst schützen können."

Als ich meinen Blick auf Nanette ruhen lasse, lehnt sie sich tatsächlich nach vorn und hängt an jedem meiner Worte. Denn für sie sind sie die Bestätigung, dass sie kurz davorsteht, wohlhabend zu werden.

Ich bewege mich auf meinem Sitz und schaue zwischen Dax, Sebastian und Erik hin und her. Alle haben einen angespannten Gesichtsausdruck und sind unsicher, was zum Teufel ich da tue.

Ich mache mir nicht einmal die Mühe, Gruber anzuschauen.

Schließlich richte ich meine Aufmerksamkeit wieder auf Nanette und schaue ihr in die Augen. Meine Stimme wird rasiermesserscharf. „Aber wenn Sie glauben, dass ich auch nur einen verdammten Cent von meinem Geld bezahle, um Sie für haarsträubende Lügen zu belohnen, dann schlage ich vor, dass Sie sich in eine psychiatrische Einrichtung einweisen lassen, denn das wird nie passieren. Sie haben diese Manipulationen ausgeheckt, um reich zu werden und gleichzeitig den Ruf guter Männer zu zerstören."

Gruber stößt einen gequälten Seufzer aus, weil er weiß, dass ich diese Mediation soeben zum Teufel geschickt habe.

Egal.

Ich erhebe mich von meinem Stuhl, knöpfe mein Jackett zu und gestikuliere vor meinen Spielern. „Lasst uns gehen. Wir haben Besseres zu tun."

Alle drei springen von ihren Stühlen auf. Gruber seufzt erneut, während er beginnt, seine Sachen zu packen.

Nanettes Anwalt sitzt wie erstarrt da, die Augen rund und der Mund schlaff.

„Falls es nicht klar war, lassen Sie mich das wiederholen. Ich werde dieser Frau keinen Cent zahlen. Weder jetzt noch jemals. Sie können diesen Prozess auf eigene Gefahr fortsetzen, aber ich werde Sie mit allem, was mir zur Verfügung steht, bekämpfen. Ich werde Sie in Gerichtskosten ertränken und jedes unappetitliche Detail über Ihre

Klientin aufdecken – und glauben Sie mir, wir haben schon eine Menge, aber ich bin sicher, es gibt noch mehr. Wenn sie mit mir in den Krieg ziehen will, dann machen Sie sich auf etwas gefasst … Ich gehe mit Atomwaffen vor, was Gegenklagen wegen Verleumdung und fahrlässiger Zufügung von seelischem Leid bei meinen Leuten sowie die Bezahlung unserer Anwaltskosten einschließen wird. Ich schlage vor, Sie bringen sie zur Vernunft."

Ich werfe Nanette keinen Blick zu. Stattdessen konzentriere ich mich auf den Mediator, der mit fassungslosem Gesichtsausdruck schweigt. Mit einem kurzen, entschuldigenden Nicken marschiere ich aus dem Konferenzraum, gefolgt von Gruber und meinen Männern.

Sobald sich die Tür hinter uns schließt, stürzt sich unser Anwalt auf mich. „Verleumdung? Fahrlässige Zufügung von seelischer Grausamkeit? Wissen Sie überhaupt, wovon Sie reden? Sie haben sie wahrscheinlich verärgert und jetzt wird sie auf noch mehr Geld klagen. Ich werde Schadensbegr…"

Ich drehe mich um und baue mich vor ihm auf. „Darf ich Sie daran erinnern, Mr. Gruber … Sie arbeiten für mich, nicht andersherum. Es ist allein meine Entscheidung, was ich in Bezug auf diese Forderung tun werde und was nicht, und ich werde ihr nichts zahlen. Ihre Aufgabe ist es nun, sie zu bekämpfen und in keiner einzigen Sache nachzugeben. Sie werden über unbegrenzte Mittel verfügen, mit denen Sie diesen Krieg führen können.

Wenn Ihnen das nicht passt, habe ich eine Armee von Anwälten zur Verfügung, die gerne tun werden, was ich verlange."

Gruber fängt an zu stottern und macht einen Rückzieher, indem er versichert, dass er die Aufgabe bewältigen kann und wie sehr er meine harte Herangehensweise an diesen Fall bewundert und respektiert.

Ich lasse ihn noch ein wenig weitermachen, bevor ich ihm sage, dass er mich morgen in meinem Büro treffen soll, um einen Plan für unseren nächsten Schritt zu erstellen. Er eilt davon und ich drehe mich zu meinen Leuten um.

„Das war verdammt genial", ruft Erik, der alles immer auf das Wesentliche herunterbricht. Das stört mich nicht im Geringsten.

„Vielen Dank, Mr. Carlson", sagt Sebastian, während er mir die Hand zum Schütteln reicht. „Danke, dass Sie an uns geglaubt haben."

„Gern geschehen", erwidere ich, weise aber dann, wie ich es immer tue, darauf hin: „Und ich heiße Dominik."

Sebastian nickt strahlend, und er und Erik machen sich auf den Weg zum Aufzug. So bleiben Dax und ich im Flur zurück, und wie immer sagt sein Gesichtsausdruck, dass er sich überhaupt nicht für mich interessiert.

Egal. Ich habe das nicht für ihn gemacht. Ich habe es für mein Team als Ganzes getan.

Ich nicke, bevor ich zum Aufzug gehen will, wo Erik und Sebastian warten.

„Dominik", ruft Dax und ich drehe mich zu ihm um. Es scheint ihm etwas unangenehm zu sein, als er etwas näher kommt und seine Stimme senkt. „Ich kann mich nicht daran erinnern, dass außerhalb meiner eigenen Familie einmal jemand so hinter mir gestanden hat. Ich weiß nicht, ob ich das jemals wiedergutmachen kann."

Ich blinzle überrascht. Ich hätte nicht erwartet, dass der Mann so aufrichtig dankbar ist. Denn ich bin mir ziemlich sicher, dass er mich hasst, weil ich seine Schwester mag.

Da ich nicht weiß, was ich sonst sagen soll, antworte ich: „Gern geschehen."

„Du weißt, dass darauf eine Gegenreaktion kommen wird", fährt er fort und runzelt besorgt die Stirn. „Ihre Behauptungen so ... gefühllos abzutun. Sie wird sich an die Presse wenden, und das wird dich schlecht aussehen lassen."

„Dann soll es eben so sein", entgegne ich ruhig. „Ich gebe Betrügern und Lügnern nicht nach. Die Wahrheit wird sich schließlich durchsetzen. Aber ich schlage vor, du machst dir darüber keine Sorgen. Ich werde mich um alles kümmern. Konzentriere dich einfach auf unser nächstes Play-off-Spiel."

„Wird gemacht, Chef", antwortet er lässig. Zum ersten Mal, seit ich ihn kenne, schenkt er mir ein echtes, aufrichtiges Lächeln.

Ich erwidere sein Grinsen, während wir zu den Aufzügen gehen.

„Weißt du", beginnt er wie nebenbei, „Willow

kann manchmal abweisend sein."

Ich bin überrascht, dass er freiwillig von seiner Schwester spricht, und bleibe auf halbem Weg stehen. Ich drehe mich zu ihm um, die Augenbrauen hochgezogen.

Dax zuckt mit den Schultern, als könnte er auch nicht glauben, dass er dieses Thema anschneidet. „Ich will damit nur sagen, dass du sie nicht aufgeben sollst."

„Ich habe nicht die Absicht, das zu tun", versichere ich ihm.

Nicht in nächster Zeit.

„Gut", antwortet er und hebt das Kinn, was ich als Zeichen dafür werte, dass ich jetzt seine Zustimmung habe.

Ich muss sagen … Es fühlt sich gut an, obwohl ich glaube, dass ich es vermissen werde, ihn mit meinem Interesse an seiner Schwester zu quälen. Nur ein kleines bisschen.

Wir wenden uns wieder den Aufzügen zu, doch ich werde von seiner Hand aufgehalten, die auf der Mitte meiner Brust landet. Er legt den Kopf schief und senkt seine Stimme zu einem warnenden Knurren. „Aber um es noch einmal zu sagen: Wenn du ihr wehtust, werde ich dir wehtun."

„Klingt fair", antworte ich.

KAPITEL 10

Willow

Dominik steigt aus der Limousine aus und streckt mir sofort die Hand entgegen. Der Fahrer steht an der Seite und hält einen Regenschirm über seinen Kopf, um ihn vor dem Ansturm des Regens in Seattle zu schützen, der einsetzte, während wir auf dem Weg von der Arena zum Hotel waren. Als Dominik mir aus dem Fahrzeug hilft, tritt er aus dem Schutz des Schirms heraus, damit ich ihn ganz für mich allein habe. Der Fahrer versucht, seine Haltung anzupassen, um uns beide zu erreichen, aber Dominik nimmt ihn ihm einfach aus der Hand, sodass nur ich darunter stehe.

Das ist gleichzeitig so Alpha und so süß.

Und ja, es gefällt mir.

Wir gehen zügig zum *Four Seasons* und Dominik reicht dem Limousinenfahrer den Schirm, bevor wir eintreten. Er streicht sich die Wassertropfen vom Jackett und fährt sich dann lachend durch die feuchten Haare.

Dieser Anzug kostet wahrscheinlich Tausende von Dollar – und doch wurde er nass, damit meine Gap-Jeans und mein Monahan-Eishockeytrikot trocken bleiben.

Das gefällt mir auch.

„Ich habe vor dem Spiel eingecheckt", erklärt Dominik, während er mich direkt zu den Fahrstühlen führt, seine Hand auf meinem Rücken. So oft hat er mich nicht mehr berührt, seit wir uns vorhin beim Spiel zum ersten Mal gesehen haben.

Wie geplant bin ich von Ottawa nach Seattle geflogen und habe dann ein Uber direkt zur Arena genommen. Dominik bestand darauf, dass ich in der Besitzerloge für das Gastteam sitze, und ich habe mich nicht dagegen gewehrt, sondern nur dafür gesorgt, dass Regan auch eingeladen wurde. Sie war schon da, als ich ankam, und nachdem ich meine Schwägerin umarmt hatte, lehnte sich Dominik einfach zu mir und gab mir einen sanften, aber sehr schnellen Kuss auf die Wange.

Ich denke, die Botschaft war klar.

Dominik wollte unsere Beziehung nicht vor anderen Leuten offenbaren, und davon gab es in der Loge viele. Er stellte mich allen Anwesenden vor, deren Namen ich meist sofort wieder vergaß. Es war eine bunte Mischung aus wohlhabenden Geschäftsleuten aus Los Angeles und ein paar Prominenten, die sich dazugesellten. Während sich das Spiel auf dem Eis abspielte, verbrachte Dominik die meiste Zeit damit, mit seinen Gästen zu plaudern und die Runde zu machen. Dabei behielt er jedoch das Eis im Auge und unterbrach die Gespräche häufig, um den Schiedsrichter anzufeuern oder ihm eine Obszönität zuzurufen, je nachdem, was gerade angebracht war.

Die meiste Zeit ignorierte er mich, und ehrlich gesagt war das eine Erleichterung, denn ich weiß nicht genau, wie ich reagiert hätte. Ich gestehe mir selbst ein, dass ich in den letzten vier Tagen viel zu viel an ihn gedacht habe.

Dominik hat mich hauptsächlich in Ruhe gelassen, während ich weg war. Er schrieb ein paarmal eine SMS, um zu erfahren, wie es läuft. Einmal teilte er mir mit, er könne es kaum erwarten, mich zu sehen. Und ich habe ihm eine SMS geschickt, nachdem die Vengeance Seattle im zweiten Spiel mit 3:2 besiegt hatten, um ihm zu gratulieren.

Seine Antwort *„Ich freue mich darauf, mit dir zu feiern"* hat mich ganz nervös und lüstern gemacht.

Das gefiel mir nicht, aber es machte deutlich, dass der Mann eine Wirkung auf mich hat, die ich nicht vollkommen kontrollieren kann.

Doch jetzt, mit seiner Hand auf meinem Rücken, die sich schwer, besitzergreifend und warm anfühlt, wird mir klar, dass die Besessenheit von ihm, die ich in den letzten Tagen verspürt habe, gerechtfertigt war. Und ich gestehe mir selbst ein – aber ganz sicher nicht ihm gegenüber –, dass er mich irgendwie in seinen Bann gezogen hat.

Natürlich auf eine Art, die nichts mit einer Beziehung zu tun hat. Ich meine nur, dass ich von ihm fasziniert bin und es genieße, Zeit mit ihm zwischen den Laken zu verbringen. Deshalb bin ich mit dieser unverbindlichen Sache, die wir am Laufen haben, immer noch einverstanden.

Das ist alles, was es ist.

Ich schwöre es.

Wir fahren mit dem Aufzug in den zehnten Stock, und Dominik führt mich zu einem Zimmer am

Ende des Flurs, an dessen Tür eine goldene Plakette verkündet, dass es die Präsidentensuite ist.

„Wow", rufe ich, als er die Tür öffnet. „Das hast du dir ja einiges kosten lassen!"

Dominik schnaubt und schiebt mich mit seiner Hand auf meinem Rücken hinein. Er schlendert zu einer Bar, die einen großen Wohnbereich flankiert, und zieht sein Jackett aus, das er über einen Stuhl wirft. Während er die Daten des Zimmers herunterrattert, entkorkt er eine Flasche Wein. „Über zweihundertdreißig Quadratmeter, zwei Schlafzimmer, zwei Bäder. Du kannst es jetzt nicht sehen, weil es dunkel und regnerisch ist, aber du und ich werden unser Frühstück am Morgen mit einem perfekten Blick auf den Puget Sound, die Elliot Bay und die Olympic Mountains genießen. Die Aussicht, die dieses eine Hotelzimmer auf diese drei Stellen bietet, ist unschlagbar."

„Ich habe fast Angst davor, zu erfahren, wie viel dich das gekostet hat", murmle ich, während er mir ein Glas Wein reicht.

„Nur 6900 Dollar pro Nacht", antwortet er mit einem Augenzwinkern. „Aber ich kann dir versichern, dass mich dieser Betrag nicht im Geringsten zurückwirft."

Lachend schlendere ich durch den Wohnbereich und werfe einen kurzen Blick in die luxuriöse Mastersuite. Ich stehe mit dem Rücken zu ihm, als ich bemerke: „Ich kann mir gar nicht vorstellen, wie reich du bist."

Plötzlich steht er direkt hinter mir, die Lippen an

meinem Ohr. „Warum stört dich mein Reichtum so sehr?“

Ich drehe mich zu ihm um und sehe, dass er ein Glas mit einer bernsteinfarbenen Flüssigkeit bei sich hat. „Er stört mich nicht. Er verblüfft mich nur.“

„Hältst du das hier für frivol?“, fragt er und deutet mit der freien Hand auf die luxuriöse Unterbringung.

„Ein wenig“, gestehe ich, bevor ich einen Schluck Wein trinke.

„Dann übernachten wir beim nächsten Auswärtsspiel in einem Motel“, sagt er großmütig. „Versprochen.“

Ich lache und schüttle den Kopf. „Jetzt übertreib mal nicht.“

Dominik grinst, nimmt meine Hand und führt mich ins Schlafzimmer. Mein Puls beschleunigt sich, weil ich weiß, was auf mich zukommt, und mich frage, ob ich mich bei ihm immer so fühlen werde.

Moment mal.

Immer?

Es kann kein Immer geben, Willow. Du musst diese Gedanken loswerden.

Er lässt meine Hand los, zieht seine Schuhe aus und steigt auf das Bett. Er lehnt sich an das Kopfteil, ohne einen Tropfen seines Getränks zu verschütten, grinst und tätschelt die Matratze. „Komm, erzähl mir alles über deine Reise nach Ottawa.“

Einen Moment lang spüre ich, wie mich Panik durchzuckt. So viele schmutzige Dinge er auch mit meinem Körper gemacht hat, er hat nichts so Intimes getan, wie mich zu bitten, mit ihm im Bett zu liegen, während wir etwas trinken und reden.

Er kann es offenbar von meinem Gesicht ablesen.

„Entspann dich, Willow", lockt er. „Ich möchte nur etwas mit dir trinken, und wir können uns entweder schweigend anstarren oder uns unterhalten. Über Ottawa kann man doch ganz einfach sprechen, oder?"

Ich stoße einen Atemzug aus, dem ein nervöses Lachen folgt. Ich klettere auf das Bett und balanciere mein Glas Rotwein, ohne mir die Mühe zu machen, meine Schuhe abzustreifen, so wie er es getan hat. Er sieht so perfekt aus mit seinem schicken Anzug, den nassen Haaren und der Krawatte, die schief hängt wegen des Winkels, in dem er sich zurücklehnt. Im Gegensatz zu mir mit meinem übergroßen Trikot, den zerrissenen Jeans und den Locken im losen Pferdeschwanz. Ich bin mir nicht ganz sicher, was er in mir sieht, aber ich denke nicht weiter darüber nach. Ich habe mir noch nie Gedanken gemacht, ob mein Aussehen gut genug für jemanden ist. Entweder ein Mann will mich oder er will mich nicht. Wenn er mich nicht will, ist das sein Verlust, nicht meiner.

Zumindest ist das meine Einstellung heutzutage.

„Also … Ottawa?", gibt mir Dominik das Stichwort.

Ich fahre mit der Fingerspitze über den Rand des

Weinglases und lasse meine letzten vier Tage dort Revue passieren. „Es war in Ordnung. Es ist nichts Aufregendes passiert, es sei denn, man zählt die Tatsache, dass ein paar Studenten Tomaten auf die Polizei von Ottawa geworfen haben und prompt verhaftet wurden."

Dominik lacht. „Hast du so etwas mal gemacht, als du auf der Uni warst?"

„Wie kommst du darauf, dass ich studiert habe?"

„Spiel nicht die Geheimnisvolle", entgegnet er mit ernster Miene. „Ich weiß, dass du an der Michigan State studiert hast. Was war dein Hauptfach?"

Keine Ahnung, woher er das weiß. Vielleicht aus den sozialen Medien, von meinem Bruder oder … Möglicherweise haben meine Eltern es irgendwann bei einem der wenigen Treffen mit ihm ausgeplaudert. Nicht wirklich wichtig.

„Fotojournalismus", erkläre ich. „Und natürlich habe ich auf dem College verrückte Sachen gemacht. Du etwa nicht?"

„Ich habe das College nie abgeschlossen", sagt er, was mich vollkommen verblüfft. Wie konnte ich das nur nicht über ihn wissen?

„Du verarschst mich!" Mein Mund bleibt leicht offen stehen und ich schließe ihn. „Ich meine … Ist das allgemein bekannt?"

Dominik zuckt mit den Schultern. „Es ist kein Geheimnis. Die Presse hat eine riesige Sache daraus gemacht, als ich die Quakes gekauft habe, aber heutzutage ist es keine so große Neuigkeit mehr."

Ich starre ihn einfach nur fassungslos an. Ein Mann, der nicht darüber nachdenkt, fast siebentausend pro Nacht für ein Hotelzimmer auszugeben, hat nicht einmal das College abgeschlossen. Ich meine, nicht, dass man einen Abschluss haben muss, um in diesem Leben erfolgreich zu sein. So viel weiß ich.

Aber verdammt, wenn ihn das nicht noch geheimnisvoller und aufregender macht, und ich will mehr wissen.

„Wie genau bist du so reich geworden und …"

„Wunderschön?", wirft er ein, die Mundwinkel schelmisch gehoben.

„Du bist ganz passabel", murmle ich und nehme noch einen Schluck Wein. „Aber ernsthaft … Erzähl mir, wie du es gemacht hast. Ich meine, vielleicht kann ich auch Multimillionär werden, wie du."

„Milliardär", korrigiert er.

„Was auch immer", antworte ich und rolle mit den Augen. „Also, schieß los. Erzähl mir jedes gruselige Detail."

Dominik lässt sich in die Kissen am Kopfende des Bettes fallen und nimmt einen weiteren Schluck von seinem Getränk. „Nun, ich habe an der UCLA studiert und war auf halbem Weg durch mein zweites Studienjahr – allgemeines Wirtschaftsstudium –, als ein Freund und ich ein Internet-Radiounternehmen auf dem Campus gründeten. Es war mehr ein Hobby als alles andere, aber dann haben wir angefangen, Sponsoren zu finden und anständige Werbeeinnahmen zu erzielen. Unsere Idee war es, Musik nicht nach Jahrzehnten oder Genres zu kategorisieren, sondern nach Gefühlen."

„Gefühlen?", frage ich und senke verwirrt das Kinn.

„Nehmen wir an, du kommst von einem anstrengenden Arbeitstag nach Hause und dein Gehirn tut einfach nur weh. Du möchtest ein heißes Schaumbad nehmen und alles einfach wegschmelzen lassen. Stell dir vor, du hättest eine Playlist mit passender Musik zur Hand."

„Calgon, bring mich weg." Ich lache und bringe das Zitat aus dem alten, kultigen Werbespot für den Calgon-Badezusatz an.

Dominik nickt leise lachend. „Wir nannten ihn den Calgon-Kanal. Oder sagen wir, du warst wütend und angepisst – wolltest einfach mit Sachen werfen und gegen die Welt wüten. Wir hatten eine Playlist mit wütender, aggressiver Musik. Oder du wolltest eine Tanzparty feiern. Oder Wiegenlieder für dein Kind. Alle unsere Kanäle waren auf Stimmungen ausgerichtet."

„Das ist brillant", sage ich voller Ehrfurcht.

„Wir nannten es Verve Radio. Vor dem Ende unseres zweiten Studienjahres hatten wir ein Angebot, uns für achtundvierzig Millionen Dollar aufzukaufen."

„Oh mein Gott", hauche ich.

„Ich nahm das Geld und investierte einen Teil davon in risikoreiche Start-up-Unternehmen. Als diese sich auszahlten, brach ich die Uni ab und schaute nie wieder zurück."

„Und dann hast du ein Basketballteam gekauft",
murmle ich.

„Und ein Eishockeyteam."

„Und ein Eishockeyteam." Ich nicke lachend. Ich
nehme einen weiteren Schluck von meinem Wein.
„Übrigens hat Dax mir erzählt, dass die Klage gegen ihn, Erik und Sebastian fallen gelassen wurde."

Dominik nickt, seine Augen leuchten vor Selbst-
zufriedenheit. Ich weiß auch, warum, denn mein
Bruder hat mir zusätzlich erzählt, dass Dominik
auf Nanette Pearson losgegangen ist. Er hat ihr
gesagt, dass sie eine eiskalte Lügnerin sei und
wenn sie sich mit ihm anlegen wolle, würde es ein
Krieg werden. Offenbar erfuhren sie am nächsten
Morgen, dass ihr Anwalt die Klage hatte fallen
lassen und eine kurze Erklärung dazu an die Presse abgegeben hatte. Die Vengeance-Organisation
verhielt sich stoisch ruhig bei all dem.

„Dax war sehr beeindruckt von dir." Ich lächle,
wohl wissend, wie wenig mein Bruder Dominik
mag.

Oder eher, wie wenig er ihn *mochte*.

Wahrscheinlich werden sie jetzt eine Männerfreundschaft haben.

„Es war richtig, das zu tun", bemerkt Dominik
beiläufig.

„Die meisten Multimillionäre ..."

„Milliardäre." Er grinst mich verrucht an.

„Die meisten Multimilliardäre hätten ihr etwas

gezahlt, damit sie verschwindet. Das wäre die einfachste Lösung gewesen. Meiner Erfahrung nach werden geschäftliche Entscheidungen selten danach getroffen, was richtig ist, sondern nach dem, was am einfachsten ist."

„So funktioniere ich nicht." Dominik nimmt einen kräftigen Schluck von seinem Drink, bevor er ihn auf dem Nachttisch abstellt. „So bin ich nicht."

„Ist es seltsam, dass ich mich gerade zu mehr hingezogen fühle als nur zu deinem Körper und deinem magischen Schwanz?", frage ich und rücke ein bisschen näher heran.

Dominik grinst. „Du glaubst wirklich, mein Schwanz hat magische Eigenschaften?"

„Er besitzt auf jeden Fall *etwas*", antworte ich verführerisch.

Das veranlasst Dominik, mein Glas zu nehmen. Ich bin damit einverstanden. Er stellt es auf den Nachttisch neben sein fast leeres Glas, dann rollt er sich zurück und legt seine Hand hinter meinen Kopf.

Als sein Mund den meinen trifft, lasse ich mich auf den Rücken fallen und schlinge die Arme um ihn, um ihn mit mir zu ziehen.

Dominiks großer Körper bedeckt meinen, seine Zunge gleitet in meinen Mund. Es verfestigt, was ich in den letzten vier Tagen im Hinterkopf hatte – ich bin mehr als nur besessen von ihm.

Ich habe ihn tatsächlich vermisst.

KAPITEL 11

Willow

Als ich vor der Shërim Ranch vorfahre, bedanke ich mich im Stillen bei Regan, dass sie mir heute ihr Auto zur Verfügung stellt, da sie mit Dax unterwegs ist. Es ist selten, dass er während der Play-offs frei hat, aber die erste Runde ist vorbei und die Vengeance haben die Seattle Storm in vier Spielen besiegt. Die nächste Runde beginnt erst in vier Tagen, wenn wir die Vancouver Flash zum ersten Spiel empfangen werden.

Den vierten Tag in Folge in Dominik Carlsons Bett aufzuwachen, ist nicht unbedingt eine schlechte Sache. In der Tat schien es fast natürlich, dass ich jede Nacht dort landete. Ich wohnte mit ihm in seiner Präsidentensuite in Seattle, als die Vengeance die Storm in den Spielen drei und vier besiegten. Wir kehrten nach Phoenix zurück und hatten bis zum Beginn der zweiten Runde nichts als Zeit, daher blieb ich die folgenden zwei Nächte in seinem neuen Haus.

Ich versuchte, mich zu wehren, und argumentierte, dass wir nicht jede Nacht zusammen sein müssten. Er konterte mit: „Gut. Dann isst du tagsüber mit mir zu Mittag und ich gebe dir die Nacht frei."

Mein Mund war zugeschnappt. Diskutieren war zwecklos. Er hatte seinen Standpunkt klargemacht. Er wollte Zeit mit mir verbringen und er bevorzugte die Nächte – genau wie ich. Aber wenn ich ihm das schon nicht gab, würde er darauf bestehen, einen anderen Termin zu bekommen.

Wie er mir bereits früher gesagt hatte, war er gierig, wenn es um mich ging, und ehrlich gesagt turnte mich das eher an als ab.

Inzwischen habe ich mich damit abgefunden, Dominiks Aufmerksamkeit zu genießen, und er ist eine nette Ablenkung, während ich hier bin, um meinen Bruder in den Play-offs anzufeuern.

Eine *sehr* nette Ablenkung.

Und es besteht keine Gefahr, dass mehr daraus wird. Wir haben uns beide darauf geeinigt, dass es nur das ist, was es ist, weshalb mein Argument, nicht jede Nacht mit ihm zu verbringen, nicht stichhaltig ist.

Also ja … Es war schön, mit ihm aufzuwachen.

Heute ist Dominik unterwegs und tut das, was Multimilliardäre eben so tun. Ich habe später Pläne mit ihm. Er hat darauf bestanden, dass wir in ein hübsches Restaurant gehen, was bedeutet, dass ich mir ein schickes Kleid kaufen muss.

Das ist in Ordnung, aber jetzt ist es Zeit für mich, Nora kennenzulernen.

Ich war etwas mehr als einen Monat im Kosovo, bevor ich zu den Play-offs nach Phoenix kam. Als Fotojournalistin reise ich durch die ganze Welt. Bei diesem speziellen Auftrag ging es darum, über den Jahrestag der Kriege dort zu berichten.

Ich wusste nicht, dass der Mannschaftskamerad meines Bruders, Tacker, eine Therapie bei einer

Frau namens Nora Wayne begonnen hatte. Ihr gehört die Shërim Ranch und sie setzt bei einigen ihrer Therapien Pferde ein.

Nora hat, wie es das Schicksal so will, im Kosovo gelebt. Sie ist Albanerin, und ihre Familie bestand aus Rebellen, die auf tragische Weise von den Serben ausgelöscht wurden. Sie war noch ein Kind und die einzige Überlebende.

Dax und Tacker riefen mich vor ein paar Wochen an und stellten mich auf Lautsprecher. Sie erzählten mir alles über Nora und was sie durchgemacht hat, und Tacker hat mich um einen Gefallen gebeten. Ich tat ihn gern für ihn und Nora, die ich nicht einmal kannte.

Das wird sich jetzt ändern.

Ich steige aus meinem Auto und gehe die Verandatreppe des Haupthauses der Ranch hinauf. Nora hat mich zum Frühstück eingeladen, weil ich ihr etwas mitzuteilen habe.

Ich habe nicht einmal Zeit, die Hand zu heben, um an die Haustür zu klopfen, bevor sie von Tacker Hall aufgestoßen wird. Ja, ich habe ihn gesehen, seit ich zurück bin, aber hauptsächlich auf dem Eis, wo er sich richtig austobt.

Doch es besteht kein Zweifel daran, dass dieser grinsende Mann ein anderer ist als der, den ich vor meiner Abreise kannte.

Dax hat von Tackers Verwandlung erzählt. Dass der normalerweise schweigsame Mann jetzt leicht lachte, auf dem Eis lockerer war und wie er das Team mit seiner Rückkehr wieder zusammengeschweißt hat.

Dennoch bin ich überrascht, als er über die Schwelle tritt und mich in eine kräftige Umarmung zieht. Er drückt mich fest an sich.

„Es ist so schön, dich zu sehen."

Als er mich loslässt, lache ich. „Du hast dich wirklich verändert. Dax hat mir gesagt, dass du kein Arschloch mehr bist, aber ich konnte es nicht glauben, bis ich es mit meinen eigenen Augen gesehen habe."

Tacker wirft den Kopf zurück und lacht schallend. Seine Augen leuchten, während er amüsiert den Kopf schüttelt. „Ich mag es, dass du die Dinge immer beim Namen nennst."

Ich beobachte ihn einen Moment, und es ist sonnenklar.

Er ist geheilt.

Sein Herz ist wieder ganz.

Seine Seele wiedergeboren.

„Komm herein", sagt er und tritt zurück.

Ich trete ein und bemerke mehrere Kisten im Wohnzimmer.

„Du bist eingezogen?", frage ich, als er die Tür schließt.

„Ja … Kurz bevor die Play-offs anfingen. Meine Wohnung war eine Bruchbude und sie lag nicht gerade in der besten Gegend. Da Nora hier arbeitet, ist es einfach bequemer, wenn wir hierbleiben."

„Es ist wunderschön", bemerke ich, als Tacker mich durch das Haus führt.

„Ich liebe es hier draußen", antwortet er über die Schulter. „Nora hat mich sogar dazu gebracht, auf Pferden zu reiten, obwohl ich die Viecher früher gehasst habe."

Als wir die Küche betreten, fällt mein Blick auf Nora, die sich gerade vorbeugt und eine Pfanne mit etwas aus dem Ofen holt, was aussieht und riecht wie Zimtschnecken. Sie stellt sie auf die Herdplatte und dreht sich dann lächelnd zu uns um. Bei ihrem Anblick stockt mir der Atem.

Sie ist umwerfend.

Ich meine … supermodelschön.

Ihr Lächeln verstärkt ihre Schönheit auf ein fast schmerzhaftes Ausmaß, aber es ist das Licht in ihren Augen, das ihren Zauber noch vergrößert. Es ist offensichtlich, dass sie ein guter Mensch ist.

Tacker stellt uns vor. „Babe … Das ist Willow Monahan."

Nora streift die Ofenhandschuhe ab, bevor sie auf mich zugeht. Als ich meine Hand ausstrecke, ignoriert sie sie und zieht mich für einige Augenblicke in einer warmen, allumfassenden Umarmung an sich, die nicht nachlässt. Ohne dass ein Wort zwischen uns gefallen wäre, spüre ich, wie ihre Dankbarkeit von ihrem Körper in meinen übergeht.

Sie zieht sich zurück, legt die Hände auf meine Schultern und sieht mich direkt an. „Danke für alles, was du für mich getan hast."

„Es war nichts", erwidere ich und meine Wangen werden ein wenig heiß.

Sie schnaubt. „Es war *alles* für mich."

Mir wird noch wärmer.

Sie lässt mich los. „Möchtest du eine Tasse Kaffee?"

„Das wäre großartig."

„Ich hole den Kaffee und die Zimtschnecken", bietet Tacker an und ich muss zweimal hinschauen. Er hat sich *wirklich* verändert. „Ihr zwei setzt euch und redet."

Nora geht zu Tacker, legt ihre Hand auf seine Hüfte und stellt sich auf ihre Zehenspitzen, um ihn zu küssen. Er schließt die Augen, um ihre Lippen zu empfangen, und mein Herz flattert als Antwort auf ihre sichtbare Liebe. Für einen kurzen Moment – im Grunde einen Wimpernschlag lang – denke ich, dass ich das möglicherweise eines Tages auch möchte.

Dann schlägt mir die Realität sprichwörtlich ins Gesicht und erinnert mich daran, dass ich es schon einmal versucht habe. Die Liebe hat mich vollgekotzt – so sehr, dass ich auf diese Art von Hingabe gern verzichte, *vielen Dank*.

„Setz dich", sagt Nora, deutet auf den Tisch und tritt selbst an die Kopfseite.

Ich ziehe einen Stuhl heraus, lasse mich daraufplumpsen und hole mein iPad aus meiner Umhängetasche. „Ich habe dir ein paar Fotos mitgebracht."

Nora erstarrt, den Hintern halb auf dem gepolsterten Stuhl neben mir, die Augen überrascht aufgerissen.

Ich schalte das Tablet ein. „Ich habe einige Zeit in

Albanien und im Kosovo verbracht, auch im Dre-nica-Tal."

Nora setzt sich schließlich. Sie holt tief Luft und stößt sie langsam wieder aus.

„Wenn du lieber nicht möchtest ...", biete ich schnell an. Es ist mir nie in den Sinn gekommen, dass sie das Gebiet, das einst ihre Heimat war, vielleicht nicht sehen will. Als Tacker mich einlud, sagte er, Nora wolle unbedingt Informationen über den Kosovo und die heutige Situation. Sie ist seit ihrer Abreise vor zwanzig Jahren nicht mehr dorthin zurückgekehrt.

„Nein", erwidert sie und schenkt mir ein selbstbewusstes Lächeln. „Ich möchte sie sehen. Das ist mehr, als ich jemals für möglich gehalten hätte. Ich meine ... Du hast die Gräber meiner Familie gefunden und ..."

Sie verstummt, denn es ist ein schwerer Moment. Ich habe sie in der Tat gefunden. Zwei sogar – das riesige Loch im Boden, in das man die Leichen der Rebellen nach ihrer Ermordung kurzerhand hineingeworfen hat, und die würdigen Grabstätten, die die internationalen Friedensarbeiter ihnen Jahre später gaben. Von beiden habe ich eine Menge Fotos gemacht, außerdem von der schönen Landschaft, den alten Gebäuden und den interessanten Menschen.

Mithilfe der Botschaft habe ich auch herausgefunden, wie Noras Familie exhumiert und in die Vereinigten Staaten überführt werden kann. Sie sollen auf der Shërim Ranch an der Seite ihrer

Adoptivmutter Helen Wayne beerdigt werden. Ich dachte, das ist der Hauptgrund, warum Nora und Tacker wollten, dass ich heute hierherkomme: Damit ich ihnen alles erzählen kann, was ich erfahren habe.

„Ich kann mir nicht vorstellen, welche Schrecken du erlitten hast", sage ich. Dax hat mir alles darüber erzählt, und wenn ich hätte zusehen müssen, wie meine Familie niedergeschossen wurde, glaube ich nicht, dass ich es so gut überstanden hätte wie Nora. „Ich bin mir nicht sicher, ob diese Fotos heilsam sind oder nicht. Aber sie sind wunderschön. Albanien ist wunderschön, wie du dich sicher erinnerst. Und die Menschen sind genauso schön. Wir könnten mit ihnen anfangen, wenn du willst."

In Albanien ist sie geboren worden. Soweit ich weiß, hat sie nicht lange dort gelebt, bevor ihre Familie in den Kosovo zog, aber es ist immer noch ihr Geburtsort.

„Ja, bitte", sagt sie eifrig, doch ihre Stimme zittert leicht. Tacker stellt sich hinter sie und beugt sich vor, um zwei Tassen Kaffee auf den Tisch zu stellen. Er drückt ihr einen Kuss auf den Kopf, während sein Blick zu mir wandert. Ich sehe ihm an, dass er sich über die Bilder freut, und er glaubt offensichtlich, es wird ihr guttun.

In der nächsten Stunde knabbern wir Zimtschnecken und blättern durch mein Material. Ich mache nur so schnell, wie Nora es möchte. Sie beginnt mit dem Land ihrer Kindheit, Albanien, bevor sie sich mutig in den Kosovo begibt. Sie studiert jedes einzelne Bild, manchmal schweigend, manchmal erzählt sie Tacker und mir von einem glücklichen Moment, an den sie sich erinnert. Das treibt ihr die Tränen in die Augen, und meine reagieren darauf genauso. Tacker hält die ganze Zeit über ihre Hand.

Ich trinke den letzten Schluck meiner zweiten Tasse Kaffee. Das iPad ist jetzt ausgeschaltet, während wir über die Play-offs plaudern.

„Wohin reist du als Nächstes?", fragt Tacker, als Nora aufsteht, um die leeren Teller und Tassen zur Spüle zu bringen.

Ich schiebe mein Tablet in meine Umhängetasche. „Eigentlich habe ich gerade ein Angebot für einen Job in der Demokratischen Republik Kongo bekommen."

„Warum? Was gibt es da?"

Ich ziehe eine Grimasse. „Krieg, Seuchen, Hungersnöte … das Übliche. In diesem Fall jedoch Unruhen wegen der bevorstehenden Wahlen."

„Ist es gefährlich?", fragt Nora.

„Könnte sein", antworte ich lächelnd. „Doch das gehört nun mal zum Job dazu."

„Es ist der Teil, der dir gefällt", vermutet Tacker.

Es stimmt zwar, dass ich ein kleiner Adrenalinjunkie bin, aber ich bringe mein Leben nicht gern in Gefahr. Ich liebe meinen Job einfach so sehr, dass ich dieses Risiko eingehen muss.

„Ich mag den Rausch, aus Flugzeugen zu springen oder mit Haien zu tauchen …" Ich stehe vom

Tisch auf und grinse. „Allerdings mag ich es nicht, wenn man auf mich schießt. Ich treffe sämtliche Sicherheitsvorkehrungen und wir haben immer unsere eigenen Sicherheitskräfte."

„Wirst du den Job annehmen?", erkundigt sich Nora.

Ich zucke mit den Achseln. „Ich muss ihnen bald Bescheid geben, aber ich wollte mir in den nächsten Wochen für die Play-offs eine Auszeit nehmen. Die Vengeance werden Geschichte schreiben."

„Wie wahr", stimmt Tacker lachend zu.

„Ich muss wirklich los", sage ich bedauernd. „Ich habe noch etwas zu erledigen."

Nora schenkt mir ein verschmitztes Grinsen. „Verdammt … Ich hatte gehofft, wir könnten über dich und Dominik Carlson reden."

„Ja." Tacker erhebt sich von seinem Stuhl und seine Augen funkeln schelmisch. „Was geht da ab?"

Ich habe mich gefragt, was die Leute wissen oder vermuten. Es ist kein Geheimnis, dass ich bei den Spielen in der Besitzerloge war. Mir ist klar, dass Dominik meinen Bruder persönlich auf eine nicht ganz so private Art über mich ausgefragt hat. Gott weiß, ich habe ihn oft genug deswegen schimpfen hören. Und Dominik hat auf der Party letzte Woche definitiv eine stille Aggression gegenüber Wylde an den Tag gelegt. Außerdem ist mir bekannt, dass Eishockeyspieler genauso viel tratschen wie Highschool-Mädchen.

„Sagen wir einfach, wir genießen die Gesellschaft

des anderen auf einer vorübergehenden Play-off-Basis", erkläre ich vage. „Aber danach werden wir sicher getrennte Wege gehen."

Nora legt den Kopf schief. „Warum?"

„Warum was?"

„Warum geht ihr getrennte Wege?"

Tacker und Nora wirken beide sehr verwirrt, aber sie kennen mich nicht gut. „Ich bin einfach nicht auf der Suche nach einer Beziehung", antworte ich. „Das ist nicht mein Ding."

„Das ist es nie", sagt Tacker, und der weise Ton, der in seinen Worten mitschwingt, lässt mir einen Schauer über den Rücken laufen. „Bis es so ist."

KAPITEL 12

Dominik

Ich sehe meinen Wohlstand nie als selbstverständlich an. Einer der Vorzüge dieses wahnsinnig gut ausgestatteten Hauses, das ich in Phoenix gekauft habe, ist ein Badezimmer, das wie dafür gemacht ist, darin zu wohnen. Es ist so groß, dass es auf einer Seite eine Sitzgruppe gibt, unter der ein Plüschteppich liegt. Eine Couch und zwei Chaiselongue-Sessel, und ich kann mir beim besten Willen nicht erklären, warum man in einem Bad Sitzgelegenheiten für mehr als zwei Personen braucht.

Aber damit kann ich leben, denn die versenkte Badewanne, in der problemlos vier Menschen Platz finden, ist ein perfekter Rückzugsort. Dort kann ich es mir mit Willow nach einem extrem heftigen Fick gemütlich machen, bei dem wir ganz schön ins Schwitzen gekommen sind. Dank des wunderbaren Warmwassersystems haben wir ein tiefes Becken mit warmem Wasser und duftenden Blasen, in dem wir uns entspannen können.

Willow sitzt zwischen meinen gespreizten Beinen und lehnt sich zurück, sodass ihr Rücken an meinem Oberkörper liegt. Ich habe einen Schwamm in der Hand und streiche damit über ihren Arm.

„Kane Bellan scheint sich gut in das Team einzufügen", bemerkt sie.

Das tut er. Er wechselte im Tausch gegen Rafe

schnell von Raleigh nach Phoenix, nachdem alles mit der Waiver-Liste erledigt war, und stand rechtzeitig zum zweiten Spiel gegen Seattle mit uns auf dem Eis. Bis zum vierten Spiel hat er seinen Rhythmus gefunden und in der ersten Runde ein Tor und drei Assists beigesteuert.

„Ich denke, sein Spielstil ist dem von Rafe so ähnlich, dass es für uns sehr viel einfacher war. Es war wirklich ein guter Tausch."

„Was gut ist, da Vancouver keine starke Second Line hat." Sie unterstreicht das mit einem Kichern, während ich den Schwamm unter ihren Arm und an der Seite ihres Busens entlang ziehe.

„Weißt du, es macht mich total an, dass du mit mir über Eishockey reden kannst", sinniere ich und bewege den Waschlappen zur Mitte ihrer Brust. Ich bringe meinen Mund nahe an ihr Ohr und murmle: „Das macht mich scharf darauf, *richtig schmutzige* Sachen mit dir zu machen."

„Mmm", gibt sie träge von sich. „Das ist okay für mich."

Natürlich ist es das. Sie ist unermüdlich, wenn es um Sex geht, was perfekt zu mir passt. Sie hat wirklich Spaß an der Kunst des Sex. Sie liebt Orgasmen und alles, was dazugehört. Sie ist sowohl eine Gebende als auch eine Nehmende. Manchmal gibt sie so gern, dass ich sie zwingen muss, sich zurückzulehnen und zu nehmen.

Sie ist in jeder Hinsicht perfekt, wenn es ums Ficken geht.

Als ich den Schwamm über ihren Bauch bewege,

drückt sie sich an mich und spreizt ihre Beine als stumme Aufforderung an mich, weiter nach Süden vorzudringen.

Sobald ich ihn über sie gleiten lasse, wölbt sie sich leicht, dreht den Hals und zeigt dadurch die elegante Neigung ihres Halses und ihrer Schultern.

Die Narben, die ich immer wieder bemerke, vor allem wenn ich sie von hinten nehme oder unter der Dusche einseife, blitzen durch die Blasenschicht hindurch.

Ich halte inne und fahre mit dem Zeigefinger meiner anderen Hand eine der Narben nach. Sie ist etwas tiefer als die restlichen, ganz weiß auf dem Olivton ihrer Haut.

„Woher hast du die?", frage ich.

„Afghanistan", antwortet sie in einem so gleichgültigen Ton, dass ich mir nicht sicher bin, ob sie einen Scherz macht oder nicht.

„Afghanistan?" Ich kann meine Ungläubigkeit nicht verbergen.

„Ja. Vor etwa drei Jahren, glaube ich. Wurde vom Schrapnell einer Panzerfaust getroffen."

Ich bin so erschrocken über diese Offenbarung, dass ich mich kerzengerade aufrichte, was Willow von mir wegstößt. Das ist gut, denn ich muss ihr Gesicht sehen.

Sie dreht sich zu mir und runzelt die Stirn.

„Willst du mich verarschen?", brülle ich.

Sie zieht die Augenbrauen zusammen, nicht besonders glücklich über meinen finsteren Blick. Sie spricht langsam, als ob sie einem Drittklässler etwas erklären müsste. „Ich bin Fotojournalistin. Manchmal arbeite ich in Kriegsgebieten.“

„Einen Scheiß tust du“, erwidere ich, nicht sicher, ob ich eine Frage stelle oder ihr befehle, zu gehorchen.

Ihr Gesichtsausdruck veranlasst eine kleine Stimme in meinem Kopf, zu schreien: *Abbruch, Abbruch,* aber ich beschließe, sie zu ignorieren.

„Du kümmerst dich um Studentenproteste und riskierst, von einer geworfenen Tomate getroffen zu werden“, erinnere ich sie, als ob ich in all die mysteriösen Geheimnisse eingeweiht wäre, die Willow Monahan ausmachen, obwohl ich in Wahrheit nichts weiß. „Das ist es, was man als Fotojournalist macht.“

„Nein“, sagt sie deutlich irritiert. „Ich erledige jeden Job, den ich mir aussuche, und manche davon sind in gefährlichen Gegenden. Manchmal werden Tomaten geworfen. Ein anderes Mal sind es vielleicht Granaten.“

„Dieser Scheiß hört sofort auf“, schreie ich fast.

Und dann … lacht Willow. Sie wirft den Kopf zurück, kneift die Augen zusammen und umklammert ihren Bauch, während sie hysterisch kichert.

Mein Kiefer mahlt, meine Zähne beginnen, zu knirschen.

Zum Glück lacht sie nicht lange. Sie öffnet die Augen und starrt mich mit einer Kälte an, die ich noch nie gesehen habe. „Niemand sagt mir, was ich tun darf und was nicht.“

Das stimmt nicht. In den letzten Wochen hat Willow sich jeder Menge Forderungen von mir gebeugt. Ich weiß einfach, dass ich ihren Kopf packen, ihr meinen Schwanz ohne ein einziges Wort in den Mund schieben könnte … und sie würde ihn mühelos nehmen.

Aber selbst mir ist klar, dass das etwas anderes ist.

Da geht es um Sex, und ich habe bereits herausgefunden, dass Willow es mag, wenn ich beim Ficken die Kontrolle übernehme.

Doch es ist Willows Leben, und ich habe da absolut nichts mitzureden.

Trotzdem mache ich wie ein Idiot weiter und versuche, eine Ruhe zu finden, die ich nicht in mir spüre.

„Ich verstehe, dass du liebst, was du tust, Willow. Ich bewundere es sogar. Aber denkst du nicht, dass du diesen Beruf vielleicht noch einmal überdenken solltest?"

„Warum?", erkundigt sie sich und richtet sich auf, um sich mir ganz zuzuwenden. Kaskaden von Wasser und Schaumblasen ergießen sich über ihren Körper und enthüllen mir seine Pracht, doch zum ersten Mal, seit ich sie kenne, bin ich nicht an dieser Schönheit interessiert.

„Weil du sterben könntest."

„Man könnte morgen von einem Bus überfahren werden."

„Ich würde sagen, die Chancen dafür sind weitaus geringer, als in Afghanistan in die Luft gesprengt zu werden."

„Darüber streite ich nicht mit dir", antwortet sie scharf und dreht sich, um aus der Wanne zu steigen. Damit habe ich nicht gerechnet, und ich erhebe mich eilig, um ihr hinterherzuklettern.

Sie schnappt sich ein Handtuch, schlingt es um sich und stapft ins Schlafzimmer.

Ich nehme mir ebenfalls eines und lege es mir rasch um die Taille. Als ich sie einhole, sammelt sie bereits ihre Kleidung vom Boden auf, wo sie vorhin abgelegt wurde.

Ich halte sie am Arm fest und zwinge sie, sich mir zuzuwenden. „Was machst du da?"

„Ich gehe."

„Warum?"

„Weil ich mich auf meinen nächsten Job vorbereiten muss. Ich fliege morgen."

„Was?", frage ich ungläubig. „Wohin? Warum erzählst du mir das erst jetzt?"

Sie reißt ihren Arm aus meinem Griff, dann lässt sie das Handtuch fallen. Sie beugt sich vor und schlüpft in ihr Höschen. „Weil ich den Auftrag bis eben nicht annehmen wollte."

„Welchen Auftrag?", brülle ich.

Sie streift sich den Slip über die Hüften und sieht mir direkt in die Augen, ein Hauch von Trotz in ihrem Blick. „Demokratische Republik Kongo. Da gibt es politische Unruhen. Könnte sehr, sehr gefährlich sein."

Sie verhöhnt mich, aber ich weiß, dass sie auch nicht übertreibt. Der Drang, sie zu packen, auf das Bett zu werfen und sie dort zu fesseln, damit sie nicht entkommen kann, ist überwältigend.

„Du nimmst also einen gefährlichen Job an, nur um mich zu ärgern?", knurre ich. „Sehr erwachsen, Willow."

„Nein, um dir zu beweisen, dass ich selbständig bin und dir kein Teil von mir gehört."

Das sind die falschen verfickten Worte, Willow.

Und eine zu große Herausforderung.

„Da liegst du falsch", schwöre ich ihr und gehe vorwärts, wobei das sinnliche Grollen meiner Worte deutlich macht, dass ich nicht mehr an Krieg und Gefahr denke.

„Dominik, nein!" Sie hält ihre Hände hoch, um mich abzuwehren. Sie geht rückwärts Richtung Bett, was perfekt ist.

Ich stürze mich auf sie, packe sie um die Taille und werfe sie darauf. Sie versucht, nach hinten zu krabbeln, aber ich lege mich auf sie.

Unsere Blicke treffen sich für einen Moment, und ich sage ihr eine Wahrheit, die sie nie vergessen wird. „Ich *besitze* einen Teil von dir."

Sie öffnet ihren Mund, um zu widersprechen, aber ich fülle ihn stattdessen mit meiner Zunge. Sie wehrt sich keinen Moment, ihre Hände tauchen in mein nasses Haar und ziehen mich fester an sich.

Der Kuss ist kurz, und sie gibt einen verärgerten Laut von sich, als sich meine Lippen von ihren entfernen. Aber dann schnurrt sie, als sie zu ihrem Hals, zwischen ihre Brüste und an ihrem Bauch entlang wandern. Ich rolle mich von ihr herunter,

gerade lange genug, um ihr den Slip hinabzu-
schieben, und sie schafft es, ihn wegzukicken.

Dann ist mein Gesicht in ihrer Pussy vergraben,
ihre Beine liegen über meinen Schultern und sie
wiegt sich heftig gegen meine Zunge. Es dauert
überhaupt nicht lange, bis ich sie zum Höhepunkt
bringe. Ihr Schrei während ihres eigenen Orgasmus bestätigt meinen Anspruch auf dieses kleine
Stück von ihr.

Ich bin hart wie Stein, als ich sie ein letztes Mal
lecke, mich dann an ihrem Körper entlang hoch-
schiebe und tief in sie eindringe. Sie wölbt sich
vom Bett und ruft meinen Namen. Ich möchte einen Siegesjubel ausstoßen, als ich anfange, sie zu
ficken.

Wir haben in Seattle auf Kondome verzichtet,
nachdem wir uns gegenseitig Monogamie zugesi-
chert und ein Gesundheitszeugnis vorgelegt hatten. Da sie auch die Antibabypille nimmt, vögeln
wir seitdem ohne Gummi, und Sex war noch *nie* so
intim. Ich habe immer Kondome benutzt, egal mit
welcher Partnerin.

Ich reite auf einem solchen Adrenalinhoch, seit
ich weiß, dass Willows Job gefährlich ist. Dass sie
in Gefahr war und wieder in Gefahr sein wird,
dass sie sich einen Dreck darum schert und mich
dann dazu bringt, meine Dominanz über sie im
Bett durchzusetzen. Ich stoße so fest in sie hinein,
dass ich Angst habe, ihr wehzutun.

Aber sie gräbt ihre Nägel in meinen Arsch und

keucht „Härter! Härter!" in mein Ohr.

Gott, wir sind verdammt perfekt zusammen. Warum kann sie das nicht sehen?

Ohne Vorwarnung fängt Willow an, wieder in tausend Stücke zu zerbrechen. Ihre Pussy zieht sich um mich zusammen, und ich verliere den Verstand und komme so hart in ihr, dass ich einen Urschrei der Befreiung ausstoße.

Ich sinke auf sie, völlig leer und unsicher, wo meine Welt steht.

Aber sie macht es nur allzu deutlich, indem sie mich von sich stößt.

Widerwillig rolle ich mich auf die Seite, und sie rutscht, ohne einen Blick zurückzuwerfen, von meinem Bett. Schweigend zieht sie sich an und geht auf meine Zimmertür zu.

Ich mache keine Anstalten, sie aufzuhalten, sondern teile ihr eine eigene Herausforderung mit. „Tu das nicht, Willow. Wenn du gehst, kann ich das hier nicht weiter machen. Ich will diese Art von Sorgen nicht haben."

An meiner Tür hält sie inne, ihre Hand am Türrahmen, als bräuchte sie ihn, um sich zu beruhigen. Sie dreht sich leicht zu mir, vielleicht weil sie sich fragt, ob ich noch etwas sagen werde.

Das werde ich nicht. Ich habe meinen Standpunkt klargemacht und ich verhandle nicht.

Ich halte den Atem an und hoffe, dass sie es sich anders überlegt.

Dreh dich einfach um, Willow. Lass uns darüber re-

den. Ich bin sicher, ich kann dich zur Vernunft bringen.

Als sie die Schultern durchdrückt und ihre Hand sich vom Rahmen löst, wird mir klar, dass ich verloren habe. Hoch erhobenen Hauptes verlässt sie mein Zimmer und schaut nicht zurück.

~ 141 ~

KAPITEL 13

Dominik

„Das ist mir egal, Roger", brülle ich in den Hörer. Die Frau, die vor mir kniet, macht ein ungeduldiges Schnalzen mit der Zunge und tippt mit einem Finger gegen die Innenseite meines Oberschenkels. Ich spreize die Beine noch ein wenig weiter. „Schaffen Sie mir den Prospekt bis Geschäftsschluss heute Abend her oder ich werde mein Geld woanders investieren."

Nachdem ich den Anruf beendet habe, starre ich stumpf aus meinem Bürofenster auf die Skyline von Phoenix. Es sieht mir nicht ähnlich, mich wie ein Arschloch gegenüber meinen Geschäftskollegen zu verhalten, aber die letzten Tage waren nicht gut. Willow hat mich vor sechs Tagen verlassen, und ich habe keine verdammte Ahnung, wo sie ist oder ob sie überhaupt noch am Leben ist.

Natürlich sage ich mir immer wieder, dass ich mir keine Gedanken darüber machen sollte. Ich habe ihr mitgeteilt, dass es mit uns vorbei ist, weil ich mir keine Sorgen um sie machen kann, und doch lasse ich hier meine Wut an denen aus, die es nicht verdienen.

Zu allem Überfluss haben wir gestern Abend auch noch das erste Spiel der zweiten Runde der Play-offs gegen die Vancouver Flash verloren. Unser Team hat eine beschissene Performance hingelegt, was perfekt zu meinen Emotionen passt, denn jetzt fühle ich mich schuldig, weil Willow weg ist. Wenn ich nicht so viel von ihr verlangt hätte, wäre sie vielleicht nicht gegangen. Ich habe den deutlichen Eindruck, dass ich der Grund bin, warum sie das Jobangebot angenommen hat, das sie weit weg in eine gefährliche Gegend der Welt führte.

Ich schaue auf die Frau vor mir hinunter, die mit ihren Händen effizient an mir arbeitet. Ich habe in zehn Minuten ein Meeting, für das ich mich fertig machen sollte, und sie ist nichts als eine Ablenkung.

Ein scharfes Klopfen an der Tür lässt mich über die Schulter sehen. Sie öffnet sich und Dax steckt den Kopf herein.

Ich lächle zur Begrüßung und einen Moment lang tut Dax das Gleiche. Doch dann senkt sich sein Blick, vielleicht weil er die Bewegung der Frau bemerkt hat. Sein Gesichtsausdruck wird stürmisch und fast lila vor Wut.

Ich habe keine Zeit, zu reagieren, als er wie ein Stier auf mich losgeht. Er legt eine Hand auf meine Schulter, packt meinen Gürtel hinten und schleudert mich durch mein Büro.

„Du verdammter verlogener Mistkerl", brüllt er und stürmt erneut auf mich zu. Diesmal legt er beide Hände auf meine Brust und knallt mich gegen die Wand. Mein Kopf prallt gegen ein gerahmtes Foto von Gordie Howe.

„Was zum Teufel ist los mit dir?", knurre ich, mache aber keine Anstalten, mich aus seinem Griff zu befreien.

„Was zum Teufel mit *mir* los ist?", schreit er und fletscht die Zähne. „Was zum Teufel ist los mit *dir*?! Du gehst mit meiner Schwester aus und lässt dir von einer anderen den Schwanz lutschen?"

Das soll wohl ein Witz sein.

Ich könnte die Sache richtigstellen, aber ein böser Funke in mir erinnert sich daran, wie viel Spaß es macht, Dax zu ärgern. Also antworte ich nur: „Deine Schwester und ich haben uns vor sechs Tagen getrennt."

„Blödsinn", entgegnet er wütend.

„Es stimmt." Ich zucke leicht mit den Achseln. „Ich denke, du schuldest der netten Dame da drüben eine Entschuldigung dafür, dass du hier reingekommen bist und dich wie ein Arsch benommen hast."

Dax löst seinen Griff und dreht sich um, um über seine Schulter zu schauen. Ich kann seinen Gesichtsausdruck nicht sehen, aber ich erkenne genau den Moment, in dem er merkt, wie falsch er bei diesem ganzen Szenario liegt, als er murmelt: „Fuck."

Denn die Frau, die auf dem Boden kniet, ist meine Schneiderin – mit einem Maßband in der Hand, einem Notizblock unter dem Arm und einem Bleistift hinter dem Ohr. Sie passt mir seit fast sieben Jahren Maßanzüge an. Außerdem ist sie fast sechzig Jahre alt, was das alles viel lustiger macht, als es sein sollte.

„Das ist Mrs. Welsh", informiere ich Dax freudig und klopfe ihm auf die Schulter. „Sie ist meine

Schneiderin."

„Verdammt noch mal", murmelt Dax und entschuldigt sich tausendmal bei Mrs. Welsh, die ihm versichert, dass alles in Ordnung sei.

Er sieht mich an und zuckt mit den Achseln. Zu meiner Überraschung bekomme ich ebenfalls eine Entschuldigung. „Sorry."

Es ist nicht viel, und es ist auch nicht wirklich nötig, aber es scheint ihn zu beruhigen. „Kein Problem. Was brauchst du?"

Ich gehe zu Mrs. Welsh hinüber, die wieder in aller Ruhe die Innennaht meines Beins misst. Ich weiß nicht, warum sie jedes Mal auf das Messen besteht. Ich bin mir ziemlich sicher, dass ich nicht schrumpfe, aber vermutlich bekomme ich das, wofür ich bezahle.

„Ich habe gerade mein Training beendet und bin vorbeigekommen, um zu sehen, ob du mit mir essen gehen willst", sagt Dax.

Ich blinzle überrascht. Ich meine, er und ich haben unsere Differenzen beigelegt. Er hat akzeptiert, dass ich mit seiner Schwester ausgehe, aber ich hatte nicht mit einer Freundschaft oder so gerechnet.

„Ich bin fertig, Mr. Carlson", meldet sich Mrs. Welsh zu Wort, und ich reiche ihr meine Hand, um ihr aufzuhelfen. Für ihr Alter ist sie jedoch sehr rüstig und steht ohne meine Hilfe auf. „Ich werde die Maße, zusammen mit der Auswahl, die wir getroffen haben, mitnehmen. Ich gehe davon aus, dass wir die erste Anprobe in etwa vier Wochen durchführen können."

„Klingt gut", sage ich und lächle entschuldigend. „Danke."

Mrs. Welsh geht und schließt meine Bürotür hinter sich.

„Warum hast du dich von meiner Schwester getrennt?", fragt Dax. Er klingt defensiv.

Ich drehe mich zu ihm um, nicht gerade überrascht, dass er mich beschuldigt, hier der Schuldige zu sein. Aber ich habe nicht das Bedürfnis, die Tatsache zu verbergen, dass das nicht alles auf meinen Schultern lastet. „Weil deine Schwester verdammt irre ist. Deshalb."

„Ich hoffe, du hast einen guten Grund, das zu behaupten", knurrt er mit tiefer Stimme warnend. „Sonst muss ich dir in den Arsch treten."

„Ach komm schon", schnauze ich und breite frustriert die Arme aus. „Erzähl mir nicht, dass es dich nicht stört, was sie beruflich macht. Ich meine, ich weiß nicht, wie ihr alle einfach danebenstehen könnt, während sie sich in solche Gefahr begibt …"

„Wovon redest du?", unterbricht Dax mich. Sein Gesicht zeigt reine Verwirrung.

Das bringt mich zum Nachdenken. Weiß er wirklich nicht, was sie tut?

„Ich spreche davon, dass deine Schwester in ihrem Beruf an gefährliche Orte reist. Wusstest du das nicht?"

Er runzelt weiterhin die Stirn und meint: „Nun ja … Wir wissen, dass sie in einigen riskanten Gegenden war, aber sie ist immer mit einem kompletten Sicherheitsteam unterwegs, um sich zu schützen. Sie hat uns versichert, dass es ein geringes Risiko ist und eigentlich ziemlich sicher …"

„Himmel, du bist ein verdammter Idiot, Dax", murmle ich, was ihn zum Schweigen bringt. „Wie kannst du so was nur sagen – vor allem, wenn du weißt, dass sie verwundet wurde?"

„Was?", ruft Dax so scharf, dass sich sein ganzer Körper anspannt.

„Verwundet", wiederhole ich, dieses Mal etwas leiser. Offensichtlich ist diese Nachricht eine Überraschung. „Sie wurde von einem Granatsplitter getroffen."

„Einen Scheiß wurde sie."

„Genau das habe ich auch gesagt, als ich es herausfand." Ich schüttele den Kopf. „Also … Offensichtlich weißt du nicht, dass sie sich in Gebieten aufhält, in denen die Gefahr von Verletzungen und Tod real und sehr präsent ist. Wie kannst du das nicht wissen?"

„Weil meine Schwester uns nie gesagt hat, dass sie verwundet wurde", knurrt er, bevor er sich schwer auf meine Couch fallen lässt und sich mit beiden Händen durch die Haare fährt. Er ist sichtlich verzweifelt und der Typ tut mir leid.

Ich gehe auf ihn zu und setze mich ans andere Ende des Sofas. Meine Stimme ist schwer, als ich sage: „Sie hat Narben auf der Rückseite ihrer Schulter."

„Von einem Mountainbike gestürzt", sagt Dax

jämmerlich hoffnungsvoll. Es ist klar, dass das die Geschichte ist, die sie ihm und ihrer Familie erzählt hat.

„Von einer Panzerfaust", korrigiere ich.

„Scheiße", murmelt er wütend. „Was zum Teufel denkt sie sich dabei?"

„Es ist ihr Job. Sie liebt ihn. Anscheinend will sie ihn nicht aufgeben, deshalb hat sie beschlossen, dir und deiner Familie nichts von der Gefahr zu erzählen, damit ihr euch keine Sorgen machen müsst."

„Aber sie hat es dir gesagt."

„Weil ich ihr egal bin." Das ist eine schmerzhafte Wahrheit, die ich erst kürzlich erkannt habe. Sie hatte kein Problem damit, mir davon zu erzählen, denn für sie war es nur Bettgeflüster. Es sollte nie weiter gehen, und in Willows Augen hatte unsere Beziehung so klare Grenzen, dass sie sich nie Gedanken darüber gemacht hat, ob ich wegen ihrem Job besorgt bin oder nicht.

Ich war ihr einfach nicht wichtig genug, es geheim zu halten, um mich zu schützen.

Es fällt mir schwer, das einzugestehen, weil es wehtat, sobald ich es mir klarmachte. Ich mache mir Sorgen um sie und ihr Wohlergehen, aber sie kümmerte sich nicht im Geringsten um meine Gefühle.

„Ich bin sicher, das stimmt nicht", murmelt Dax.

Ich bin so vertieft in meine eigenen Gedanken, dass ich kurzzeitig nicht weiß, wovon er spricht.

„Ich glaube, sie macht sich was aus dir“, fährt er fort.

„Egal.“ Das kommt ohne viel Selbstmitleid. Ich habe bald eine Besprechung, also stehe ich auf. „Wie ich dir schon sagte, wir sind nicht mehr zusammen. Aber du musst mich entschuldigen, ich muss zu einem Meeting.“

„Warum habt ihr euch getrennt?“, fragt er, folgt meinem Beispiel und erhebt sich ebenfalls.

„Weil mir nicht gefällt, was deine Schwester beruflich macht“, erwidere ich. „Ich will mir nicht solche Sorgen um sie machen müssen, also habe ich ihr ein Ultimatum gestellt. Sie hat sich entschieden, wegzugehen.“

Ich warte darauf, dass Dax verärgert ist, aber er nickt nur. „Ich würde auch versuchen, sie zum Aufhören zu bewegen. Ich verstehe das.“

Ich nicke und gehe dann zur Tür, um sie für ihn zu öffnen.

„Aber …“, fährt er fort und legt seine Hand auf meine Schulter. „Wir müssen sie trotzdem aufhalten.“

„Wir?“, frage ich überrascht und wirbele zu ihm herum. „Es gibt kein *wir*. Deine Schwester und ich gehen nicht mehr miteinander aus.“

Dax zieht eine Augenbraue hoch. „Du redest nur Scheiße. Ich kann es an deiner Stimme hören, wenn du über sie sprichst. Du bist krank vor Sorge um sie, also ist es egal, ob sie sich getrennt hat oder nicht – du willst immer noch, dass es ihr gut geht.

Also ja! *Wir* müssen etwas tun."

„Was zum Beispiel? Eine Intervention?"

„Genau", antwortet Dax mit einem finsteren Lächeln. „Wir werden sie anrufen. Ich, du, meine Eltern. Wir werden uns alle gegen sie verbünden und darauf bestehen, dass sie nach Hause kommt. Mein Vater ist sehr gut darin, uns Schuldgefühle einzureden. Er hatte vor ein paar Jahren Herzprobleme und kann sogar Herzrasen oder so etwas vortäuschen."

„Glaubst du ernsthaft, dass deine Schwester nach Hause kommt, weil du es verlangst?", erkundige ich mich skeptisch.

„Auf keinen Fall. Nicht, wenn wir es verlangen. Wie ich schon sagte ... Wir werden ihr ein schlechtes Gewissen einreden, damit sie diese haarsträubend gefährliche Karriere aufgibt. Wir alle ... zusammen ... wie ein Team."

Während ich Dax ansehe, merke ich, dass ich seine Schwester besser kenne als er selbst. Es wird nicht klappen. Willow ist eigenständig – gutes Zureden, ein schlechtes Gewissen oder Befehle werden nichts bewirken, außer dass sie sich noch stärker auf ihre Karriere konzentriert.

Aber ... Ich kann die kleine Chance, dass es funktionieren könnte, nicht ignorieren.

Denn Dax hat recht. Wir haben vielleicht Schluss gemacht, doch das hat nichts daran geändert, dass ich mir Sorgen um sie mache. Das wiederum bedeutet, dass ich mir immer noch viel zu viel aus ihr mache. Und wenn das der Fall ist, muss ich alles tun, was ich kann, um ihre Sicherheit zu gewährleisten.

Was auch immer das für uns als Paar heißt …

Nun, das kann ich später herausfinden.

KAPITEL 14

Willow

Ich gehe in meinem Zimmer auf und ab. Meine Reisekostenpauschale war anständig, also habe ich mir ein schönes Hotel in Kinshasa mit Blick auf den Kongo-Fluss gegönnt. Normalerweise würde ich meine Freizeit damit verbringen, die Stadt auf eigene Faust zu erkunden, aber das ist hier nicht möglich. Die Kriminalität ist zu groß und die Korruption zu alltäglich.

Teil meiner Vereinbarung mit der *Washington Post*, als sie mich unter Vertrag nahm, war es, mir Sicherheit zu bieten. Vor allem, während ich meinen Auftrag über die neue Koalitionsregierung, die gebildet wurde, erledige. Die politische Infrastruktur ist im Moment unglaublich instabil, und ich bin mit einem Reporter unterwegs, der verschiedene Mitglieder des Senats und der Nationalversammlung interviewt. Wir haben morgen noch eine Reihe von Interviews, bevor ich in die USA zurückfliege.

Die Frage ist: Wohin werde ich gehen?

Ich will zurück nach Phoenix – oder in die Stadt, in der die Vengeance spielen werden. Ich wollte alle Spiele besuchen, um meinen Bruder zu unterstützen, und ich habe nicht vorgehabt, während der Play-offs zu arbeiten. Aber verdammt noch mal, Dominik hat mich mit seiner Forderung, dass ich mich seinen Vorstellungen von meinem Job *anpassen* soll, in die Flucht geschlagen. Ich habe diesen Auftrag aus reiner Bosheit angenommen, und obwohl das Geld anständig ist, brauche ich es nicht. Ich habe meine Karriere damit verbracht, in Hotels zu wohnen. Daher habe ich weder eine Hypothek oder ein Studentendarlehen, die ich hätte abzahlen müssen, sodass mein Sparkonto recht gut gefüllt ist.

Aber ich will verdammt sein, wenn mir ein Mann vorschreibt, was ich mit meinem Leben anfangen darf und was nicht, nur weil es ihm Sorgen bereitet.

Und doch … gibt es einen winzigen Teil von mir, der sich schlecht fühlt, weil ich seine Gefühle ignoriere. Wir haben uns darauf geeinigt, dass es bei unserer Vereinbarung nur um Sex geht, aber ich bin auch intelligent genug, um zu erkennen, dass es etwas mehr als das geworden ist. Mir ist klar, dass seine Reaktion deshalb erfolgte, weil er sich Sorgen macht, allerdings manifestiert es sich auf unangenehme Weise in einer kontrollsüchtigen Haltung, mit der ich nicht umgehen kann. Ja, ich mag es, wenn Dominik im Bett der Boss ist, doch sonst treffe ich meine eigenen Entscheidungen.

Ein Klopfen an der Tür lässt mich aufschrecken, und ich überlege, ob ich es ignorieren soll. Aber es ist wahrscheinlich der Reporter, mit dem ich verabredet war, um zu fragen, ob ich zum Abendessen gehen möchte. Ich öffne die Tür jedoch erst, nachdem ich einen Blick durch den Spion geworfen habe. Als ich sehe, wer auf der anderen Seite steht, kann ich ein leises frustriertes Knurren nicht unterdrücken.

Es ist Jean-Paul Bisset, ein französischer freischaffender Fotograf, mit dem ich mich gelegentlich in den Laken gewälzt habe. Tatsächlich war er der letzte Kerl, mit dem ich zusammen war, bevor ich Dominik getroffen habe. Regan liebt es, wenn ich ihr von unseren Eskapaden erzähle, denn er hat den größten Schwanz, den ich je gesehen habe. Ich treffe ihn oft bei solchen Einsätzen in der ganzen Welt.

Aber ich bin nicht mehr interessiert, und ich hoffe, dass mein Gesichtsausdruck das widerspiegelt, als ich die Tür einen Spaltbreit öffne. Jean-Paul hat unermüdlich mit mir geflirtet. Vor ein paar Tagen waren wir mit einigen Journalisten essen und er hat sich betrunken. Er fing an zu erzählen, dass er in mich verliebt sei. Das sind alles Lügen. Er will nur Sex. Und ich verstehe es … In einem anderen Leben würde ich jetzt lächeln.

„Was willst du?", frage ich knapp und weigere mich, die Tür noch weiter zu öffnen.

„Oh komm schon, Willow", fleht Jean-Paul mit seinem seidigen französischen Akzent. „Du weißt, dass ich nichts mehr will, als dir Lust zu bereiten."

Es gab eine Zeit, in der mir das gereicht hätte, aber seine Worte lassen meine Temperatur nicht im Geringsten ansteigen – jedenfalls nicht aus Interesse. Ich mäßige meinen Tonfall zu kühler Höflichkeit, um meine Verärgerung zu verbergen. „Es tut mir leid, Jean-Paul, aber ich bin nicht mehr interessiert.“

„Das glaube ich nicht.“ Er schnaubt. „Du bist immer interessiert.“

„Diesmal nicht“, antworte ich und verschränke die Arme vor der Brust. Um die Sache etwas zu vereinfachen, füge ich hinzu: „Ich gehe mit jemandem aus – wir sind uns treu.“

Jean-Pauls Augenbrauen heben sich vor Überraschung. „Nicht wahr!“

„Doch. Und wenn ich jemandem gegenüber treu bin, bin ich es einfach. Ich gehe nicht fremd.“

„Selbst wenn ich diese Sache mache, du weißt schon … mit meinem …“

„Gute Nacht, Jean-Paul.“ Ich versuche, nicht mit den Augen zu rollen, und will die Tür schließen.

Er streckt eine Hand aus, um mich zu stoppen. „Wenn du deine Meinung änderst, brauchst du nur anzurufen.“

„Ich weiß“, antworte ich leise und warte, bis ich die Tür einrasten höre.

Ich lehne mich dagegen und frage mich, was zum Teufel gerade passiert ist. Ich bin nicht mit Dominik zusammen. Ich bin *nichts* für ihn. Er hat mit mir Schluss gemacht. Er sagte, wenn ich diesen Job annehme, ist es aus mit uns, also schulde ich ihm keine Treue.

Warum zum Teufel fühle ich mich dann immer noch so, als wäre ich sein und er mein?

Weshalb bin ich nicht einmal ansatzweise an dem interessiert, was Jean-Paul zu bieten hat? Toller Sex und keine emotionalen Bindungen. Das ist alles, was ich jemals wirklich gewollt habe.

Aber das stimmt nicht, oder doch?

Verdammt noch mal, ich will Dominik in jeder Hinsicht. Ich kann es nicht ändern.

Und er muss mich einfach so akzeptieren, wie ich bin. Ich werde mit ihm reden, wenn ich zurück bin, und ihm klarmachen, dass ich diese Art von Arbeit weiterhin machen kann und dabei vollkommen sicher bin. Mit der Zeit wird er erkennen, dass es keine große Sache ist. Ich bin davon überzeugt, dass ich ihn zur Vernunft bringen kann.

Außerdem … Ich habe es in jeder Hinsicht drauf. Der Mann wäre dumm, mich für immer aus seinem Leben verschwinden zu lassen. Ich meine … Ich bin heiß, fantastisch im Bett, mache diese Sache mit meiner Kehle, die er so liebt, und ich bin lässig. Ich bin verdammt großartig und er weiß das. Er wird einfach akzeptieren müssen, dass ich einen gefährlichen Job habe. Ende.

Mein Handy klingelt, und einen Moment lang starre ich es nur an, unfähig, mich zu bewegen. Ich bin verloren in meiner Fantasie, Dominik dazu zu bringen, mich so zu nehmen, wie ich bin. Das Telefon leitet den Anrufer nach fünfmaligem Klingeln auf die Mailbox.

Als es sofort wieder loslegt, durchzuckt mich ein Anflug von Angst. Das kann nur bedeuten, dass jemand mich dringend erreichen will, sodass die Mailbox nicht reicht. Natürlich habe ich direkt die schlimmstmögliche Situation vor Augen: Dass einem Familienmitglied etwas zugestoßen ist.

Ich flitze durchs Zimmer, rolle über mein Bett und schnappe mir das Handy vom Nachttisch. Ich sehe, dass es Dax' Nummer ist.

Ich nehme den Anruf entgegen, halte den Hörer ans Ohr und sage zögernd und mit einer gehörigen Portion Angst im Ton: „Ja?"

„Was ist los bei dir?", fragt Dax und klingt verwirrt.

„Was bei mir los ist? Was ist bei *dir* los? Mich zweimal hintereinander so anzurufen? Da stimmt doch was nicht, oder? Mom? Dad? Du? Regan?"

„Es geht uns allen gut", antwortet er etwas steif. „Abgesehen davon, dass wir vorgestern im ersten Spiel scheiße gespielt haben."

„Ja … Ich habe davon gelesen", erwidere ich mitfühlend. Ich habe mich gefragt, wie Dominik es aufnimmt, aber natürlich bin ich zu stolz, mich bei ihm zu melden und zu fragen.

„Hör mal", sagt Dax so zögerlich, dass ich in höchste Alarmbereitschaft gerate. „Ich habe ein paar Leute in einer Konferenzschaltung hier."

„Geht es allen gut?", kreische ich, unfähig, die Angst zu kontrollieren, dass jemand aus meiner Familie tot ist und der Rest um moralische Unterstützung bittet.

„Uns geht es gut", betont er erneut. „Ich schwöre. Aber ich habe Mom und Dad am Telefon und … na ja … Dominik auch."

Die Erwähnung von Dominiks Namen lässt mich erstarren. Denn ich kann mir beim besten Willen nicht vorstellen, *warum* er mit Dax, meinen Eltern und mir telefonieren sollte.

„Wir machen uns Sorgen um dich, Schatz." Es ist die Stimme meiner Mutter, und ich lasse mich auf das Bett fallen.

„Sorgen?", murmle ich. Was zum Teufel hat Dominik ihnen über unsere Beziehung erzählt?

„Was die Gefährlichkeit deines Jobs angeht", meldet sich mein Vater zu Wort, und die Taubheit verschwindet beim harten Ton seiner Stimme. „Du wurdest von einer verfluchten Granate verletzt, Willow. Wie konntest du das vor uns verheimlichen?"

Ich bin wieder wie betäubt, weil mein Vater gerade geflucht hat. Das habe ich in meinen siebenundzwanzig Jahren noch nie gehört, und es ist so schockierend wie damals, als ich bei der Granatenexplosion das Schrapnell abbekam.

„Ich treffe große Vorsichtsmaßnahmen …"

„Du wurdest von einer Granate getroffen", knurrt mein Vater. „Hätte ich das gewusst, könntest du sicher sein, dass du in einem anderen Beruf arbeiten würdest …"

„Ich bin erwachsen", schnauze ich. In meiner Stimme schwingt das ganze Eis mit, das ich in mir spüre, weil sie mich wie ein Kind behandeln. „Ihr habt kein Mitspracherecht bei dem, was ich tue."

„Ich habe das Recht, meine Bedenken zu äußern", donnert mein Vater und ich zucke zusammen. „Glaubst du, ich will, dass du in einem Leichensack nach Hause kommst?"

„Natürlich nicht", beschwichtige ich versöhnlich,

doch dann fällt mir etwas ein. „Moment mal ... Woher wusstest du, dass ich verletzt war?"

Und bevor mir das jemand sagen kann, trifft es mich wie ein Sack Ziegelsteine, der mir direkt auf den Kopf fällt. Ich knurre meine Wut in die Leitung, als ich verstehe, warum er am Telefon ist. „Dominik ... du Arschloch. Was hast du getan? Bist du zu meiner Familie gerannt und hast es ihnen erzählt, damit du ... was? Mich zurückschleppen und in die Schranken weisen lassen kannst wie ein braves kleines Mädchen?"

„Du hast nie gesagt, dass es ein Geheimnis ist", knurrt er zurück. „Und ich bin auch nicht losgerannt, um es ihnen zu sagen. Es kam bei einer Unterhaltung mit deinem Bruder zur Sprache, und ich nahm an, dass er bereits davon wüsste. Sei nicht sauer auf mich, wenn du diejenige bist, die Geheimnisse vor den Menschen hat, die dich lieben."

Ich habe keine Zeit, Dominik zu antworten, worüber ich eigentlich froh bin. Er hat ja irgendwie recht. Ich habe ihm nie gesagt, dass es ein Geheimnis ist.

Meine Mutter spricht wieder, sie ist immer der Friedensstifter in jeder Situation, hat aber auch Rückgrat, was ich bewundere.

„Schatz ... Ich war nicht dafür, dich so anzurufen. Ich sagte, es wäre besser, das zu besprechen, wenn du nach Hause kommst. Aber die Männer in dieser Familie scheinen zu glauben, dass sie dich überreden können, sofort in ein Flugzeug zu steigen und nach Hause zu fliegen. Ich kenne dich besser, also bitte ich dich einfach, über unsere Sorgen nachzudenken. Wir wollen, dass du glücklich bist und einen Beruf ausübst, der dir Spaß macht. Aber bitte respektiere, dass wir ehrlich gesagt, entsetzt sind, nun, da wir wissen, wie gefährlich deine Arbeit ist."

Gott, nun fühle ich mich beschissen. Das ist genau der Grund, warum ich es vor ihnen geheim gehalten habe.

Aber ich liebe meine Familie und will nicht, dass sie leidet. Der Großteil hinter dieser Intervention ist wahrscheinlich die Angst vor dem Unbekannten und ich muss einige Zugeständnisse machen. „So wie es aussieht, fliege ich morgen früh ab. Ich verspreche, dass wir reden können, wenn ich zu Hause bin."

„Okay", antwortet meine Mutter mit einem Hauch von Erleichterung. „Wir lieben dich so sehr."

„Ich habe euch auch alle lieb", murmle ich, und um die Situation etwas aufzulockern, wende ich mich an meinen Vater und necke ihn. „Und das nächste Mal, Dad, lass vielleicht das Fluchen weg. Ich habe fast einen Herzinfarkt bekommen."

„Jetzt weißt du, wie ich mich fühle", antwortet er traurig und ich verziehe das Gesicht. Da habe ich ihm eine Steilvorlage gegeben. „Aber ich liebe dich, Willow, und wir können darüber reden, wenn du nach Hause kommst."

„Danke, Dad." Meine Ohren fühlen sich ein wenig heiß an, weil ich meine Eltern wirklich verletzt habe.

„Wann kommst du nach Hause?", fragt Dax.

„Ich werde nach Phoenix fliegen. Es sind volle vierundzwanzig Stunden Reisezeit mit all dem Umsteigen. Ich schicke dir die Details."

„Regan wird dich abholen. Ich werde in der Arena sein und mich vorbereiten."

Nichts von Dominik. Er hat geschwiegen, sodass ich mich frage, warum zum Teufel er überhaupt an diesem Gespräch teilnimmt.

„Schatz", meldet sich meine Mutter. „Wir werden zum Spiel in der Stadt sein. Vielleicht können wir am Morgen danach zusammen frühstücken und reden."

„Ich kann es kaum erwarten", entgegne ich mit einer übermäßig begeistert klingenden Stimme, die Dax leise zum Lachen bringt.

In der Leitung herrscht Stille und niemand unterbricht sie. Aus irgendeinem Grund möchte ich, dass Dominik etwas sagt – um mir einen Hinweis darauf zu geben, was er gerade fühlt. Er hat das mit uns für beendet erklärt, aber jetzt ist er hier, Teil einer familiären Intervention wegen meiner Berufswahl.

Ich bin so verwirrt.

„Okay", sage ich schließlich. „Ich gehe besser. Ich habe heute Abend etwas vor."

Nicht wirklich, aber egal.

Alle fangen sofort an zu reden, verabschieden sich und schicken mir ihre Grüße.

Alle außer Dominik.

Er sagt kein einziges Wort.

Als ich schließlich auflege, habe ich keine Ahnung, was ich in diesem Moment für ihn empfinde.

KAPITEL 15

Dominik

Ich nehme einen Schluck von meinem Bourbon on the Rocks. Es ist mein zweiter an diesem Abend und es ist erst der Beginn des dritten Drittels, doch ich kann ein wenig aufatmen, zumindest was das Spiel angeht. Wir haben die Vancouver Flash gut im Griff und führen zu diesem Zeitpunkt souverän mit 5:1. Natürlich kann alles passieren, aber meine Männer sehen bisher wie die Champions aus, als die ich sie kenne.

Ich kann nicht mit Sicherheit sagen, was die Ursache für die Unruhe auf dem Eis im ersten Spiel war, doch es scheint ein Glücksfall gewesen zu sein. Heute Abend skaten sie besser als je zuvor, spielen präzisere Pässe und scheinen in Mann-gegen-Mann-Situationen fünf Schritte weiter zu denken als der Gegenspieler.

Das heißt allerdings nicht, dass ich nicht immer noch sauer bin, und das hat alles damit zu tun, dass Willow nicht mit mir in der Besitzerloge sitzt. Ich hätte nicht erwartet, dass sie meine Einladung annimmt, weil sie glaubt, ich hätte sie bei ihrer Familie verpfiffen, aber verdammt … Ich will sie einfach sehen.

Ich will mich selbst davon überzeugen, dass es ihr gut geht.

Ich möchte, dass sie anerkennt, dass ich es ihrem Bruder nicht absichtlich erzählt habe, in der Hoffnung, etwas davon zu haben. Wenn ich gewusst hätte, dass es ein Geheimnis ist, hätte ich es für sie mit ins Grab genommen.

Vor allem muss sie wissen, dass ich trotz der Tatsache, dass sie einen extrem gefährlichen Job hat, nicht zulassen werde, dass das zwischen uns steht. Als ich Schluss gemacht habe, war es reines, unverfälschtes männliches Ego, das gejammert hat.

Das war nicht mein wahres Ich, und ich brauche eine Chance, ihr das zu sagen.

Ich dachte, es wäre heute Abend möglich. Hier beim Spiel. Aber scheinbar klappt das nicht.

„Das Team sieht wirklich gut aus", meint Tom Solomon neben mir.

Wir haben fast die ganze Zeit über direkt hinter den vier Sitzreihen in der Besitzerloge gestanden. Die Plätze sind immer mit Geschäftspartnern, Gästen dieser Partner und sogar Freunden von Freunden gefüllt. In der ersten Reihe sitzt ein beliebtes Countrymusik-Starlet mit seinem Begleiter, das dank der Bitte eines Freundes von einem Freund die Plätze erhalten hat.

Ich setze mich nie. Ich bin immer zu nervös.

„Sie wirken heute Abend wirklich stark", antworte ich. Tom ist ein alter Freund aus meiner Zeit beim Internetradio.

„Du scheinst abgelenkt zu sein."

Ich werfe ihm einen scharfen Blick zu. Ist es so offensichtlich, dass ich trotz der Tatsache, dass meine Augen auf das Eis gerichtet waren, an etwas anderes – oder besser gesagt, an jemand anderen –

und nicht an mein Eishockeyteam gedacht habe?

„Ich bin nur etwas angespannt wegen dieses Spiels", antworte ich sanft und schwenke den Bourbon in meinem Glas.

Wirklich verdammt angespannt.

Ich hebe das Glas und trinke den Rest der Flüssigkeit in einem so großen Schluck, dass ich fast daran ersticke. Meine Augen tränen, und ich wende mich der Bar zu, in der Absicht, mir noch eins zu holen. Ich bin heute Abend mit einem Fahrdienst zum Spiel gefahren, also ist es kein Problem, wenn ich mich volllaufen lasse. Das klingt sogar nach einer guten Idee, vor allem, weil das Spiel so hervorragend läuft.

Eine Bewegung, die ich aus dem Augenwinkel wahrnehme, lässt meinen Blick zur Tür der Besitzerloge hinüberwandern. Sie schwingt weit und schnell auf und dann schreitet Willow Monahan hindurch. Ihrer Miene nach zu urteilen, ist sie nicht besonders glücklich.

Ich nehme mir einen kurzen Moment Zeit, um ihren Anblick zu würdigen, auch wenn ich sicher bin, dass dieser Gesichtsausdruck nur für mich bestimmt ist. Sie sieht umwerfend aus – dunkles Haar, das zu einem tief sitzenden Pferdeschwanz gebunden ist, minimales Make-up und ein zu großes Monahan-Trikot mit schwarzen Leggings.

Sie sieht sich in der Loge um, und als ihr Blick auf mir landet, blitzt er vor Wut und etwas anderem auf, was ich nicht genau identifizieren kann. Ich stelle das Glas ab und gehe auf sie zu, um sie zu treffen, bevor sie zu weit vordringen kann. So wie es aussieht, bin ich fällig.

Willow holt sofort zum verbalen Schlag aus. „Du bist ein hinterhältiger Mistkerl, weißt du das?“

Sie ist so laut, dass einige meiner Gäste sie gehört haben müssen, und ich werde nicht zulassen, dass sich dieses Drama vor ihren Augen abspielt.

„Ich bin da ganz anderer Meinung“, sage ich mit leiser Stimme, während ich ihren Ellbogen nehme und sie zur Tür drehe. „Aber wir werden dieses Gespräch unter vier Augen führen, wenn es dir nichts ausmacht.“

„Warum?“, fragt sie und versucht, sich loszureißen. Ich festige meinen Griff und schiebe sie durch die Tür in den Flur. Da das Spiel läuft, sind die meisten Leute auf ihren Plätzen, doch es gibt ein paar Nachzügler, die uns verwunderte Blicke zuwerfen, während ich sie weiterführe und sie mich dabei beschimpft.

„War das mit Dax deine Art, dich an mir zu rächen? Dachtest du, ich käme zu dir zurückgekrochen oder so? Wäre die sanftmütige kleine Freundin, die auf ihrem Arsch rumsitzt und sich von dir umsorgen lässt? Ist es das, was du dachtest, Dominik?“

Wir erreichen den privaten Aufzug, zu dem nur die leitenden Angestellten Zugang haben. Er führt hinauf zu den Büros und hinunter in das Untergeschoss, wo sich die Umkleideräume befinden. Als ich meinen Sicherheitsausweis an den Scanner halte, öffnet sich die Tür. Ich schiebe eine mich böse anstarrende Willow hinein.

Als sich die Türen schließen, drücke ich den Knopf für das oberste Stockwerk und trete einen Schritt zurück, um ihr einen kühlen Blick zuzuwerfen. „Du weißt ganz genau, dass du keinen Grund hast, sauer zu sein, Willow. Ich habe dein Geheimnis nicht absichtlich ausgeplaudert und wusste nicht einmal, dass es eines ist."

„Oh, du wusstest es", schnauzt sie, aber ich kann es in ihrem Tonfall hören: Sie glaubt es selbst nicht. Sie wollte nur die Gelegenheit haben, sich in meine Nähe zu begeben, damit wir alles klären können.

Na gut.

Der Aufzug öffnet sich, ich nehme wieder ihren Ellbogen und manövriere sie durch den dunklen Flur in mein Büro. Ich stoße die Tür auf und trete sie zu, nachdem ich Willow hineingeschoben habe. Bevor Willow ein weiteres Wort sagen kann, wirble ich sie herum, bis sie mit meinem Körper kollidiert. Mein Mund prallt auf ihren und ich küsse sie stumm.

Es ist wunderschön, wie sie reagiert, und es bestätigt alles, was ich mir erhofft habe. Sie ist nicht wirklich sauer. Es ist reparierbar.

Ich ziehe mich zurück, bereit, mich dafür zu entschuldigen, dass ich ihr ein Ultimatum gestellt habe, aber verdammt, sie geht wieder auf mich los. „Ehrlich, Dominik ... Du hättest wissen müssen, dass meine Familie keine Ahnung hat, woher ich diese Narben habe. Und außerdem ... Was ich mit meinem Leben mache, geht dich verflucht noch mal nichts an. Warum warst du überhaupt bei diesem Telefonat dab...“

Ich ignoriere ihre Worte und beginne, meine grün-blaue Krawatte abzunehmen.

Vengeance-Farben, aber es gibt weitere Verwendungszwecke, als meinen Stolz auf mein Team damit zu demonstrieren.

Scheinbar ohne Luft zu holen, fährt Willow fort, gegen mich zu wettern. Ich lege meine Hand an ihren Hinterkopf, und als ihr Mund besonders weit aufklappt, um mich mit allen möglichen farbenprächtigen Schimpfwörtern zu beschimpfen, schiebe ich die Krawatte hinein.

Sie gibt einen erstickten Laut von sich – mehr Unglauben als alles andere –, und ich kann gerade noch sehen, wie sich ihre Augen vor Schock weiten, bevor ich sie herumwirbele und über meinen Schreibtisch beuge.

Ihre Handflächen klatschen auf das Kirschholz, ihr Oberkörper drückt auf einen Stapel von Ordnern, in denen Scouting-Vorschläge für das nächste Jahr stehen. Ich trete hinter sie, drücke mein Becken an ihren Hintern und lasse mich auf sie sinken. Ich stütze mich auf dem Tisch in der Nähe ihres Kopfes ab und flüstere in ihr Ohr: „Es reicht mit den Vorwürfen. Du solltest inzwischen genug Dampf abgelassen haben.“

Knurrend bewegt sie die Hand, als wollte sie sich die Krawatte aus dem Mund ziehen.

Ich schließe die Finger um ihr Handgelenk. „Lass es. Mir gefällt es, dich zur Abwechslung mal nicht zu hören."

Ein weiteres leises Knurren entkommt ihr, aber dahinter liegt keine Wucht, denn sie bewegt ihren Po gegen meinen härter werdenden Schwanz.

„Gib es zu", flüstere ich und reibe mich an ihrem Hintern. „Du bist hierhergekommen, weil du *das* wolltest."

Willow schüttelt hektisch den Kopf und ich kichere. „Lügnerin. Schöne, vögelbare Lügnerin. Du willst es unbedingt. Deshalb bist du in die Besitzerloge gekommen."

Sie beginnt wieder, den Kopf zu schütteln, aber ich schiebe meine andere Hand zwischen ihre Beine, um sie besitzergreifend zu umfassen, und sie schmiegt sich in meine Berührung.

„Ich werde es dir geben, Willow. Wenn du es willst."

Aus ihrer Kehle ertönt ein tiefer, klagender Laut. Das bedeutet vermutlich, dass sie es nicht nur will, sondern *braucht*.

Der Rest ist verschwommen. Ich glaube, es ist die Art und Weise, wie sie sich rückwärts gegen mich drückt und ihren üppigen Hintern an meinem harten Glied reibt. Dass sie die Krawatte nicht aus ihrem Mund nimmt, obwohl sie dazu eindeutig in der Lage ist. Dass sie schweigt, statt die Gelegenheit zu nutzen, mir zu sagen, dass ich mit den Gründen für ihre Anwesenheit recht habe.

Irgendwie landen ihre Leggings um ihre Knöchel. Ich schaffe es auch, ihr einen Schuh auszuziehen und ein Hosenbein zu befreien. Ich zwinge ihre

Beine auseinander, knie mich hin und bearbeite sie von hinten mit dem Mund. Sie bewegt sich an mir, quietscht in den Knebel. Als sie sich windet und richtig feucht ist, erhebe ich mich, meinen Schwanz in der Hand und die Hose etwas tiefer auf den Hüften. In sie zu stoßen, sie als die Meine zu beanspruchen, ist das verdammt beste Gefühl der Welt, denn Willow kam aus eigenem Antrieb zurück.

Ich habe keine Ahnung, was das bedeutet.

Soweit ich weiß, ist es für sie immer noch nur Sex.

Vielleicht aber auch mehr, denn Willow ist die komplizierteste Frau, die ich je getroffen habe.

Wir haben eine Menge zu besprechen, aber zuerst … *ficken*.

Ich treibe mich immer und immer wieder in sie hinein. Willow stemmt ihre Füße fest auf den Boden und bewegt sich mit jedem Stoß gegen mich, zwingt mich tiefer in sie, ob ich es will oder nicht.

Aber oh … Ich möchte dort sein.

Tief in ihr drin – bei jeder verdammten Gelegenheit, die ich bekomme.

Ich lege eine Hand auf ihre Schulter und reiße ihr mit der anderen die Krawatte aus dem Mund, bevor ich sie an der Hüfte packe, um sie festzuhalten, während ich sie auf meinem Schreibtisch ficke.

„Gib es zu, Willow", grolle ich und stoße meinen Schwanz in sie. „Wir passen gut zusammen."

Als Antwort erhalte ich nichts als Keuchen und Stöhnen.

Ich ziehe meine Hand zurück und lasse sie dann

nach vorn fliegen, um ihr auf den Hintern zu hauen. Wir haben herausgefunden, dass ihr das sehr gefällt … Bereits in der ersten Nacht, in der wir zusammen waren.

Willow jault auf und spießt sich wieder auf meinem Schwanz auf. So abrupt, dass es wehtut. Ich klatsche ihr erneut auf den Hintern und der harte Schlag lässt meine Hand kribbeln.

„Gib's zu", knurre ich.

„Wir passen gut zusammen", keucht sie, dann wölbt sie den Rücken so stark, dass ich glaube, ihre Wirbelsäule könnte brechen, als sie zu kommen beginnt. Ich kann es überall spüren, ihr Orgasmus schwappt auf mich über und mein eigener prescht vor, sodass sich unsere Lust trifft.

Ich stoße hart zu, dringe tief ein und entlade acht Tage voller aufgestauter Frustration, Verlangen und Sorgen in ihr. Vage höre ich, wie der Buzzer in der Arena ertönt und das Ende des Spiels ankündigt.

Meine Mannschaft ist da unten auf dem Eis, hat vermutlich die Führung behalten und Spiel Nummer zwei gewonnen, aber … Ich kann mich nicht dazu aufraffen, mich dafür zu interessieren.

Denn die Frau, die unter mir liegt, hat meine Welt wieder einmal auf eine Art und Weise erschüttert, die mit keinem anderen Gefühl zu vergleichen ist, das ich je hatte.

Was ich mit ihr habe, ist einzigartig, und deshalb kann ich es nicht mehr auf die leichte Schulter nehmen.

Ich lege meine Handflächen wieder auf den Schreibtisch, lasse mich auf sie herabsinken und streiche mit den Lippen über ihren Nacken. „Geht es dir gut?"

„Mehr als gut", murmelt sie, und obwohl ich ihr Gesicht nicht sehen kann, kann ich ihr Lächeln hören.

„Du kommst heute Abend mit mir nach Hause", befehle ich und lasse keinen Raum für Diskussionen.

„Okay", flüstert sie. Sie scheint vollkommen gesättigt zu sein.

„Und du bleibst bei mir, zumindest bis die Playoffs vorbei sind", presche ich vor, weil ich will, dass sie mehr als einer Nacht zustimmt.

„Okay", sagt sie wieder, ohne zu zögern, und ich triumphiere.

„Braves Mädchen."

KAPITEL 16

Willow

Die Dinge haben sich geändert und ich verstehe gar nichts mehr. In der einen Minute war ich wütend auf Dominik, weil er versuchte, mich zu kontrollieren, und meiner Familie verriet, wie gefährlich mein Job ist. In der nächsten betrat ich sein Haus in Santa Monica für einen viertägigen romantischen Urlaub, damit ich sehen kann, wo er wohnt, und um seine Freunde kennenzulernen.

Zwischen dem verrückten Sex auf dem Schreibtisch – der vielleicht als der beste, den ich je hatte, in die Geschichte eingeht – und dem Öffnen der Tür zu seinem Strandhaus ist so viel passiert.

Am Morgen nach meiner Rückkehr in die USA traf ich mich mit meinen Eltern zum Frühstück und wir führten ein offenes Gespräch. Im Grunde wütete mein Vater, während meine Mutter ihm die ganze Zeit in stiller Solidarität die Hand tätschelte. Am Ende akzeptierten wir schlussendlich schweigend den Standpunkt des jeweils anderen.

Oder – wie mein Vater brummte – wir erreichten eine Pattsituation.

Im Grunde habe ich mich geweigert, mit dem aufzuhören, was ich gern tue. Dazu habe ich ihnen aber auch versprochen, ihnen gegenüber offener zu sein, was die Gefahrenlage angeht, und sie über die Sicherheits- und Schutzmaßnahmen vor Ort auf dem Laufenden zu halten, um sie zu beschwichtigen.

Sie wollten nicht aufhören, sich Sorgen zu machen, versprachen mir aber, mich dabei zu unterstützen, meine gewählte und zutiefst geliebte Karriere fortzusetzen. Ich würde dafür bei den Aufträgen, bei denen ich zusagen würde, sehr wählerisch sein und aus Rücksicht auf ihre Ängste nicht zu viele gefährliche Jobs annehmen.

Zwischen Dax und mir ist das etwas anderes. Mit ihm kann man nicht darüber reden, weil er nicht zuhört. Er ist ähnlich wie Dominik. Er denkt, er wüsste alles und ist im Grunde ein Höhlenmensch, wenn es um Frauen geht, die in Gefahr geraten. Wir haben auch eine Pattsituation, und zum Glück war ich noch nicht so oft mit ihm zusammen, denn er starrt mich nur finster an und runzelt die Stirn.

In der vergangenen Woche habe ich die meiste Zeit mit Dominik in seinem Haus in Phoenix verbracht. Ehrlich gesagt, habe ich ein bisschen rumgegammelt. Während er jeden Tag in sein Büro in der Arena ging, um zu tun, was auch immer er tut, um sein milliardenschweres Konglomerat zu leiten, habe ich mich am Pool gesonnt, Bücher gelesen und neue Rezepte zum Abendessen gekocht. Ich war wirklich im reinen Urlaubsmodus. Das bin ich immer noch.

Die zweite Runde der Play-offs war natürlich das Wichtigste. Die Vancouver Flash erwiesen sich als etwas stärker als die Seattle Storm, aber wir konnten sie im fünften Spiel besiegen. Damit bleiben uns vier Tage bis zum Beginn der nächsten Runde, den Conference Finals, und Dominik schlug eine Reise nach Kalifornien vor.

Ich habe zugestimmt, denn die Dinge haben sich definitiv verändert, was größtenteils an mir liegt.

Es rührt daher, dass ich die Tatsache akzeptiere, dass Dominik anders ist – nicht nur als andere Männer, sondern als Menschen im Allgemeinen.

Unterm Strich: Ich bin von ihm fasziniert.

Fühle mich stark zu ihm hingezogen.

Und ich habe Angst vor ihm, aber ich liebe die Gefahr und das Adrenalin, also ist es wie das überstrapazierte Klischee der Motte, die ins Licht fliegt.

Dominik hat es irgendwie geschafft, meine Seifenblase des Selbstschutzes vor Herzschmerz und Enttäuschung zum Platzen zu bringen, und ich habe beschlossen, das Risiko einzugehen. Ich habe keine Ahnung, wohin das führen wird, aber ich bin neugierig genug, um es zuzulassen.

Jetzt folge ich Dominik in sein Haus, während er mühelos unser Gepäck übernimmt. Seien wir ehrlich … Er ist genauso gut gebaut wie seine Eishockeyspieler.

Ich komme aus dem Staunen und dem Schock nicht mehr heraus, als ich den Wohnbereich mit Ausblick auf den glitzernden Pazifik betrachte. Die vom Boden bis zur Decke reichenden Türen öffnen sich zu einer Terrasse, die sich über die gesamte Länge des Hauses erstreckt und mir einen ungehinderten Blick bietet.

„Heiliger Strohsack", murmle ich, als ich in diese Richtung gehe. „Wie kriegt man bei dieser Aussicht überhaupt etwas gebacken?"

Dominik gluckst und stellt die Koffer ab. Er nimmt meine Hand, dann leitet er mich zu einer Schiebetür, die auf die Terrasse führt, die mit bequemen Möbeln bestückt ist. Über die Lehnen sind Fleecedecken drapiert. Ich kann mir nicht vorstellen, dass sie die ganze Zeit hier draußen liegen; eine Theorie, die sich erhärtet, als ich ein Tablett mit einer gekühlten Flasche Weißwein und zwei Gläsern sowie einer Wurstplatte entdecke. Sobald er merkt, worauf ich mich konzentriere, grinst er.

„Mrs. Osborne hat das Haus so hergerichtet, dass wir den Tag ohne Ablenkungen genießen können."

In der Tat, das hat sie. Ich könnte den ganzen Urlaub auf der Terrasse verbringen, mich entspannen, Bücher lesen und mich gelegentlich in der Landschaft verlieren.

„Bist du ein Relaxer?", frage ich.

Er geht zum Wein hinüber, der auf einem niedrigen Tisch neben einer Couch steht. Ich eile zum Sofa und mache es mir auf der einen Seite gemütlich, indem ich mir eine Decke über die Beine ziehe. Es sind einundzwanzig Grad, aber wir befinden uns im schattigen Teil der Terrasse und die Brise vom Meer lässt es etwas kühl werden.

„Was meinst du damit?", fragt er, während er den Korken gekonnt bearbeitet.

„Ich könnte buchstäblich den ganzen Tag hier draußen verbringen und nichts tun", erkläre ich.

„Kannst du das auch oder bist du jemand, der immer etwas tun muss?"

Dominik zieht den Korken heraus und hebt eine Augenbraue, bevor er mit dem Einschenken beginnt. Seine Mundwinkel zucken nach oben. „Du kennst die Antwort darauf."

Mir wird klar, dass das stimmt.

Dominik ist ein Macher und Beweger. Er würde nie einen ganzen Tag lang nichts tun können. Ein paar Stunden vielleicht, aber nie mehr als das.

Ich schweige. Er schenkt sich selbst ein und lässt sich neben mir auf der Couch nieder. Er drückt mir ein Glas in die Hand und sagt: „Wenn du die nächsten vier Tage hier draußen sitzen willst, bitte, gern. Ich möchte, dass dies ein schöner Urlaub für dich wird."

„Warum?", frage ich misstrauisch. Ich nehme einen Schluck von meinem Wein und genieße den klaren, frischen Geschmack. Einfach perfekt.

Dominik rollt mit den Augen. Mit seiner freien Hand zieht er meine Beine über seinen Schoß, dann legt er die Decke wieder über mich. „Weil ich dich hierher eingeladen habe, und ich möchte nicht, dass du es bereust, gekommen zu sein. Du bist so hibbelig wegen mancher Dinge, und ich will nicht, dass du eine Ausrede hast, eines Tages nicht mehr zu kommen."

Ich lasse das so stehen. Er schmiedet Zukunftspläne, und obwohl ich mich für etwas geöffnet habe, das definitiv mehr ist als „reiner Sex", kann ich diese Sache nur von Tag zu Tag in Angriff nehmen.

Dominik macht es sich bequemer. Er stützt seine Füße auf den Couchtisch, ein schweres Stück Stein mit einer Kupferplatte. „Ist mit deiner Familie noch alles in Ordnung?"

Es ist eine beiläufige Frage. Gott weiß, dass er den Riss versteht, der zwischen den Mitgliedern meiner Familie und mir entstanden ist, seit sie erfahren haben, was ich wirklich tue. Ich habe ihm auch seinen Anteil daran verziehen. Er hat es nicht absichtlich ausgeplaudert.

„Mom und Dad sind damit so einverstanden, wie sie es nur sein können", antworte ich, während ich mich mit einem zufriedenen Seufzer in die weichen Kissen kuschle. „Dax guckt mich immer noch böse an."

„Dein Bruder ist jemand, der gerne Knöpfe drückt", entgegnet Dominik mit einem Lachen. „Er fühlt sich unwohl mit dem, was du tust, also wird er dir im Gegenzug Unbehagen bereiten."

Ich grinse. „Deshalb bin ich dir sehr dankbar, dass du mich die letzte Woche bei dir hast wohnen lassen … und dass du mich nach Kalifornien eingeladen hast."

Dominik schnaubt. „Wen willst du verarschen? Ich ‚lasse' dich nicht bei mir wohnen. Du wärst gar nicht hier – und wärst auch nicht bei mir in Phoenix geblieben –, wenn ich es dir nicht befohlen hätte. Du wärst niemals freiwillig gekommen."

Ich starre ihn einen Moment lang an, mein Mund bleibt vor Überraschung offen stehen. „Das ist nicht wahr."

„Das ist definitiv wahr", erwidert Dominik mit einem spitzen Blick. „Du besitzt eine sture Selbstständigkeit, wie sie im Buche steht. Aber was soll's ... Es macht mir nichts aus, dir Befehle zu erteilen und zuzusehen, wie du gehorchst. Das macht mich sogar an."

Ich schlage ihm gegen die Brust. Er lacht, aber dann wird er ernst und sieht mich hart an. „Du hast Glück, eine Familie zu haben, die dich so sehr liebt."

Seine Worte treffen mich tief, doch sie sind keine Offenbarung. „Ich weiß das. Mir ist klar, was für ein unglaubliches Glück ich habe."

Dominik lächelt, dann lässt er seinen Blick über das Meer schweifen. Er nimmt einen Schluck Wein und scheint mit der Stille zufrieden zu sein.

„Was ist mit deiner Familie?", frage ich. „Sind sie dir gegenüber irre beschützend veranlagt, so wie meine bei mir? Oder sind sie eher zurückhaltend?"

Dominik verliert nie sein Lächeln, aber Traurigkeit füllt seine Augen. „Ich habe keine Familie."

„Was?", rufe ich und setze mich ein wenig aufrechter hin. Wie konnte ich das nicht wissen? Ich war mit diesem Mann zutiefst intim ... kenne ihn seit ein paar Monaten ... und doch habe ich *das* nicht über ihn gewusst. „Wie kann man keine Familie haben?"

Er wendet mir seine Aufmerksamkeit wieder zu und zuckt ein wenig mit den Schultern. „Viele Leute haben keine Familie, Willow. In meinem Fall war es einfach Pech, schätze ich. Meine Eltern starben bei einem Autounfall, als ich neun war. Ich lebte dann bei meinem Großvater, dem Vater meiner Mutter, aber er starb, als ich elf war. Es gab keine anderen Familienmitglieder außer einem entfremdeten Onkel väterlicherseits, der kein Interesse daran hatte, ein Kind aufzuziehen. Also wurde ich ein Pflegekind. Ich wurde eine Zeit lang von Haus zu Haus geschickt. Ich habe sowohl die guten als auch die schlechten Seiten des Systems kennengelernt, aber seien wir mal ehrlich: Niemand wollte mich adoptieren. Niemand will ein älteres Kind auf Dauer in sein Haus aufnehmen."

Ich weiß nicht, was ich sagen soll, aber es gelingt mir, zu stottern: „Das ist … das ist … furchtbar."

„Es war kein einfaches Leben." Er spricht das so sachlich aus, dass mir das Herz wehtut.

„Wie das?", zwinge ich mich, zu fragen, auch wenn ich denke, dass ich diese traurige Information über ihn lieber nicht wissen möchte.

„In der Pflegekinderhilfe gibt es keinen Schutz", erklärt er und legt seinen Arm locker über die Rückenlehne der Couch, sodass er mich ansehen kann. „In Pflegefamilien gibt es normalerweise mehrere Kinder, also musst du um alles kämpfen, was du willst. Die beste gebrauchte Kleidung, Essen, Aufmerksamkeit. In den Gruppenheimen ist es noch schlimmer. Ich kam mit vierzehn Jahren in ein solches Heim und erst wieder heraus, als ich mit achtzehn Jahren aus der staatlichen Fürsorge entlassen wurde. Ich musste dort um alles kämpfen, was ich hatte, meine Sachen vor Diebstahl schützen und jede Nacht mit einem offenen Auge schlafen."

Ich habe keine Ahnung, welchen Gesichtsausdruck ich mache, aber Dominik muss etwas sehen, was ihn dazu bringt, zurückzurudern. „Nicht, dass es nur schlecht war", beeilt er sich, mir zu versichern. „Ich habe dort einige gute Erfahrungen gemacht. Ehrlich gesagt … Ich glaube, die Art, wie ich erzogen wurde, hat mich zu dem Mann gemacht, der ich heute bin. Ich habe gelernt, wie ich mir meinen Weg zum Erfolg erkämpfen kann."

Kopfschüttelnd ziehe ich meine Beine von seinem Schoß, setze mich im Schneidersitz aufrecht und lehne mich mehr zu ihm hin. Dieses Gespräch hat den entspannten Modus verlassen und ist direkt in den Intensivmodus übergegangen. „Du sprengst hier alle meine schrecklichen Klischees."

„Was meinst du?"

„Na ja … Du bist so gut organisiert und erfolgreich. Freundlich und großzügig. Ich glaube, wir als Gesellschaft glauben, dass jeder, der nicht aus einer funktionierenden Familie stammt, wenig bis gar keine Chance auf Erfolg hat."

„Das ist wahrscheinlich korrekt", sagt er mit einem nachdenklichen Nicken.

„Aber du …" Ich stoße mit meinem Zeigefinger in die Mitte seiner Brust. „Du bist ein Multimillionär …"

„Milliardär", korrigiert er mit einem verschmitzten Grinsen.

Ich weiß das natürlich, aber ich genieße es, seinen Reichtum herunterzuspielen. „Wie auch immer. Der Punkt ist … Du bist gewachsen. Du bist aufgeblüht. Es ist offen gesagt … erstaunlich. Ich meine, denk mal darüber nach. Du bist so selbstbewusst. Woher hast du das? Welche Vorbilder haben dir das vermittelt? Ich schätze, es war niemand aus einem Pflegeheim, oder?"

Etwas funkelt in Dominiks Augen. Er reckt sein Kinn vor und lächelt spielerisch. „Ich glaube, jemand hier mag mich aus anderen Gründen als Orgasmen."

Ich schnaube und gebe ihm einen Klaps auf den Arm, bevor ich mich dem Meer zuwende und versuche, so zu tun, als wäre er nicht der interessanteste Mann, den ich je getroffen habe. „Ich kann dich überhaupt nicht leiden."

„Du magst mich so sehr, dass es dich zu Tode ängstigt", stichelt er, aber es steckt ein Hauch Bedeutsamkeit dahinter.

Ich ignoriere ihn und blicke auf das blaue Wasser, während ich an meinem Wein nippe.

Dominik zieht meine Beine wieder auf seinen Schoß und ich lasse mich zurück in die Kissen fallen. Wir schweigen eine Weile und genießen die Zeit in der Gesellschaft des anderen.

Er besteht nicht auf diesem Thema und ich bin froh darüber. Denn es braucht nicht viel, um mich dazu zu bringen, zuzugeben, *dass* ich ihn weitaus mehr mag, als ich es mir je hätte träumen lassen.

Und dazu bin ich einfach noch nicht bereit.

Zumindest nicht laut, denn das macht diese Sache viel zu real. Und wenn es real wird, muss ich mich zusammenreißen und einige Entscheidungen darüber treffen, wie ich mein Leben weiterführen will.

KAPITEL 17

Dominik

Mein Orgasmus ist so intensiv, dass ich fast in Ohnmacht falle. Mit Willow ist es immer so verdammt erderschütternd. Jeder einzelne fühlt sich an, als würde mich das stärkste Erdbeben von innen heraus zerreißen.

Es ist erstaunlich, dass die Intensität unseres Liebesspiels in den Wochen, in denen wir zusammen sind, überhaupt nicht nachgelassen hat.

Ich breche auf ihr zusammen und spüre, wie sie ihre Beine aus ihrem Klammergriff von meinen Hüften löst. Ich umarme sie. Meine Brust hebt und senkt sich von der Anstrengung, und ich rolle mich auf die Seite, wobei ich Willow mitnehme.

Ich betrachte es als einen wundersamen Triumph, dass sie jetzt im Gegenzug ihre Arme um mich legt, denn die Willow Monahan, die ich anfangs gevögelt habe, war keineswegs eine Kuschlerin. Inzwischen schmiegt sie sich eng an mich und drückt ihre Wange an meine Brust. Ihre eigenen Lungen ringen nach dieser Anstrengung noch immer nach Luft.

Mein großer Plan, sie für einen Kurzurlaub nach Südkalifornien zu bringen, ist nicht so aufgegangen, wie ich es mir vorgestellt habe: Abendessen in einem schicken Restaurant, ein Treffen mit ein paar prominenten Freunden oder vielleicht ein Tanz in einem der besten Clubs von L.A.

Stattdessen blieben wir fast die ganze Zeit bei mir zu Hause. Wir haben gegrillt, sind am Strand spazieren gegangen und haben faul Stunden auf der Veranda verbracht. Während sie Bücher las, arbeitete ich an meinem Laptop. Und weil das körperliche Verlangen, das wir anscheinend füreinander haben, nicht zu bekämpfen ist, haben wir ganz viel gevögelt. Es waren perfekte vier Tage.

„Bist du bereit, dich morgen wieder dem Stress der Play-offs zu stellen?", fragt sie mich mit einer Stimme, die wegen dem Stöhnen und der Schreie, die sie gerade von sich gegeben hat, heiser klingt.

Wir fliegen morgen früh nach Phoenix, und unser erstes Spiel in den Conference Finals wird am Abend gegen die L.A. Demons stattfinden. Wir haben Heimvorteil, also finden die ersten beiden Spiele in Phoenix statt. Der Sieger dieser Serie wird ins Finale um den Cup einziehen.

Jetzt wird es ernst und ich genieße jede verdammte Minute davon, auch wenn es mehr als anstrengend ist.

„Ich bin vollkommen bereit für das Spiel morgen Abend", antworte ich und streife mit den Lippen über ihren Kopf. „Aber ich bin traurig, diesen kleinen Kokon zu verlassen, den wir in den letzten Tagen hatten."

„Es war nett", antwortet sie. Ihre Stimme wird leise und schläfrig.

Ich neige den Kopf zu ihr. „Nett?"

Sie sieht mir in die Augen und ein verschmitztes Lächeln schleicht sich auf ihr Gesicht. „Ja ... nett."

„Frau, du hast die Dachbalken heruntergeschrien, als ich dich kommen ließ. Nett ist eine Beleidigung. Nimm es zurück.“

„Das werde ich nicht“, stichelt sie und es geht los.

Ich drehe sie auf den Rücken, setze mich auf sie und fange an, sie zu kitzeln. Sie windet ihren üppigen und durchgenommenen Körper unter mir und lacht hysterisch, als meine Fingerspitzen ihre Rippen bearbeiten.

„Hör auf“, keucht sie kichernd und krallt sich in meine Hände.

Ich gebe ihr eine kurze Atempause, meine Handflächen liegen jetzt flach auf ihrem Oberkörper. „Nimm den Teil mit dem ‚nett‘ zurück. Sag mir einfach, wie verdammt fantastisch die letzten vier Tage waren.“

Sie beißt sich auf die Unterlippe und grinst herausfordernd. Als ich mit der Spitze meines Zeigefingers gegen eine Rippe stoße, zuckt sie zusammen und klatscht mir auf die Hand. „Na schön. Wenn dein zerbrechliches Ego das hören muss, dann waren die letzten vier Tage einfach großartig.“

Stirnrunzelnd setze ich mich wieder zurück auf meine Fersen. „Ich bin mir nicht sicher, ob großartig wirklich das richtige Wort ist.“

Willow zieht eine Augenbraue hoch. „Was würdest du vorschlagen?“

„Verdammt fantastisch“, rufe ich. „Das habe ich auch schon angemerkt, um genau zu sein.“

„Na gut“, sagt sie übertrieben lang gezogen.

„Diese Zeit mit dir war verdammt fantastisch. Du bist verdammt fantastisch. Dein Haus ist verdammt fantastisch und dein Körper ist verdammt fantastisch. Du bringst mich dazu, alle möglichen verdammt fantastischen Dinge zu fühlen. Bist du jetzt glücklich?“

Ich grinse und lasse mich neben sie aufs Bett fallen. „Sehr sogar.“

Seite an Seite starren wir schweigend an die Decke. Bei Willow habe ich nicht das dringende Bedürfnis, jede Stille mit sinnlosen Gesprächen zu füllen. Ich mag sie ruhig genauso sehr, wie wenn sie aus vollem Halse schreit.

Doch dann kommt mir ein Gedanke, und ich drehe mich auf die Seite, stütze den Ellbogen auf die Matratze und lege meinen Kopf auf meine Handfläche. „Ich nehme an, deine Eltern kommen zu den ersten beiden Spielen?“

Willow nickt. „Meine Schwester Meredith und ihr Mann auch.“

„Noch besser“, antworte ich nachdenklich. „Also, ich würde sie gerne an einem Abend zu mir nach Hause zum Essen einladen. Vielleicht in der Zeit zwischen Spiel eins und zwei?“

Willow neigt den Kopf in meine Richtung. Ihre Brauen sind gerunzelt. „Du willst meine Familie zu dir nach Hause zum Essen einladen?“

„Ja.“

„Warum?“

„Warum nicht?“

Ihr Blick richtet sich wieder auf die Decke, und

sie kaut an ihrer Unterlippe und runzelt die Stirn, wodurch sie fast bestürzt aussieht.

„Weiß deine Familie, abgesehen von Dax, dass wir zusammen sind?", frage ich behutsam. „Ich meine, wissen sie zum Beispiel, dass du mit mir hier in Kalifornien bist?"

Willow richtet sich auf ihre Ellbogen auf und dreht sich zu mir. Dadurch werden ihre Brüste hervorgehoben, was mich ablenkt, aber ich weigere mich, den Köder zu schlucken.

„Sie wissen nicht richtig, dass wir zusammen sind", gibt sie zögernd zu. „Ich meine, Dax weiß, dass wir uns treffen. Und meine Eltern vermuten es wahrscheinlich auch, wenn man bedenkt, dass du bei dem Anruf mit dabei warst. Aber wir haben nicht wirklich darüber gesprochen."

„Nun, wenn ich sie zum Abendessen zu mir nach Hause einlade, ist das kein Problem mehr. Dann musst du dich nicht mehr darum kümmern, es ihnen großartig anzukündigen."

„Ich habe keine Angst, es anzukündigen", faucht sie. „Es ist nur … Ich bin mir nicht sicher, ob wir …"

„Was? Es auf diese Weise offiziell machen sollten?" Ihr Gesichtsausdruck sagt, dass es genau das ist. Wenn wir andere in unsere Beziehung einbeziehen, wird es für sie real, und das ist eindeutig immer noch eine Mauer, die es zu erklimmen gilt.

Ich streiche ihr ein paar Haare hinters Ohr und die Berührung lässt sie seufzend in die Kissen sinken, den Blick auf die Decke gerichtet. „Willow …

Ich verstehe, dass du eine Abneigung gegen Beziehungen hast. Das hast du mir deutlich gesagt. Aber seit wir uns nähergekommen sind, begreife ich einfach nicht, was dich noch zurückhält."

Wieder knabbert sie an ihrer Lippe, ein sicheres Zeichen dafür, dass ihr der Kopf schwirrt.

„Willow", wiederhole ich leise und ihr Blick trifft meinen. „Du empfindest etwas für mich. Ich weiß das, und du weißt es auch. Und diese Gefühle werden von mir erwidert. Wir genießen es, Zeit miteinander zu verbringen. Warum kannst du nicht einfach deine Hemmungen überwinden und zugeben, dass wir richtig miteinander ausgehen?"

Sie kneift kurz die Lider zu, bevor sie sie wieder öffnet. Ich bin schockiert über den Schmerz und die Angst, die ich in ihnen sehe. „Weil ich von jemandem schwer verletzt wurde und Angst habe, dass es wieder passiert."

Ich schrecke zurück, verblüfft von diesem Geständnis. Willow kommt immer so unabhängig und mutig rüber, dass man sich kaum vorstellen kann, dass sie überhaupt verletzt werden kann. „Was ist passiert?"

Sie zuckt mit den Achseln, als ob es nichts wäre, aber wir wissen beide, dass das nicht wahr ist. Ich greife nach ihrer Hand und drücke sie sanft, um sie zu beruhigen. Sie studiert unsere Finger, die ineinander verschränkt sind, und ihre Stimme klingt hohl. „Ich war vor ein paar Jahren verlobt."

Wieder durchfährt mich ein Schock über diese Nachricht. Ich habe einfach angenommen, dass

Willow schon immer gegen Beziehungen gewesen ist. So ähnlich wie ich. Es fällt mir schwer, Bindungen einzugehen, weil ich so lange ohne sie ausgekommen bin. Ich wäre nie auf die Idee gekommen, dass sie eine einzelne schlechte Erfahrung gemacht hat, die sie davon abhält.

„Also …“, beginnt sie. Als ob sie auf einmal Kraft sammeln würde, setzt sie sich aufrecht gegen das Kopfteil und sieht mir direkt in die Augen. „Es war mir ernst mit diesem Kerl. Er war wohlhabend. Nicht so reich wie du als Milliardär, aber er verdiente gutes Geld. Er kaufte ständig Sachen, weil er es konnte. Er besaß eine anspruchsvolle Ausstrahlung. Er dachte, er könnte alles haben, was er wolle, was auch bedeutete, dass er sich jede Frau aussuchen konnte, die er wollte. Er hat mich betrogen. Das war alles, und nun ja … Seitdem konnte ich niemandem mehr richtig vertrauen. Und offen gesagt, du bist so viel reicher als er. Du könntest alles und jeden haben, den dein Herz begehrt, also fällt es mir schwer, mich voll und ganz auf das hier einzulassen. Ich halte mich zurück, weil wir am Anfang vereinbart haben, dass es nicht länger als bis nach den Play-offs geht, und …“

„Habe ich dir jemals einen Grund gegeben zu glauben, dass ich wie er sein würde?“ Ich kann nicht anders, als sie zu unterbrechen, weil es beleidigend ist, mit so jemandem in einen Topf geworfen zu werden, nur weil ich reich bin.

Willow schüttelt energisch den Kopf. „Nein. Natürlich hast du das nicht. Aber trotzdem … Als ich mein Herz damals an jemanden verschenkt habe, hat er es misshandelt, und den Schmerz möchte ich nie wieder fühlen. Deshalb ist es meiner Meinung nach einfacher, keine Gefühle zuzulassen. Wenn dir noch nie das Herz gebrochen wurde, kannst du das nicht verstehen."

„Mir ist noch nie das Herz gebrochen worden", gebe ich zu. „Jedenfalls nicht von jemandem, an dem ich romantisch interessiert war. Aber Verlust ist mir ein Begriff. Was ich nicht verstehe, ist, wie eine kluge Frau wie du den Unterschied zwischen mir und deinem ehemaligen Verlobten nicht erkennen kann. Denn du hast doch sicher eine gute Menschenkenntnis. Wenn ich jemand anderen wollte, würde ich dir einfach sagen, dass ich keine feste Beziehung will oder bereit bin, weiterzuziehen. Du musst mich inzwischen gut genug kennen, um zu wissen, dass ich dich nicht betrügen würde, oder?"

Sie nickt langsam. Wir haben unsere Erwartungen schon früh klar formuliert, und wir sind in der Lage, zu kommunizieren, was wir wollen und wo unsere Grenzen sind.

„Hör mal …" Ich streiche mit dem Daumen über ihren Handrücken, hoffentlich auf eine beruhigende Weise. „Vielleicht müssen wir beide ein klärendes Gespräch führen. Lass uns neu abwägen, was wir von dieser Sache wollen."

„Was meinst du?" Ihre Augen funkeln vor Neugierde.

„Nun, zum Beispiel mag ich dich wirklich. Ich fühle mich sehr zu dir hingezogen und liebe es, dich zu ficken, aber ich mag es auch, einfach mit dir zusammen zu sein. Zu reden. Zu lachen. Ich mag viel mehr als nur den Sex. Ich genieße es wirklich, dich kennenzulernen. Ich werde einfach alles offenlegen. Ich würde dich gerne weiterhin exklusiv daten, und ich möchte nicht, dass es ein Ende gibt. Ich würde gerne weitermachen und sehen, wohin das führt."

Entsetzt bemerke ich einen Anflug von Panik in ihren Augen. Zum Glück wendet sie nicht den Blick ab.

„Wäre das denn so schlimm?", frage ich.

Zu meiner Erleichterung schüttelt sie den Kopf. „Nein, überhaupt nicht. Es ist nur … Das ist ein großer Schritt für mich."

„Wir werden es langsam angehen", versichere ich. „Wir haben mehr als genug Zeit, und in den nächsten Wochen werden wir die Gelegenheit haben, viel davon miteinander zu verbringen. Wir werden sehen, was passiert."

„Aber vielleicht verschieben wir das ganze Familienessen erst einmal", murmelt sie und ich muss lachen. Wenn es sein muss, dann machen wir das eben.

„Natürlich", erwidere ich und beuge mich vor, um meine Lippen auf ihre zu drücken. „Obwohl ich deine Eltern für ziemlich clever halte. Ich schätze, sie haben es bereits herausgefunden."

„Vielleicht", scherzt sie lachend. „Aber ich würde

das gerne noch eine Weile für mich behalten. Lass mich vorsichtig in diese Gewässer waten."

„Einverstanden", antworte ich. Aber wie es sich für einen Geschäftsmann gehört, brauche ich eine Gegenleistung. „Aber du musst zusagen, dass du bei jedem Spiel mit mir in der Loge bist. Deine Familie kann auch dort sitzen."

„Dann finden sie es wirklich heraus!", ruft sie aus.

„Ich werde meine Hände bei mir behalten. Das verspreche ich."

„Schön", schmollt sie und stößt dann einen weiteren übertriebenen Seufzer aus. „Oh, wem mache ich was vor? Sie wissen es. So wie alle anderen auch, seit du Dax gnadenlos geärgert und man uns zusammen gesehen hat. Ich weiß nicht, warum ich plötzlich so ausflippe."

„Es ist ja nicht so, dass ich dich frage, ob du mich heiraten willst, Will", necke ich sie, nehme sie in den Arm und ziehe sie an mich. „Und wenn du dich damit besser fühlst, sage ich einfach, dass du eine tolle Liebhaberin bist, wenn jemand fragt."

Dafür bekomme ich einen Ellbogen in die Rippen, aber dann kuschelt sie sich an mich. Ihr Körper wird ganz anschmiegsam, sie schlingt die Arme um meine Taille und drückt ihre Wange wieder an meine Brust.

Wir liegen einige Augenblicke schweigend da, und ich habe das Gefühl, dass wir Fortschritte gemacht haben.

Und dann räuspert sich Willow leise, um meine

Aufmerksamkeit zu erregen. Ich halte still, doch als sie nicht spricht, denke ich, dass sie vielleicht gar nichts sagt. Aber auf einmal platzt sie heraus: „Und ich weiß, dass ich es nicht direkt gesagt habe, aber ich mag dich auch sehr."

Und ja ... Dieses Gefühl in diesem Moment ... Als hätte ich gerade den Fuji bestiegen oder den Cup gewonnen.

Absoluter Sieg.

Sie mag mich auch.

KAPITEL 18

Willow

Ich bin mir nicht sicher, wie ich in einen Mädelsabend hineingezogen wurde, aber ich bin dabei. Wir versammeln uns in Brookes Haus, das sie und Bishop kürzlich gemeinsam gekauft haben. Sie werden zwar erst Ende Juni heiraten, in jeder anderen Hinsicht sind sie allerdings schon wie ein Ehepaar.

Wie zu erwarten, scheint das Gebäude typisch für die meisten Profisportler zu sein. Es befindet sich in einer bewachten Gegend, bietet fast fünfhundert Quadratmeter Platz und feinste Ausstattung. Brooke führte uns nach unserer Ankunft durch das Haus, und Regan, die bisher kein Glück gehabt hat, etwas für sich und Dax zu finden, stellte eine Million Fragen, denn sie ist eine frustrierte potenzielle Hauskäuferin. Es ist ja nicht so, dass es keine Gebäude zur Auswahl gäbe, doch sie kann sich ohne Dax' Zustimmung keins aussuchen, und er hat einfach nie Zeit, sich etwas anzusehen, solange die Play-offs laufen. Er hat Regan immer wieder gesagt: „Kauf einfach etwas, was dir gefällt, und ich werde damit glücklich sein", aber mein Bruder ist ein ziemlicher Idiot, wenn er glaubt, dass *sie* damit kein Problem hätte. Natürlich will sie sichergehen, dass ihm ihr gemeinsames Zuhause auch gefällt, und so hat sie beschlossen, mit der Wohnungssuche bis nach den Play-offs zu warten.

Wir landen in der Küche, wo Brooke ein mexikanisches Festmahl für uns vorbereitet hat. Fisch-Tacos, einen scharfen Salat mit schwarzen Bohnen und Sopapillas, frittierte Teighappen.

Das Beste ist, dass es Margaritas gibt.

Sie fängt an, einen großen Krug zuzubereiten, während wir an der gigantischen Kücheninsel für acht Personen Platz nehmen.

Wir sind nur zu sechst – Brooke, Blue, Pepper, Regan, Nora und ich. Die jeweiligen Männer dieser Frauen sind auf einem Männerabend.

Nachdem sie den Drink in Gläser gefüllt hat, die am Rand mit einer Salzkruste versehen sind, teilt Brooke sie an uns aus.

Sie hält ihres hoch und sagt: „Der erste Toast geht auf die Arizona Vengeance, die gestern Abend das erste Spiel gegen die L.A. Demons gewonnen haben."

Die Conference Finals haben tatsächlich begonnen, und die Vengeance haben sich im Rennen um den Titel der Western Conference mit 1:0 gegen die Demons durchgesetzt. Es ging in die Verlängerung. Im Play-off-Eishockey gibt es kein Penaltyschießen, sondern die Teams spielen so lange zwanzigminütige Verlängerungen, bis jemand ein Tor schießt. Tacker beendete das Match gestern Abend schnell, indem er nach etwas mehr als zwei Minuten der Verlängerung den Siegtreffer erzielte.

Wir erheben unsere Gläser und lassen unser Team hochleben. Ich nehme einen großen Schluck von der Margarita und meine Geschmacksknospen tanzen vor Freude.

„Meine Damen", sagt Brooke und deutet auf die Tabletts mit den Speisen auf der Granitarbeitsplatte. „Geschirr und Besteck stehen da drüben. Bedient euch."

Wir reichen Teller herum, beladen sie mit Essen und nippen an unseren Margaritas, während wir plaudern. Ich habe mich über die Einladung gefreut, denn Dominik wollte meine Familie heute zu sich nach Hause zum Dinner einladen. Obwohl er es nicht noch einmal erwähnt hat, war ich mir nicht sicher, ob er eine weitere Bitte anmelden würde. Als Regan mir sagte, ich solle mir den heutigen Abend für einen geplanten Mädelsabend freihalten, habe ich sofort zugesagt, auch wenn ich bisher nie viele Freundinnen gehabt habe. Meine Karriere macht es mir schwer, Anschluss zu finden. Ehrlich gesagt ist es einfach zu schwierig, eine dauerhafte Bindung einzugehen, da ich so viel unterwegs bin. Dass ich kein Zuhause habe, ist ebenfalls ein Hindernis, weil ich zwischen den Reisen normalerweise bei meinen Eltern wohne. Ich habe nie wirklich irgendwo Wurzeln geschlagen, was eine Voraussetzung dafür ist, eine Gemeinschaft von Freunden aufzubauen.

Seit Regan nach Phoenix gezogen ist, um meinen Bruder zu heiraten, ist sie diesen Frauen sehr nahegekommen. Und da ich nun ihre legitime und rechtmäßige Schwägerin bin, hat sie mich in diese Gruppe hineingezogen, ob ich es wollte oder nicht.

Das Tolle daran ist jedoch, dass diese Frauen

wirklich großartig sind und ich mich daher in guter Gesellschaft befinde. Brooke hat einen Abschluss in Mode-Merchandising, was sich gut mit ihrer Position im Vengeance-Verkaufsteam verträgt. Außerdem ist sie die Tochter des Trainers, sodass es eine heikle Angelegenheit war, sich in einen der Starspieler des Teams zu verlieben. Blue arbeitet als Flugbegleiterin für die Vengeance, kümmert sich aber auch um ihren erwachsenen behinderten Bruder Billy. Sie hat einen unglaublich vollgestopften Terminkalender, schafft es jedoch trotzdem, ihm viel Zeit zu widmen. Bonuspunkte bekommt sie zudem dafür, dass sie mit Erik den größten Playboy des Teams für sich gewinnen konnte, als er sich in sie verliebte.

Pepper hat vielleicht die verrückteste Geschichte von allen. Sie verliebte sich in unseren Torwart Legend, als er herausfand, dass er eine kleine Tochter von einer Frau hatte, mit der er in der Vergangenheit zusammen gewesen war. Diese Frau hat die kleine Charlie – als sie noch ein Neugeborenes war –, eines Abends mit einem Zettel auf seiner Veranda abgeladen. Es stellte sich heraus, dass die besagte Baby-Mama völlig verrückt war und Pepper tatsächlich angeschossen hat, wovon sie sich inzwischen erholt hat. Pepper und Legend verschwendeten danach keine Zeit mehr und begannen ihr gemeinsames Leben. Sie rannten zum Standesamt und heirateten, und jetzt sind sie eine richtige Familie. Der jüngste Neuzugang neben mir ist natürlich Nora, die Therapeutin. Sie brachte Tacker dazu, sich wieder auf das Leben einzulassen, nachdem er nach dem Tod seiner Verlobten bei einem Flugzeugabsturz in eine depressive Abwärtsspirale geraten war.

Wie ich schon sagte ... Es ist eine großartige Gruppe von Frauen. Im Vergleich zu ihnen fühle ich mich ein wenig langweilig.

Aber hey – Fisch-Tacos und Margaritas. Keine schlechte Art, den Abend zu verbringen, vor allem, wenn man bedenkt, dass ich nicht in Dominiks Haus bin, um meine Familie zu unterhalten und festzustellen, wie ernst diese Sache zwischen uns geworden ist.

„Warum trinkst du nichts?", fragt Pepper Blue, und wir drehen alle den Kopf, um uns auf sie zu konzentrieren.

Tatsächlich: Blues Glas ist bis zum Rand gefüllt und nicht angerührt. Ihre Wangen röten sich und ihre Stimme klingt höher. „Oh, kein Grund. Mir ist einfach nicht danach."

„Aber du liebst Margaritas", erwidert Brooke und runzelt die Stirn.

Blues Erröten wechselt von Rosa zu Rot und es fällt mir wie Schuppen von den Augen. Sie wirkt aufgeregt, scheint allerdings auch ein wenig verunsichert zu sein.

„Oh mein Gott", rufe ich aus und werfe ihr einen wissenden Blick zu.

Blues Augen richten sich auf mich. Ihre Miene ist leicht panisch.

„Du bist schwanger", spreche ich meine Vermutung, weshalb sie wahrscheinlich ihren Drink nicht angerührt hat, laut aus.

„Nein", quiekt sie und winkt ab.

Brooke stemmt die Hände in die Hüften und beugt sich mit einem misstrauischen Blick zu Blue. „Irgendetwas ist definitiv im Gange."

Blue stößt einen Seufzer aus und streicht sich die Haare aus dem Gesicht. Sie hebt die Hände. „Gut. Ich bin schwanger. Wir haben es erst gestern erfahren, und ich wollte es euch nicht sagen, weil Erik und ich noch nicht besprochen haben, wann und wem wir es sagen. Und als du dann die Margaritas serviert hast, war ich total überrumpelt und wusste nicht, ob ich etwas sagen sollte. Aber wisst ihr was … Ich bin froh, dass es raus ist. Ich bin froh, dass ihr es alle wisst. Das ist ein viel zu großes Geheimnis, um es für sich zu behalten."

Vor Freude darüber springen wir von unseren Stühlen auf und drängen uns um sie, um ihr zu gratulieren.

„Hast du versucht, schwanger zu werden?", fragt Brooke, während sie um die Kücheninsel zurückgeht. Sie war schon immer eine gute Gastgeberin und hat im Stehen gegessen, damit sie uns weiter bedienen kann, falls wir etwas brauchen. Alle anderen kehren an ihre Plätze zurück.

Blue schüttelt den Kopf. „Nein. Es war ein Unfall, obwohl wir natürlich darüber gesprochen haben, nach unserer Heirat Kinder zu bekommen. Aber Erik ist total aufgeregt deswegen, und ich auch, um ehrlich zu sein."

Ich nehme meinen Fisch-Taco in die Hand, doch bevor ich hineinbeiße, frage ich: „Was bedeutet das für deine Hochzeitspläne?"

Blue und Erik haben sich vor ein paar Monaten verlobt.

Blue zuckt mit den Schultern, ein albernes Lächeln auf dem Gesicht. „Es ist mir wirklich egal, ob wir heiraten oder nicht. Ich würde gerne standesamtlich heiraten, so wie Regan und Dax und Legend und Pepper es getan haben. Ich hätte nie gedacht, dass so etwas jemals passieren würde. Oder dass ich heiraten oder ein Baby bekommen würde – wegen Billy. Aber Erik unterstützt alles einfach so verdammt gut. Er lässt mich glauben, dass alles möglich ist. Ich kann das Leben auch allein meistern, aber Erik macht es so viel glücklicher und einfacher. Er ist ein echter Partner im wahrsten Sinne des Wortes, und ich freue mich so sehr darauf, ein Baby mit ihm zu bekommen. Ich denke, die Hochzeit ist zu diesem Zeitpunkt eher nebensächlich."

Ich denke über ihre Worte nach. Es gab eine Zeit in meinem Leben, in der ich von einer großen Hochzeit träumte, mit einem fabelhaften Kleid, wunderschönen Blumen und meiner Familie und Freunden, die an meiner Freude teilhaben sollten. Nachdem dieser Traum geplatzt war, habe ich nie wieder daran gedacht.

Aber wenn ich mir Blue jetzt anhöre und sehe, wie glücklich Regan und Dax und Legend und Pepper sind, wird mir klar, dass diese Art von

Dingen nur Beiwerk sind. Sofern die Liebe echt ist – ehrlich, chaotisch und fabelhaft zugleich –, dann kann ich mir vorstellen, dass man nicht so ein großes Spektakel braucht, um seine Hingabe zu beweisen.

„Oder macht einfach etwas Unkompliziertes, so wie Bishop und ich es vorhaben", schlägt Brooke mit einem Lächeln vor.

Brooke und Bishop feiern Ende Juni ihre Hochzeit, zu der auch ich eine Einladung erhalten habe. Sie wird zwar in einem schicken Resort stattfinden, aber sie sagte, dass sie die Kontrolle über die Planung an die Leute dort abgegeben hat. Dazu gehört auch, dass diese die Torte, die Blumen und das Essen für den Empfang auswählen. Ich bin wirklich beeindruckt von ihrer Fähigkeit, diese Art von Einfluss als Braut abzugeben.

„Nun, wenn wir eine Hochzeit feiern würden", sagt Pepper, während sie sich einen weiteren Taco vom Teller nimmt, „würden wir es genau so machen. Wir wollten nie ein großes Fest, aber mit Freunden und Familie an einen exotischen Ort zu reisen, scheint Spaß zu machen."

Regan stößt einen gehauchten Seufzer aus und schiebt ihre Unterlippe leicht vor. „Ich wollte immer eine große Hochzeit. Natürlich hätte ich nie gedacht, dass Dax mich zum Standesamt karren und verlangen würde, dass ich ihn heirate, damit er mir eine Krankenversicherung verschaffen kann. Es war nicht besonders romantisch, aber er sagt immer, dass er mir eine große Hochzeit schenken würde, wenn ich es wollte. Das kommt mir jetzt aber irgendwie albern vor."

„Unsinn", rufe ich. „Das ist eine tolle Idee. Ich werde dir helfen, solange du mich nicht zwingst, ein hässliches Brautjungfernkleid zu tragen."

Regans Augen leuchten auf und sie setzt sich etwas gerader auf ihren Platz. „Wirklich? Du meinst, wir sollten? Und es wäre ein Trauzeuginnenkleid."

Ich bin überrascht von dem sentimentalen Gefühl in meinem Magen, weil sie mich als Trauzeugin haben möchte, aber ich fange mich schnell wieder. „Auf jeden Fall. Du hast es verdient. Immerhin hast du meinen Bruder geheiratet, also verdienst du wirklich alles."

Alle lachen und Regan wendet sich an Nora. „Was ist mit dir und Tacker? Werden wir für euch beide die Hochzeitsglocken läuten hören?"

Nora gluckst. Ihre Stimme ist leise und heiser. „Es ist noch viel zu früh für uns. Alles ist so neu und wunderbar mit Tacker, aber eine Hochzeit ist das Letzte, woran wir denken."

Es wird ein wenig still in der Gruppe, denn Tackers Verlobte starb auf dem Weg zur Anprobe ihres Hochzeitskleides. Es ist eine düstere Erinnerung daran, dass nicht alle Hochzeitsdinge glücklich enden.

„Was ist mit dir, Willow?", fragt Blue und alle schauen zu mir. „Was ist das mit dir und Dominik?"

Mein ganzer Körper erstarrt und meine Augen fallen mir fast aus dem Kopf, weil das Rampenlicht auf mich gerichtet ist. Ich bin viel zu neu in dieser Gruppe, um meine persönlichen Dinge zu teilen.

Stell dich dumm, Willow. Bleib vage. „Was meinst du?"

Brooke rollt mit den Augen. „Oh komm schon … Jeder weiß es. Spuck's schon aus."

Ich schaue mich in der Gruppe von Frauen um. Jede von ihnen sieht mich mit einem aufmunternden Lächeln und einem Leuchten in den Augen an, das mir sagt, dass sie hinter mir stehen, ganz gleich, was ich preisgeben werde.

Mit Ausnahme von Regan, die ich schon ihr gesamtes Leben lang kenne, habe ich diese Frauen erst vor kurzem kennengelernt. Und doch fühle ich aus irgendeinem Grund eine Verwandtschaft mit ihnen. Vielleicht liegt es daran, dass die erste Margarita ziemlich stark war oder dass sie so freizügig alles miteinander teilen, dass ich diese Verbindung spüre.

Ehe ich mich versehe, gestehe ich: „Ich bin mir nicht sicher, was ich davon halten soll. Ich hätte nichts dagegen, wenn ihr mir helfen würdet, etwas Klarheit zu schaffen."

„Da ist also *etwas*?", fragt Nora.

Ich nicke und ein kleines Glucksen entweicht mir. „Am Anfang ging es um nichts anderes als Sex. Wir hatten sehr klare Grenzen. Irgendwie hat sich aber langsam mehr daraus entwickelt."

Offenbar, um sicherzugehen, dass alle Bescheid wissen, was mein vergangenes Beziehungsdesaster angeht, meldet sich Regan zu Wort: „Ihr wurde von ihrem früheren Verlobten übel mitgespielt. Er hat sie betrogen. Also beschloss Willow, dass sie sich nie wieder auf einen anderen Mann einlassen würde."

Ich kneife die Augen zusammen. „Ich kann meine eigene Geschichte erzählen."

Sie kichert. „Du bist nicht gerade die Größte, wenn es darum geht, sich zu öffnen und Dinge zu erzählen. Außerdem ist mir diese erste Margarita zu Kopf gestiegen. Alkohol neigt dazu, mich gesprächig zu machen. Gern geschehen."

„Du hast also … einfach erklärt, dass du nie wieder eine Beziehung haben wirst?", fragt Blue. „Ich meine, ist das überhaupt machbar? Da ist es nur eine Frage der Zeit, bis dir das Schicksal einen Strich durch die Rechnung macht."

Ich zucke mit den Achseln, wische ein wenig Salz vom Rand meines Glases und führe es zum Mund. „So ähnlich."

„Aber was genau hat sich geändert?", fragt Brooke und nimmt den Krug, um unsere Margaritas aufzufüllen, mit Ausnahme von Blues natürlich, die jetzt an einem Wasser mit Eis nippt.

Bevor ich antworten kann, meldet sich Regan wieder zu Wort. „Ja … Bitte sag uns, was so magisch an ihm ist, denn ich hätte nie gedacht, dass du dich in jemanden verlieben würdest. Ich meine, er *ist* mehr als hinreißend."

„Und sexy", fügt Brooke hinzu.

„Auch schlau", meint Blue.

„Und reich", sagt Pepper lachend. „Das ist nie

schlecht."

Das sind zwar alles nette Eigenschaften, aber die hatte ich auch schon vorher bei anderen erlebt. Sie haben mich nicht sehr weit gebracht. Ich gebe den Mädels meine ehrlichste Einschätzung dessen, was möglicherweise gerade passiert. „Dominik hat mich nicht aufgegeben. Wenn Männer normalerweise merken, dass ich nicht mehr will als ein bisschen Spaß, hält das meist nicht lange an. So mag ich es. Aber verdammt, Dominik ist hartnäckig, herrisch und fordernd …"

„Oh mein Gott", sagt Blue mit großen Augen. „Sie hat sich in einen echten Alpha verliebt."

Die Frauen fangen gleichzeitig an zu plappern und ich kann kaum noch den Überblick behalten.

„Jemand, der ihren Scheiß nicht durchgehen lässt."

„… garantiert die Aufmerksamkeit einer unabhängigen Frau erregt."

„Eine todsichere Methode, um sie zum Nachgeben zu bringen."

Ich halte die Hände hoch. „Nein. Das ist es nicht. Ich lasse mich auf nichts ein. Er hat mir ein Ultimatum gestellt. Er sagte, ich könne meinen Job nicht weitermachen, weil er zu gefährlich sei, aber ich habe nicht nachgegeben. So ist das. Er hat keine Macht über mich."

Sie starren mich nur mit einem wissenden Grinsen an.

„Was? Warum schaut ihr so?", frage ich.

Regan, die rechts von mir sitzt, gibt mir einen

freundschaftlichen Stoß in die Rippen. „Weil du immer noch mit ihm zusammen bist. Selbst nachdem er das von dir verlangt hat. Du bist länger mit ihm zusammen als mit irgendjemand anderem, seit dein Verlobter dich betrogen hat, und wenn du über sein Alphatiergehabe redest …“

„Er ist nicht das Alphatier in unserer Beziehung“, knurre ich. „Ich schon.“

Regan ignoriert mich und fährt mit einem Funkeln in den Augen fort. „Wenn du über sein Alphatierverhalten sprichst, bekommst du einen verträumten Gesichtsausdruck.“

„Nein“, sage ich nachdrücklich.

„Oh doch“, erwidert sie und streckt ihre Zunge heraus. „Und Mädel … Es ist heiß. Ist er ein Tier im Bett? Ich habe den Verdacht, dass er es ist, was wahrscheinlich der Grund dafür ist, dass du wirklich hierbleibst.“

Sie scherzt natürlich nur, aber mir fällt die Kinnlade herunter, während ich meine Schwägerin ungläubig anstarre und mein Gesicht etwas heiß wird. „Wer bist du? Noch vor ein paar Monaten konntest du mich nicht einmal ansehen und über Sex mit Männern reden. Und jetzt willst du wissen, ob der Mann, mit dem ich zusammen bin, ein Tier im Bett ist?“

„Und, ist er es?“, drängt Pepper. Offenbar wollen sie alle, dass ich diese Frage beantworte.

Bevor ich das tun kann, wirft mir Regan einen spitzen Blick zu. „Hör mal, er ist ein guter Mann. Ein toller Kerl. Er hat alle Eigenschaften, die sich eine Frau wünschen würde, und du bist verrückt nach ihm. Du gibst es vielleicht nicht zu, aber …"

Wieder hebe ich abrupt die Hände in die Höhe, dieses Mal in Kapitulation. „Gut. Ich bin verrückt nach ihm. Aber ich habe immer noch eine Scheißangst davor, dass ich verletzt werde. Die Tatsache, dass ich verrückt nach ihm bin, macht es fast sicher, dass ich am Ende verletzt werde, wenn es nicht klappt."

Nora schnaubt – die Therapeutin, die darin geschult ist, Glaubenssysteme infrage zu stellen. „Warum glaubst du, dass du verletzt werden wirst?"

„Er ist ein Playboy", murmle ich.

Blue schüttelt den Kopf. „*War* ein Playboy. Er ist jetzt mit dir zusammen, also ist er nicht mehr auf dem Markt. Und glaub mir, ich weiß, dass Playboys sich ändern können. Persönliche Erfahrung und so."

Erik war in der Liga berüchtigt, bevor Blue ihn zähmte.

Brooke nimmt ihr Margarita-Glas in die Hand. „Alle unsere Jungs waren in gewisser Weise Playboys."

„Meiner nicht." Nora lacht laut.

„Das ist wahr." Pepper schenkt Nora ein entschuldigendes Lächeln. „Tacker war ein Arschloch. Nichts für ungut."

Nora nickt. „Kein Problem. Das ist eine ziemlich akkurate Einschätzung."

Brooke klopft mit ihrer Gabel auf die Granitarbeitsplatte und wir schauen alle in ihre Richtung. „Der Punkt ist, dass mächtige Männer Playboys sein können, aber sie können sich genauso gut niederlassen. Und es scheint, dass er wirklich in dich verliebt ist. Nach allem, was ich gehört habe, hat er dich unerbittlich verfolgt."

Mürrisch gebe ich zu: „Das hat er mir auch gesagt. Dass er dieser Beziehung eine ernsthafte Chance geben möchte."

Regan legt mir eine Hand auf die Schulter. „Dann musst du ihm einen Vertrauensvorschuss geben und es versuchen. Du wirst es bereuen, wenn du ihn entkommen lässt."

Alle nicken und murmeln ihre Zustimmung zu Regans Rat.

Sie sagt mir nichts, was ich nicht schon in meinem Kopf durchgespielt hätte. Ich muss nur herausfinden, ob ich mutig genug bin, alles auf eine Karte zu setzen, oder ob ich weiterhin einen Teil von mir zurückhalten werde, um geschützt zu sein, falls alles zum Teufel geht.

KAPITEL 19

Dominik

Normalerweise hätte ich eine Einladung zu einem Abend mit der First Line meiner Mannschaft nicht angenommen, da ich nicht möchte, dass jemand den Eindruck hat, ich würde sie bevorzugen. Auch wenn ich generell nicht der Typ Mann bin, der sich darum kümmert, was andere denken. Aber wir befinden uns jetzt in den Play-offs, also muss ich bei all meinen Entscheidungen etwas vorsichtiger sein.

Schließlich habe ich die Einladung angenommen, mit Dax, Bishop, Erik, Legend, Tacker und Wylde an einem Grillfest in Eriks Haus teilzunehmen, und zwar wegen Willow. Sie hat dieselbe Einladung erhalten, nur mit den weiblichen Gegenstücken zu dieser Gruppe von Männern, und ich ermutigte sie, hinzugehen.

In den letzten Wochen habe ich eine Menge Dinge über Willow herausgefunden, und eines davon ist, dass sie nicht annähernd genug Freunde hat, vor allem nicht in der Kategorie Frauen. Sie reist viel und hat keinen festen Wohnsitz, sodass sie sich in ihrem sozialen Zirkel ausschließlich auf ihre Familie stützt. Und obwohl ich behaupten würde, dass ihre Familie, soweit ich weiß, sehr nett ist, sollte ein Mensch mehr haben.

Oder besser gesagt: Willow sollte alles haben.

Also habe ich die Einladung angenommen, weil

ich wusste, dass sie das dann ebenfalls tun würde.

Es hat perfekt geklappt. Willow bekommt die dringend benötigte Auszeit mit einer Gruppe wunderbarer Frauen, und ich esse gegrillte Rinderfilets und trinke erstklassigen Scotch mit Männern, die ich gern mag. Aber ich halte mich größtenteils zurück und bin mir immer bewusst, dass es eine Grenze zwischen uns gibt.

Ich bin ihr Arbeitgeber, sie sind meine Angestellten, und es macht keinen Unterschied, dass ich diese Grenze im letzten Jahr ein paarmal überschritten habe, indem ich einigen von ihnen persönlich Hilfe angeboten habe. Dazu zähle ich allerdings nicht, dass ich Dax ständig auf die Nerven ging, um Informationen über seine Schwester zu erhalten. Das war meist ein Scherz, weil ich wusste, dass ich eines Tages zu Willow durchdringen würde.

Der Punkt ist, dass ich der Chef bin, also kann ich im Grunde genommen die Regeln so gestalten, dass sie mir passen.

Zumindest sehe ich das so und bleibe heute Abend dabei.

Die meisten Gespräche drehen sich um die Playoffs. Worüber sollten Profisportler, die eine Meisterschaft in Reichweite haben, sonst reden?

Wir befinden uns gerade auf Eriks Terrasse, die Abendtemperatur beträgt angenehme zwanzig Grad. Das Abendessen ist beendet und wir nippen an unseren Getränken, während wir in gepolsterten Stühlen um eine unbeleuchtete Feuerstelle herum lümmeln.

„Schmeckt dir der Scotch?", fragt Wylde von meiner rechten Seite.

Ich schwenke das Glas und sehe der bernsteinfarbenen Flüssigkeit dabei zu. „Er ist nicht schlecht."

Ich war von Eriks Auswahl an Spirituosen beeindruckt. Der Scotch ist von einer der Marken, die ich zu Hause vorrätig habe.

„Für mich schmeckt jeder Scotch wie dreckige Socken", antwortet Wylde mit gerümpfter Nase. Er trinkt einheimisches Bier, also was weiß er schon von den Feinheiten des Geschmacks?

Leise lachend schüttelt Dax den Kopf. „Alter … Du bist so ungebildet, wie es nur geht."

Wylde zuckt mit den Schultern. „Ich bin nur ein Arbeiter, der in den Körper eines Profisportlers gesteckt wurde." Er wirft Dax ein verruchtes Grinsen zu. „Außerdem bin ich weltgewandt, wenn es darauf ankommt."

„Ach, du meinst bei den Frauen", stichelt Erik feixend.

„Sei nicht so eifersüchtig, jetzt, wo du deine Krone als Playboy des Teams verloren hast", erwidert Wylde grinsend, bevor er von seinem Bier trinkt.

Wir lachen alle, aber dann stellt Bishop eine ernüchternde Frage an Wylde. „Hast du noch etwas von Rafe gehört?"

Die Stimmung um die dunkle Feuerstelle wird sofort düster. Gestern haben wir erfahren, dass Rafes Vater gestorben ist. Wylde hat seit seinem Wechsel zu den Cold Fury engen Kontakt zu Rafe gehalten, da er anscheinend etwas Ähnliches mit einem Elternteil durchgemacht hat, obwohl ich in diese Details nicht eingeweiht bin.

Wylde schüttelt den Kopf. „Nein … Er sagte, er würde mir Infos wegen der Beerdigung schicken, als ich gestern Abend mit ihm sprach."

„Gib sie weiter, wenn es dir nichts ausmacht", sage ich, weil ich etwas Nettes für Rafes Familie tun möchte. Eine persönliche Geste, die über das hinausgeht, was das Team nach den Vorgaben der Geschäftsleitung tun wird.

„Klar", antwortet Wylde leise.

„Ich hasse das", murmelt Tacker. „Er hat so große Veränderungen zu bewältigen … Sein Vater wurde krank, er wechselte zu einem neuen Team, die Play-offs und jetzt stirbt sein Vater."

Das ist sicher eine Menge, und ja, die Cold Fury ist auch noch in den Play-offs. Sie hatten gestern Abend das erste Spiel ihrer Conference Play-offs um den Titel in der Eastern Conference, genau wie wir. Sie treffen auf die New York Vipers, einen schweren Gegner; es wird aber erwartet, dass sie ihn besiegen. So wie es aussieht, gehen die meisten davon aus, dass es im Cupfinale zu einem Show-down zwischen den Vengeance und den Cold Fury kommen wird, doch ich nehme nie etwas an. Stattdessen senke ich den Kopf und kämpfe so hart wie möglich, bis ich meine Ziele erreicht habe.

Das Tolle an diesem Team ist, dass ich es mit Männern besetzt habe, die dieselbe Philosophie haben.

Wir reden noch ein wenig über Rafe, und die Jungs schmieden Pläne, ihn möglicherweise im Sommer zu besuchen. Legend ruft den Babysitter an, der auf Charlie aufpasst, um sich zu erkundigen, wie es läuft, und die Getränke werden aufgefüllt.

Ich beschließe, ein Thema anzusprechen, bevor wir zu betrunken sind und ich es einfach vergesse. Es ist eigentlich ganz simpel.

„Hört mal", sage ich und diese zwei Worte erregen ihre Aufmerksamkeit. „Ich habe ein paar besondere Gäste, die morgen zum Spiel kommen. Kinder, um genau zu sein, und sie werden mit mir auf der Tribüne sitzen. Ich habe gehofft, einige von euch könnten sich vor dem Spiel mit ihnen treffen. Ich habe ein paar Trikots und andere Sachen für sie. Ich weiß, sie würden sich über Fotos und Autogramme freuen."

Jeder Einzelne antwortet, dass er da sein wird, was ich sehr zu schätzen weiß. Ich wusste, ich könnte mich auf sie verlassen. Sie haben gezeigt, wie einfach es für sie ist, als Gruppe zusammenzukommen, um etwas zu unterstützen, wie sie es schon bei unzähligen anderen Gelegenheiten getan haben, wenn jemand im Team Hilfe brauchte.

„Was ist so besonders an diesen Kindern?", fragt Dax.

„Sie leben in einem Gruppenheim in Kalifornien, dem ich viel Geld spende."

„Eine Sache, die dir sehr am Herzen liegt?"

Ich trinke von meinem Scotch, schmecke den rauchigen Torf und den Hauch von Vanille, bevor ich schlucke. „Dort bin ich während meiner Teenagerjahre aufgewachsen."

Dax' Augenbrauen schießen in die Höhe, und ich spüre, dass auch die anderen mich beobachten. Es ist nichts Privates, doch offensichtlich nicht allgemein bekannt, denn ich kann ihren Schock spüren.

Ich fahre fort und erkläre es ihnen, da ich die Fragen auf ihren Gesichtern ablesen kann. „Meine Eltern starben, als ich noch klein war. Ich lebte bei meinem Großvater. Er starb. Ich kam in eine Pflegefamilie, war aber zu alt für eine Adoption. Ich landete in einem Gruppenheim und ging, als ich achtzehn wurde. So einfach ist das."

„Daran ist nichts einfach", sagt Bishop leise.

„Ich hatte keine Ahnung", meint Dax mit einem langsamen Kopfschütteln. „Und sieh dir an, was du aus dir gemacht hast. Beeindruckend, Mann. Prost."

Er erhebt sein Getränk zu einem stummen Toast und ich nicke lächelnd. Ich brauche keine Anerkennung oder Bestätigung von ihm, aber es ist schön, zu wissen, dass er meinen Weg schätzt, genau wie seine Schwester.

Wahrscheinlich ist es eine Selbstverständlichkeit, dass Dax und ich jetzt eine Männerfreundschaft haben. Es fing an, als wir feststellten, dass wir beide Willows Karriere aufgrund der Gefahren hassen, und von da an erblühte sie. Wir sind an dem Abend, an dem ihre Familie sie wegen der schlecht durchdachten Intervention anrief, zusammen ein

Bier trinken gegangen. Während wir tranken und uns über seine Schwester beschwerten, kamen wir uns näher.

Es ist definitiv nicht normal, dass ein Teambesitzer persönlich mit einem Spieler befreundet ist – und dieses Treffen hier überschritt wahrscheinlich einige Grenzen –, aber ich muss sagen … Ich mag Dax. Ich denke, diese Freundschaft wird weiter wachsen, solange sich meine Beziehung zu Willow weiterentwickelt.

„Da du gerade in Gesprächslaune zu sein scheinst", meldet sich Legend verschmitzt zu Wort, „was läuft da zwischen dir und Dax' Schwester? Hält diese Sache länger?"

Ich werfe einen Blick zu Dax hinüber, der nur stumpfsinnig zurückstarrt. Er weiß, was ich für sie empfinde, also wird meine Antwort nichts nützen.

Aber ich finde es seltsam, dass Legend sich für mein Liebesleben interessiert – und vermutlich auch die anderen Männer, die mich erwartungsvoll anschauen. Meiner Erfahrung nach sind Kerle im Allgemeinen nicht besonders neugierig auf solche Dinge.

Allerdings ist diese Gruppe anders. Sie haben sich immer wieder zusammengetan, wenn jeder Mann sich in eine Frau verliebt hat und mit Hindernissen konfrontiert wurde. Sie haben sich hinter Bishop und seine vorgetäuschte Verlobung gestellt. Hinter Erik und seine Liebe zu einer Frau mit einem behinderten Bruder. Hinter Legends neu entdeckte Vaterschaft und die verrückte Mutter seines Babys, die versucht hat, Pepper umzubringen. Hinter Dax und seine schwerkranke Freundin der Familie, die er geheiratet hat, um ihr das Leben zu retten. Und schließlich … hinter Tacker, den Mann, der seine Teamkollegen immer wieder weggestoßen hat und sie nicht helfen lassen wollte, bis Nora ihm die Augen geöffnet hat.

Ja, das ist eine andere Art von Männern – Freunden –, als ich sie je zuvor gekannt habe. Also sage ich es ihnen direkt. „Willow ist eine besondere Frau. Ich hoffe, es hält länger.“

„Oh, wie die Mächtigen fallen.“ Tacker lacht leise.

„Sagt der Mann, der kürzlich gefallen ist“, erwidere ich.

„Touché“, erwidert er mit einem Grinsen. „Wir sind alle gefallen, also verstehen wir es alle.“

„Ich nicht“, meldet sich Wylde und winkt mit seinem Bier. „Ich bin immer noch Single und habe nicht vor, zu fallen.“

Tacker nickt, offenbar hat er vergessen, dass sein bester Freund immer noch ein Playboy in diesem Team ist. „Wir sind alle gefallen, mit Ausnahme von Wylde“, stellt er klar und erhebt dann sein Glas zum Toast. „Willkommen im Club, mein Freund.“

Lachend erhebe ich mein eigenes und nehme einen Schluck, um ihm zu danken, aber das Summen meines Handys lenkt mich ab. Ich stelle mein Glas ab, rufe die SMS auf und lächle über Willows Nachricht.

Willow: *Wie läuft dein Abend?*

Ich tippe eine kurze Antwort, während die Jungs Wylde noch mehr in die Mangel nehmen.

Ich: *Gut. Und deiner?*

Willow: *Ich habe eine tolle Neuigkeit erfahren, aber das darfst du niemandem erzählen. Blue ist schwanger. Sie hat es uns gesagt, doch ich bin nicht sicher, ob Erik den Jungs schon etwas sagen wird.*

Mein Blick gleitet zu Erik, der über etwas lacht, das Bishop zu Wylde sagt. Ich dachte, er wäre heute Abend übermäßig gut gelaunt, und jetzt weiß ich auch, warum.

Ich: *Das Geheimnis ist bei mir sicher. Ich kann es kaum erwarten, dich später zu sehen. Kommst du immer noch zu mir nach Hause?*

Ihre Antwort erfolgt schnell.

Willow: *Ja. Ich schicke eine SMS, wenn ich auf dem Weg bin.*

Und das ist gut genug, um mich über Wasser zu halten. Ich simse ein Fist-Bump-Emoji zurück und lege dann mein Handy wieder auf den Tisch.

Als ich aufschaue, sehe ich, dass Bishop und Dax

auf ihre Handys starren. Ich denke mir nichts dabei, bis Bishop den Kopf hochreißt und Erik in die Augen schaut.

„Kumpel", ruft er laut und erregt damit die Aufmerksamkeit aller. „Blue ist schwanger?"

„Woher zum Teufel weißt du das?", fragt Erik, aber er scheint mehr schockiert als wütend zu sein.

Bishop hält sein Handy hoch. „Brooke hat mir gerade eine SMS geschickt."

„Und Regan hat mir gerade dasselbe geschrieben", fügt Dax hinzu und schwenkt sein Telefon hin und her, während er es als Beweis hochhält.

Ich unterdrücke mein Lachen, denn ich werde Willow und ihr Verraten von Geheimnissen nicht preisgeben.

Wenn es überhaupt ein Geheimnis ist, was ich angesichts des verlegenen Gesichtsausdrucks von Erik bezweifle.

„Ja", gibt er zu. „Wir haben es gestern erfahren." Er scheint etwas zu überlegen, runzelt dann die Stirn und spricht in einem übermäßig rügenden Ton, der eindeutig an Blue gerichtet ist. „Obwohl wir noch nicht darüber gesprochen haben, es jemandem zu sagen."

„Frauen." Legend lacht. „Sie können nicht anders als tratschen."

„Genau richtig", sagt Bishop. „Wenn sie in einer Gruppe sind, reden sie nur über Liebe, Beziehungen und Babys."

„Das ist die Wahrheit", fügt Dax hinzu.

„So, wie wir es den ganzen Abend gemacht haben", werfe ich ein, und Tacker schnaubt so heftig, dass er sich an dem Bourbon verschluckt, von dem er gerade einen Schluck genommen hat.

Erik lacht leise und lässt sich in seinen Stuhl zurückfallen. „Ich bin froh, dass ihr es wisst. Nach meinen Eltern und Billy wärt ihr sowieso die ersten, mit denen wir es teilen würden."

Und dann, weil diese Jungs absolut nicht normal sind, verfallen sie in ein Gespräch über das Baby. Legend, der bisher einzige Vater in der Gruppe, gibt weise Ratschläge, während die anderen verkünden, dass sie hoffen, dass es ein Junge wird, der wie sein Vater Eishockey spielen wird.

Ich beobachte einfach, wie sie alle miteinander umgehen, und freue mich, dass mein Team so gut zusammenhält.

Und ich denke an Willow und ob sie Kinder haben will. Wir haben noch nie darüber gesprochen, aber ich glaube, sie will welche. Sie war bereits einmal in ihrem Leben ein Fan der Ehe, also könnte man natürlich annehmen, dass dazu auch Kinder gehören.

Aber das ist nicht unbedingt eine Garantie. Viele Menschen entscheiden sich, keine Eltern zu werden. Und da sie so viel reist …

Ich höre tiefer in mich hinein und mache eine Bestandsaufnahme meiner Gefühle. Ich weiß nicht mal, wie ich über Kinder denke. Mir ist klar, welche Mühe es macht, sie aufzuziehen, und das meine ich nicht böse. Ich erkenne nur an, dass die Verantwortung eine große Last ist, die auf starken

Schultern ruhen sollte.

Willow und ich sind beide unglaublich stark. Wir wären der Herausforderung gewachsen.

Aber ich hatte eine seltsame Jugend. Ich habe zwar gute Erinnerungen an meine Eltern und meinen Großvater, doch ich war genauso lange mit ihnen zusammen, wie ich nun schon auf mich allein gestellt bin. Ich habe ebenso viel Zeit damit verbracht, mich selbst zu erziehen, zu verteidigen und für mich zu kämpfen, wie andere sich um mich gekümmert haben. Meine größte Angst, wenn ich über langfristige Beziehungen und Kinder nachdenke, ist, ob ich die Fähigkeit habe, mich wirklich zu binden.

Habe ich das Zeug dazu, mich für den Rest meines Lebens Willow und einem Kind zu widmen? Besitze ich die Fähigkeiten für diese Art von Zukunft?

Ich wünschte, die Antwort wäre klar, aber das ist sie nicht. Das Einzige, was ich tun kann, ist, mich mit der Tatsache zu trösten, dass es für mich unglaublich wichtig geworden ist, sie zu finden, und ich werde das niemals auf die leichte Schulter nehmen. Dafür liegt mir Willow zu sehr am Herzen.

KAPITEL 20

Dominik

Es ist das zweite Spiel der Conference Finals und die Energie in der Arena ist greifbar. Natürlich wird sie auch durch die sechzehn Jungs verstärkt, die ich auf einer privaten Tour durch das Stadion führe, bevor die Haupttore geöffnet werden. Ich habe das Mannschaftsflugzeug nach Los Angeles geschickt, um sie abzuholen, und sie sind vor ein paar Stunden gelandet.

Nach dem Spiel werden sie in einem der besten Hotels in Phoenix übernachten, bevor sie am nächsten Morgen zurück in ihr Leben im Miller House fliegen.

Die meisten dieser Kinder kommen aus sozialen Brennpunkten und aus sehr armen Verhältnissen. Meistens waren es die Drogensucht oder die Inhaftierung der Eltern, die sie in das Pflegesystem brachten, und eine Reise wie diese kann für sie überwältigend sein. Normalerweise bringe ich die Bewohner vom Miller House zu den Spielen meiner Basketballmannschaft, aber das ist nur eine Busfahrt vom Heim zum Stadion.

Die Jungs sind zwischen zwölf und siebzehn Jahre alt, und außer mir sind noch drei weitere Betreuer mit ihnen in der Arena. Einige haben nie ein Eishockeyspiel gesehen, während andere bereits große Fans sind, seit ich die Vengeance gekauft habe. Ich bin ein häufiger Besucher im Miller

House, denn ich spende ihnen nicht nur mein Geld. Ich gehe oft dorthin, um mit den Jugendlichen zu sprechen – vor allem mit den älteren, die sich darauf vorbereiten, aus dem Programm auszusteigen. Sie sollen sehen, dass alles möglich ist, wenn sie sich nur anstrengen.

Wir schafften es, einen kurzen Rundgang durch die Umkleideräume zu machen, und trafen dabei auf Tacker und Bishop, die früher als sonst angekommen sind. Sie haben sich die Mühe gemacht, mit den Kindern für Fotos zu posieren und Fragen zu beantworten. Ich habe die Jungs auf das Eis geführt und sie ein wenig über das Eis laufen lassen. Ich habe sie in die Büros der Geschäftsführung und in den Trainingsraum gebracht.

Und jetzt haben wir es bis zur Besitzerloge geschafft, gerade als sich die Arena mit Fans zu füllen beginnt. Die Loge ist heute Abend ausschließlich für die Miller-House-Jungs und ihre Betreuer reserviert. Die einzige andere Person, die eine Einladung hat, ist Willow, und ich erwarte sie bald.

Ich habe überlegt, ihre Familie einzuladen, und ich habe es nur deshalb nicht getan, weil es ihr so unangenehm ist, wenn wir das zwischen uns ihnen gegenüber offenlegen. Ich werde ihr dabei etwas Freiraum lassen. Ich bin bereit, sie entscheiden zu lassen, wann sie will, dass ihre Familie von uns „erfährt", obwohl wir wissen, dass sie es bereits weiß.

Jedenfalls hat Willow keine Ahnung, dass die Jungs kommen, und ich bin nicht sicher, warum ich es ihr nicht gesagt habe. Vielleicht fürchte ich, dass sie nicht mit uns hier oben sitzen will oder sich nicht amüsiert. Ich weiß nicht, was sie von Kindern hält, schon gar nicht von Pflegekindern mit Problemen aus einer Wohngruppe. Sie hat zwar großes Mitgefühl für meine Situation gezeigt, aber sie hat auch das erfolgreiche Endergebnis gesehen.

Trotzdem werde ich es nicht bereuen, diese Truppe hierher gebracht zu haben. Wenn sie nicht mit anderen Dingen im Leben in Berührung kommen, werden sie nie erfahren, was sie anstreben oder erreichen könnten. Und falls es Willow nicht gefällt, kann sie sich jederzeit auf die Plätze setzen, die Dax für die Play-off-Serie reserviert hat.

Ein Platzanweiser wartet an der Tür zur Loge des Besitzers. Er entriegelt sie, schiebt sie auf und lächelt, als die Jungen sich alle gleichzeitig hineindrängen und einen Stau verursachen. Eine der Begleiterinnen ruft, sie sollen sich beruhigen, aber sie ignorieren sie. Ich erinnere mich, dass es mir ähnlich ergangen ist.

Ich folge der Gruppe. „Jeder von euch findet einen Platz, auf dem sein Name auf einer Karte steht. Dort liegen auch einige Geschenke für jeden von euch."

Die Jungs eilen durch den Lounge-Bereich, der mit Stühlen und Tischen, einer Bar und einer kleinen Küchentheke ausgestattet ist, die immer besetzt und mit Essen bestückt ist, hinüber zu den Sitzreihen im vorderen Teil der Loge. Von dort

kann man das Eis von hoch oben, über dem Rest
der Arena, überblicken.

„Es gibt Pizza, Popcorn und eine Eisbecher-Bar
drüben an der Theke", rufe ich über das aufgeregte
Geschnatter und die überraschten Freudenschreie
hinweg, als sie all die Dinge auf ihren Plätzen finden.

Ein kleiner Junge namens Mickey, der seit etwa
sechs Monaten im Miller House lebt, kommt auf
mich zugestürmt. Er ist zwölf Jahre alt und klein
für sein Alter. Er umklammert ein Bay-Trikot und
wirft seine Arme um meine Taille. Er stößt mich
fast ein paar Schritte zurück, weil ich nicht damit
gerechnet habe.

„Vielen Dank, Mr. Carlson", schwärmt er, während er mit einem breiten Grinsen im Gesicht aufschaut. „Das ist das Beste, was mir je passiert ist."

Ich schlucke und habe einen Kloß im Hals. Hätte
man mir diese Gelegenheit gegeben, als ich im
Miller House war, hätte ich mich genauso gefühlt,
verdammt. Ich lege die Hand auf seinen Kopf und
streiche ihm durch die Haare. „War mir ein Vergnügen, Kumpel."

Er lässt mich los und rennt dann wieder zu den
Sitzen. Ich drehe mich zur Bar, in der Absicht, ein
Bier zu trinken, um mich zu entspannen, als die
Tür zur Loge aufschwingt. Der Platzanweiser hält
sie höflich auf und Willow kommt hereinstolziert.
Sie ist für ein Spiel gekleidet, in ihrem Monahan-
Trikot, gepaart mit dunklen Jeans und schwarzen,
knöchelhohen Stiefeln.

Ihre Augen fixieren mich und sie grinst breit, klatscht ein Mal in die Hände und reibt sie vor Vergnügen. Als sie auf mich zuschlendert und das Wort ergreift, sieht sie so sexy aus, wie ich es noch nie gesehen habe.

„Ich habe ein gutes Gefühl bei diesem Spiel, Mr. Carlson. Ich glaube, unsere Jungs werden heute Abend den anderen verdammt hart in den Arsch treten. Ich kann es einfach in der Luft spüren."

Ich lache leise, weil ich weiß, dass die Jugendlichen das gehört haben und sie sie noch nicht einmal bemerkt hat. Ich bin sicher, sie haben schon viel Schlimmeres mitbekommen. Als ich zehn Jahre alt war, beherrschte ich jedes Schimpfwort, das es gab.

Willow geht direkt auf mich zu – nein, in mich hinein –, drückt ihren Körper gegen meinen und legt die eine Hand an meinen Nacken, während die andere zu meiner Hüfte wandert. Sie zieht mich zu sich herunter und gibt mir einen nuklearen Kuss, der sehr vielversprechend für später am Abend ist.

Es folgen Pfiffe von hinten. Einige der Teenager rufen: „Oooooh, Mr. Carlson … Da haben Sie ja ein heißes Gerät."

Willow erstarrt. Ihre Lippen kleben an meinen, bevor sie sich langsam zurückzieht und sich nach rechts lehnt, um zu sehen, wer da hinten steht. Ich nehme mir einen Moment Zeit und genieße den schockierten Blick und den leicht geöffneten Mund, als sie die sechzehn Jungen betrachtet, die sie wahrscheinlich alle anstarren. Ich möchte gar nicht darüber nachdenken, was einige der älteren von ihnen über meine Frau denken könnten.

Willow zuckt zurück, bis sie nicht mehr zu sehen ist, und stöhnt dann, als sie aufblickt. „Warum ist deine Loge voller Teenies, die aussehen, als wären sie gerade zufällig über einen Pornokanal gestolpert?"

Ich muss bei diesem Bild lachen und nehme ihre Finger. Ich drehe mich um, lege ihr eine Hand auf den Rücken und führe sie zu den Sitzen, wo die Jungs immer noch ihre Sachen durchwühlen.

„Meine Herren … Das hier ist meine Freundin, Willow Monahan. Ich erwarte, dass ihr alle höflich seid und sie mit Respekt behandelt, denn wenn ihr das nicht tut, werde ich euch in den Arsch treten. Und wenn ich mit euch fertig bin, wird ihr Bruder, Dax Monahan, der für die Vengeance spielt, da weitermachen, wo ich aufgehört habe."

Die Jungs sind natürlich gut gelaunt, denn sie sind gerade zu einem Play-off-Spiel in eine Luxusloge geflogen worden, die mit allerlei Geschenken und gutem Essen gefüllt ist. Sie strahlen Willow an und grüßen sie.

Sie lächelt zurück, bevor sie sich an mich wendet und verwirrt die Stirn runzelt. „Was ist hier los?"

„Das sind einige der Heranwachsenden aus dem Miller House, einem Gruppenhaus in Los Angeles, mit dem ich arbeite", erkläre ich.

Es dauert nur eine Sekunde, bis ihr Gesichtsausdruck und ihre Augen sanfter werden. Sie wirft einen Blick über ihre Schulter zu den Jungs und dann wieder zu mir und ihre Stimme wird ganz weich. „Du hast sie alle für das Spiel hergebracht?"

Ich schüttle den Kopf und antworte: „Nicht alle. Einige sind durch Auflagen eingeschränkt, aber die meisten von ihnen. Normalerweise nehme ich sie ein paarmal im Jahr zu Basketballspielen in Los Angeles mit, aber ich dachte, das hier würde Spaß machen."

Willow schnaubt. „Spaß? Willst du mich verarschen? Das ist wahrscheinlich das Beste, was ihnen je passiert ist."

Mein Blick geht an ihr vorbei zu den grinsenden und lachenden Jungen – ihre Freude erfüllt tatsächlich die Luft um uns herum.

„Du bist unglaublich", murmelt Willow. Sie sagt es mit einer solchen Ehrfurcht – in einem Ton, den ich noch nie von ihr gehört habe –, dass mir ein Schauer über den Rücken läuft. Als mein Blick auf ihr Gesicht fällt, sieht sie mich auf eine Weise an, die mir die Knie weich werden lässt, weil sie so ungeheuerlich ist.

Ich habe es vermutet.

Sie hat es angedeutet.

Sie versucht es.

Verdammt, ich weiß, dass sie es wirklich versucht.

Aber im Moment betrachtet sie mich auf eine Art und Weise, die zeigt, dass sie sich tatsächlich etwas aus mir macht. Dass sie über das Drumherum und den Reichtum hinwegsieht und die Ängste, die sie aufgrund ihrer früheren Erfahrungen hat, beiseiteschiebt. Sie schaut mich an, als wäre ich ein guter Mann – einer, dem sie sich anvertrauen könnte.

Möglicherweise.

Ich könnte da zu viel hineininterpretieren.

Trotzdem mache ich keine große Sache daraus, weil Willow sonst ausflippen würde. Stattdessen lege ich lässig meinen Arm um ihre Schulter. „Holen wir uns etwas zu essen und zu trinken, dann suchen wir uns Plätze. Wir haben heute Abend eine Menge Leute hier, das wird bestimmt lustig."

„Ich kann es kaum erwarten", ruft sie freudig.

***

Weniger als drei Minuten vor Ende der regulären Spielzeit wird das Spiel immer spannender. Die Vengeance führen mit 2:1 gegen die Demons, und Verzweiflung liegt in der Luft. Die Vengeance sind wild entschlossen, diesen Vorsprung bis zum Schlusspfiff zu halten, und die Demons kämpfen mit allen Mitteln, um im Spiel zu bleiben. Die Kids sind von ihren Sitzen aufgesprungen und drehen durch.

Jeder Fan in der Arena ist auf den Beinen und brüllt frenetische Anfeuerungsrufe, durchzuhalten, was ein einheitliches Gebrüll erzeugt, das den Boden vibrieren lässt.

Willow und ich haben unsere Hände zu Fäusten geballt. Sie hüpft auf und ab, schreit so laut, dass der Großteil ihrer Stimme weg ist, und meine Augen sind fest auf das Eis gerichtet, während ich zusehe, wie mein Team alles daran setzt, zu gewinnen.

Wenn sie nicht bald ein Tor schießen, werden die Demons ihren Torwart herausnehmen und stattdessen einen weiteren Angreifer einwechseln. Für einen schwindelerregenden Moment bekommen sie den Puck in unserer Hälfte unter Kontrolle und schießen aus kurzer Distanz aufs Tor, doch Legend kann den Schuss abfälschen. Die Demons übernehmen wieder und versuchen mit ein paar geschickten Pässen zwischen ihren Spielern, eine Lücke zu schaffen, doch dann gelingt es Wylde, den Puck wegzustochern.

Tacker ist da und schafft es, seinen Stock in der Nähe der Bande an den Puck zu kriegen. Er muss ihn nur noch aus unserer Zone befördern, aber es passiert das Schlimmste, was man sich vorstellen kann. Lars Nilsson knallt von hinten in ihn hinein und checkt Tacker mit dem ganzen Körper gegen die Scheibe, so stark, dass ich den Aufprall über das Gebrüll der Menge hören kann.

Normalerweise ist das nichts, worüber man sich Sorgen machen müsste. Tacker ist ein großer Kerl. Er ist zäh wie Leder.

Aber er und Lars Nilsson haben eine schreckliche Vergangenheit miteinander. Im November letzten Jahres, als Tacker in einer wirklich schlechten Verfassung war, gerieten er und Nilsson auf dem Eis aneinander. Damals machte Nilsson eine grauenhafte Bemerkung über den Tod von Tackers Verlobter, woraufhin Tacker in die Luft ging. Er zerrte Nilsson auf das Eis und schlug ihm so heftig an den Kopf, dass er das Bewusstsein verlor.

Tacker wurde für zehn Spiele gesperrt, was ihn in eine Spirale des Kontrollverlusts stürzte.

Zum Glück hat er sich von diesem dunklen Ort emporgearbeitet und weitergemacht. Er spielt so gut wie noch nie, und in den Play-offs führt er unser Team in Punkten an. Der Stoß ins Glas von Nilsson bedeutet einem Typen wie Tacker heutzutage nichts mehr, aber wenn der gegnerische Spieler etwas über seine tote Verlobte sagt, weiß man nicht, was der Typ tun wird.

Willow und ich erstarren und starren hilflos auf das Eis.

Und dann ... bricht die Hölle los.

Handschuhe fliegen und landen auf dem Eis. Es ist ein universelles Zeichen zwischen zwei Spielern, dass sie kämpfen wollen. Aber es sind nicht nur zwei Spieler. Es ist jeder verdammte Kerl auf dem Eis, und sie stellen sich auf, die Fäuste erhoben und bereit zur Schlägerei. Tacker steht Nilsson gegenüber und ich kann es in seinen Augen sehen ... Er hat sich unter Kontrolle. Das bedeutet nicht, dass er sie nicht verlieren wird, aber er wird auch nicht zurückweichen.

Kämpfe sind im Play-off-Eishockey nicht so häufig wie in der regulären Saison. Klar, sie kommen vor, doch in der Regel versuchen die Spieler auf diesem Niveau, Strafen und Verletzungen zu vermeiden. Die meisten Jungs wissen, wie wichtig es ist, einen kühlen Kopf zu bewahren, wenn die Meisterschaft in Sicht ist.

Aber wir reden hier von Tacker.

Das ist die Arizona Vengeance, ein Team, das Tacker zur Seite stand, als er sich aus den Tiefen der Verzweiflung zurückkämpfte. Außerdem trug Tacker dazu bei, uns im Rennen um den Cup zum Mitfavoriten zu machen.

Keiner von meinen Jungs wird Nilssons Angriff auf unseren Star-Center auf die leichte Schulter nehmen.

Die Menge tobt, denn jeder liebt einen Kampf. Die Schiedsrichter halten sich unbehaglich zurück und umkreisen die Männer, die nun Stöße und Schläge austauschen. Bishop ringt mit einem Spieler der Demons und sie fallen auf das Eis. Ein Schiedsrichter eilt herbei, um die beiden zu trennen, aber die anderen Männer prügeln sich wütend mit ihren Demon-Kollegen.

Und dann passiert etwas, was selten vorkommt …

Legend lässt seinen Schläger auf das Eis fallen, beide Handschuhe folgen und er stürmt auf den anderen Torwart zu. Einen Moment lang bewegt sich der Goalie der Demons nicht. Doch dann merkt er, dass er herausgefordert wird, und er hat keine andere Wahl, als sich zu stellen. Er skatet vorwärts und die beiden Torhüter treffen sich in der Eismitte. Legend packt den Demon am Trikot, was der Mann erwidert, und sie fangen an, sich zu prügeln. Ich halte den Atem an und bete, dass Legend nicht draufloshämmert, denn seine Hand wird wahrscheinlich am Helm des anderen Torwarts Schaden nehmen.

Mein Blick schweift zur Reservebank. Meine Vengeance-Spieler sind auf den Beinen, lehnen sich über die halbhohe Bande, und ich kann an ihren Gesichtern ablesen, dass sie die Bank verlassen und sich der Schlägerei anschließen wollen.

„Tut es nicht", murmle ich vor mich hin. Wir können uns die Suspendierungen nicht leisten, die kommen werden, wenn sie die Bank verlassen.

Die Jugendlichen aus dem Miller House sind völlig aus dem Häuschen. Sie erleben eine echte Rarität … eine Line Brawl auf ganzer Linie, bei der sogar die Torhüter aufeinander losgehen, und die Jungs könnten sich nicht besser amüsieren.

Zum Glück ist das Ganze schnell vorbei. Die vier Offiziellen gehen dazwischen und schaffen es irgendwie, das Chaos zu beenden. Ich muss meinen Jungs zugutehalten, dass sie anscheinend erkannt haben, dass es außer Kontrolle geraten und Verletzungen verursachen könnte, die unsere Zukunft ernsthaft beeinträchtigen könnten. Diejenigen, deren Kämpfe unterbunden worden sind, beginnen, ihre Mannschaftskameraden aus dem Getümmel zu ziehen. Die letzten beiden Streithähne, die auseinandergezogen werden, sind Legend und der Torwart der Demons, die es nur geschafft haben, miteinander zu ringen. Das bedeutet meiner Meinung nach nichts anderes, als dass sie sich den Spaß nicht entgehen lassen wollten.

Die Spieler werden getrennt, die Offiziellen beraten sich und es werden Strafen ausgesprochen. Die Strafbank füllt sich mit allen Spielern der First Line, die in den Kampf verwickelt war, genauso bei den Demons. Legend erhält eine Strafe, aber als Torwart darf er das Eis nicht verlassen, sodass ein anderer Vengeance-Spieler hinüberskatet, um die Strafzeit für ihn abzusitzen.

Unsere Second Line betritt zusammen mit den neuen Demon-Spielern das Eis und das Match wird fortgesetzt.

„Das war heftig", flüstert Willow harsch. Ich merke, dass sich ihre Fingernägel in meinen Arm gegraben haben, den sie die ganze Zeit über umklammert hat, während das passiert ist.

Ich löse sie vorsichtig von mir, und wir schauen uns den Rest des Spiels in angespannter Stille an, obwohl die Zuschauer in der Arena ihre Mannschaft mit ohrenbetäubendem Gebrüll anfeuern. Die nächsten Minuten vergehen quälend langsam. Der Kampf scheint den Demons ein wenig den Schwung genommen zu haben, aber als sie ihren Torwart herausnehmen, erhalten sie wieder Aufwind.

Sie schaffen es, drei Schüsse aufs Tor abzugeben, während ihr eigenes Netz leer ist. Legend ist jedoch bereit, wehrt zwei ab und schnappt sich den dritten.

Als der Buzzer ertönt und wir den Sieg erringen, sacke ich vor Erleichterung fast gegen Willow. Wir haben jetzt zwei Spiele Vorsprung in dieser Serie und sind dem Cup-Finale noch näher gekommen.

Ich drehe mich zu ihr um, ohne darauf zu achten, ob die Kinder zusehen. Meine Hand wandert in ihren Nacken, mein Mund drückt sich auf ihren.

Ich bin begeistert, dass die Vengeance einen weiteren Sieg errungen haben und wir jetzt den Finals einen Schritt näher gekommen sind. Ich bin hingerissen, dass meine Miller-House-Jungs eine so phänomenale Erfahrung gemacht haben.

Aber im Moment will ich einfach nur mit Willow zusammen sein. Meine besten Gefühle habe ich inzwischen wegen ihr.

KAPITEL 21

Ich widerstehe dem Drang, die Ofentür zu öffnen, um nach dem Essen zu sehen. Stattdessen wische ich mit dem Geschirrtuch in der Hand noch einmal über die Arbeitsplatte in Dominiks Küche. Sie ist bereits makellos, aber ich verringere damit ein wenig meine Nervosität.

Ich werfe das Tuch in die Spüle und schaue durch die Glastür eines der Öfen, um festzustellen, dass meine Kartoffeln schön braun werden und bald herausgeholt werden müssen. Perfektes Timing, denn unsere Gäste werden jeden Moment hier sein.

Ich bin mir nicht sicher, was mich dazu bewogen hat, dies zu tun.

Damit meine ich, dass ich Dominiks Bitte zugestimmt habe, meine Familie zum Abendessen zu ihm nach Hause einzuladen.

Eigentlich weiß ich, weswegen ich so besessen bin. Es waren diese verdammten Jugendlichen, die er aus dem Heim, in dem er aufgewachsen ist, eingeladen hat. Dieser wunderbare Akt der Freundlichkeit und des Gemeinschaftsgefühls hat mich berührt. Es hat mich nicht wirklich überrascht, denn ich habe gelernt, dass Dominik gern gibt. Aber die Tatsache, dass diese Teenager ihm so viel bedeuten und ihm wichtig ist, dass sie eine Chance haben, führte dazu, dass ich mich noch mehr in ihn verliebt habe.

Ich wollte ihm etwas zurückgeben. Und ich weiß, dass die Einladung meiner Eltern zum Essen etwas war, das er nicht nur unbedingt tun wollte, sondern auf das er deshalb verzichtet hat, weil ich einfach noch nicht bereit war. Ich schätze, ich möchte ihm zeigen, dass ich bereit bin – dass ich mich auf das zwischen uns einlassen kann.

Heute Abend ist es so weit und meine Eltern, Dax und Regan sollten bald hier sein. Die Vengeance waren nach Los Angeles gereist, um die nächsten beiden Spiele der Serie gegen die Demons zu bestreiten. Wir haben Spiel drei gewonnen, aber sie haben uns in Spiel vier den Sieg im Conference-Finale in der zweiten Verlängerung abgeluchst.

Das ist auch gut so. Das bedeutet, dass wir nach Phoenix zurückkommen und auf heimischem Eis gewinnen können. Das Spiel findet morgen statt und meine Eltern sind heute früh eingeflogen. Meine Schwester Meredith ist nicht mitgekommen, weil sie ihre Urlaubstage für das Pokalfinale aufsparen will.

Ich eile zum Spülbecken und will nach dem Lappen greifen, aber Dominiks Stimme schreckt mich auf. „Hör auf, den Tresen zu wischen. Er ist makellos.“

„Was soll ich denn sonst tun?“, frage ich. Er hat auf der anderen Seite der Mücheninsel gesessen und mich dabei beobachtet, wie ich den Inbegriff von Häuslichkeit verkörpert habe, während er an einer Flasche Wasser nippt.

Er wirkt so lässig und entspannt, obwohl er viel besser gekleidet ist als ich. Ich trage Jeans und eine Bluse, er eine Anzughose und ein kurzärmeliges Poloshirt.

Er greift über den Tresen – eine stumme Aufforderung, ihm die Hand zu geben.

Zum Festhalten.

Um mich zu beruhigen.

Ich lächle und strecke die Hand aus, lege meine Handfläche auf seine, und seine Finger krümmen sich ganz kurz um meine.

„Himmel", sagt er mit einer Grimasse, reißt sich von mir los und reibt hastig die Hand am Hosenbein. „Deine Hand ist klatschnass."

Mit einem verlegenen Grinsen wische ich meine Handflächen an der Rückseite meiner Jeans ab. „Sorry … Sie schwitzen, wenn ich nervös bin."

„Das ist ein medizinisches Problem, das du wahrscheinlich lösen solltest", brummt er. „Und mir ist gerade aufgefallen, dass ich noch nie in deiner Nähe war, wenn du nervös warst. Wenn ich bei Playoff-Spielen deine Hand gehalten habe, war sie immer kühl und trocken."

„Was soll ich sagen?", witzele ich, während ich meine eigene Wasserflasche vom Tresen nehme und einen Schluck trinke. „Ich habe ein starkes Nervenkostüm."

„Trotzdem …", antwortet er spröde und wirft mir einen strengen Blick zu. „Warum bist du so nervös? Das hier ist *deine* Familie. Ich sollte derjenige sein, der nervös ist."

Ich neige neugierig den Kopf. „Bist du es?"

„Natürlich bin ich es. Ich habe noch nie die Familie einer Frau getroffen, um uns offiziell als Paar vorzustellen."

„Du machst Witze."

Dominik gluckst. „Schau, Will. Ich weiß, dass du Probleme hast, aber du musst wissen, dass ich auch welche habe. So wie ich aufgewachsen bin, ist es nicht leicht, Bindungen einzugehen. Ich war von Natur aus schon immer ein Einzelgänger."

Ich runzele die Stirn und komme um die Kücheninsel herum, um nahe bei ihm zu stehen. Da er auf einem Barhocker sitzt, sind wir fast Auge in Auge. Ich nehme seine Hand, ohne darauf zu achten, dass meine wieder feucht ist. „So habe ich dich nie gesehen. Du bist immer so großzügig – so freigebig mit deiner Zeit und Energie. Du konzentrierst dich auf die Menschen. Du hilfst Menschen. Du bist kein Einzelgänger."

Dominiks Hand ergreift meine, seine Finger drücken leicht zu. Seine Augen sind sanft und verständnisvoll angesichts meines Missverständnisses. „Man kann all diese Dinge tun und trotzdem allein sein. Ich kann all diese Dinge tun, ohne von anderen abhängig zu sein. Und ich tue diese Dinge, weil sie mir Freude bereiten, und nicht, weil die Leute es erwarten oder es von mir verlangt wird. Genauso wie du – wenn du niemandem persönlich verpflichtet bist, trägst du auch nicht die Last, Erwartungen zu enttäuschen. Nur zur Info: Das hier ist auch nicht mein Element."

„Macht Sinn", muss ich zugeben.

Dominik lässt mich los, nur um seine Hand in meinen Nacken zu legen. Er drückt zu und lehnt sich ein wenig näher an mich heran. „Sag mir, warum du nervös bist. Vielleicht kann ich es für dich lösen."

Ich kann mir ein Lächeln nicht verkneifen. Eines der Dinge, die mir am meisten an ihm gefallen, ist, wie sehr er sich um mich sorgt und dass er es nicht mag, wenn ich mich wegen irgendetwas unwohl fühle. Er ist der klassische Beschützer.

Ich komme näher und lege meine Hände auf seine Schultern. „Das ist ein großer Schritt für mich. Meine Familie hat gesehen, wie verletzt ich vorher war, und sie haben auf das hier gewartet. Darauf, dass ich jemand anderen finde. Wenn man bedenkt, wie verängstigt sie sind, seit sie von meinem Job wissen, werden sie alle mit der Erwartung hierherkommen, dass ich mich jetzt niederlasse. Dass ich wahrscheinlich in L.A. leben und viele Kinder mit dir haben werde oder so, und nie wieder einen Fuß in ein fremdes Land setzen werde. Ich will sie nicht enttäuschen."

Dominik überlegt, bevor er mir einen verschmitzten Blick zuwirft. „Ich denke, solange du ihnen heute Abend keine Lebensmittelvergiftung verpasst, werden ihre Erwartungen in Ordnung sein."

Ich stoße ein leises, frustriertes Knurren aus. „Ich meine es ernst, Dominik. Sie wollen, dass ich glücklich bin, also werden sie sich in meine Angelegenheiten einmischen."

„Das will ich auch für dich, weißt du?"

„Ich will es auch", versichere ich ihm. „Ich will glücklich sein, und ich will, dass du glücklich bist."

„Bist du es? Abgesehen von der Tatsache, dass du nervös bist, mache ich dich glücklich?"

Meine Antwort ist einfach und erfolgt ohne Zögern. „Ja."

Seine Zähne blitzen in einem breiten Lächeln auf. „Jetzt die große Frage, Willow … Vertraust du mir, dass ich dir nicht wehtue?"

Leider zögere ich dieses Mal ein wenig, aber nur, um innezuhalten und über diesen Mann nachzudenken, den ich kennengelernt habe. Er ist großzügig, freundlich und aufrichtig. Als ich ihn mit den Jungs vom Miller House gesehen habe, wohl wissend, wie verkorkst er aufgrund seiner Herkunft sein könnte, wurde mir klar, dass er ein Produkt seiner eigenen Entwicklung ist und nicht das Ergebnis seiner Erziehung. Er hat seine widrigen Umstände in eine Stärke verwandelt.

Der Beweis dafür ist, wie er mich behandelt. Voller Rücksichtnahme.

Sanfter Gewalt.

Respekt.

Und dazu gehört auch der Respekt vor meiner Karriere. Das ist sicher ein harter Brocken für ihn, aber er hat sich zurückgehalten, weil er weiß, dass es mir wichtig ist, für das akzeptiert zu werden, was ich bin. Mein Beruf und meine Entschlossenheit sagen eine Menge über mich aus.

Ich lächle. „Ja … Ich vertraue darauf, dass du mir nicht wehtust."

Das tue ich wirklich.

Er nimmt eine meiner Hände von seiner Schulter und führt sie zu seinem Mund, um einen Kuss auf den Handrücken zu drücken.

Es klingelt an der Tür, was uns mitteilt, dass meine Familie eingetroffen ist.

„Verdammt eklig", murmelt Dominik und lässt meine Hand wie eine heiße Kartoffel fallen. Das bloße Ertönen der Türklingel hat sie sofort wieder vor Nervosität nass werden lassen.

Ich kichere und wische mir hastig die Handflächen an meiner Jeans ab, als Dominik sich vom Stuhl erhebt. Er grinst und drückt mir noch einen Kuss auf die Stirn, bevor er sich beeilt, meine Familie in sein Haus zu lassen.

***

Nach einer Umarmung und Begrüßung verschwinden Dominik, mein Vater und Dax in der Männerhöhle unten, während meine Mutter und Regan zu mir in die Küche kommen, um das Abendessen fertigzustellen. Ich mache Rinderfilet mit Knoblauch-Rosmarinkartoffeln und frischem, sautiertem Spinat. Ich liebe es, zu kochen, aber ich habe nur selten die Gelegenheit, eine solch extravagante Mahlzeit zu servieren. Das ist der Nachteil, wenn man kein richtiges Zuhause hat.

Das Kochen hier bei Dominik und in seinem

Haus in Kalifornien ist ein Vergnügen, denn er hat sämtliche Geräte, Kochgeschirr und Apparate, die ich mir nur wünschen kann. Ich habe vielleicht etwas zu viel Knoblauch genommen, weil seine schicke Presse einfach zu viel Spaß gemacht hat.

Ich überprüfe das Digitalthermometer in dem Filet, um sicherzugehen, dass es die richtige Temperatur erreicht hat, und nehme das Gericht heraus, während ich dem Salat den letzten Schliff verpasse. Ich bestreue die Kartoffeln mit frisch geriebenem Parmesan und schalte dann den Grill ein, um sie kurz zu bräunen.

Inzwischen unterhalten sich Mom und Regan über Regans Haussuche. Ich erwähne die Tatsache, dass sie über eine Hochzeit für Regan sprechen sollten, da Dax möchte, dass sie eine bekommt, aber sie findet das albern.

„Oh Regan, Schatz", betüttelt meine Mutter ihre neue Schwiegertochter. Sie kennt Regan schon ihr ganzes Leben lang, sodass sie eher wie eine leibliche Tochter ist. „Du musst heiraten. Du wärst so eine schöne Braut und ich würde meinen Jungen so gerne in einem schicken Anzug sehen."

Ich lächle, als meine Mutter sofort in den Planungsmodus übergeht und Regan mit großen Augen, aber auch mit einem verträumten Lächeln zuhört. Ich möchte, dass sie eine Hochzeit hat. Sie lebt tagtäglich mit einer lebensbedrohlichen Krankheit, also sollte sie die Trauung ihrer Träume haben.

Ist doch nicht wichtig, dass ich das Thema Heirat

angesprochen habe, um sicherzustellen, dass meine Mutter sich auf Regan und Dax konzentriert und nicht auf mich und mein neues Liebesleben, von dem sie unbedingt mehr wissen will.

Als alles fertig ist, rufe ich die Männer aus dem Untergeschoss hoch und wir essen in der Küche in der Frühstücksecke mit Blick auf den Garten. Wir haben bequem zu sechst Platz und ich habe mit Dominiks hübschem neuen Service und Besteck eingedeckt. Die Geräusche, die wir machen, sind die einer Gemeinschaft, und es sind gute Geräusche. Leises Geplauder, das Klirren der Gabeln auf den Tellern und das Gluckern von Wein, der in die Gläser gegossen wird.

Die Konversation konzentriert sich auf die Playoffs, und jeder von uns ist unglaublich aufgeregt über die Möglichkeiten, die dieses Team hat. Meistens sind es mein Vater, Dominik und Dax, die das Gespräch dominieren. Es ist nicht so, dass sie denken, dass wir „Frauen“ uns nicht über eine Sportart unterhalten können. Es ist nur so, dass sie viel meinungsfreudiger sind als wir, und wir sind zufrieden damit, ihnen zuzuhören.

Auch das ist für mich in Ordnung, denn niemand ist auf Dominik und mich als Paar fixiert. Es wird keine peinlichen oder bohrenden Erkundigungen von meinen Eltern geben, die mich ins Rampenlicht stellen.

Irgendwann jedoch, zwischen der Frage meines Vaters an Dominik, ob er jemals ein anderes Sportteam besitzen möchte, und dem Nachfüllen des

Weinglases meiner Mutter durch Dax, richtet sich die Aufmerksamkeit voll und ganz auf mich.

Mein Vater rutscht auf seinem Sitz hin und her und lässt seinen Blick auf mir ruhen. „Willow … Hast du irgendwelche Jobs in Aussicht?"

Es ist die erste direkte Erwähnung meiner Arbeit seit unserem „Gespräch" nach meiner Rückkehr aus dem Kongo.

Ich lächle, bevor ich mich auf mein Filet konzentriere, um ein saftiges Stück abzuschneiden und es dann in die Meerrettichsoße zu tunken, die ich vorher zubereitet habe. „Bis jetzt noch nicht. Ich will mir die Zeit frei halten, damit ich mir den Rest der Play-offs ansehen kann, aber es gibt auch nichts, was interessant genug wäre, um mich wegzulocken."

„Und du würdest uns sagen, wenn etwas gefährlich ist, oder?", drängt er und es wird still. Kein einziges Klirren von Besteck auf dem Teller oder das Klacken eines Weinglases auf dem Tisch.

Ich seufze und mein Lächeln wird etwas steif. „Ja. Ich habe es versprochen."

Meine Mutter mischt sich ein, ihr Ton ist beschwichtigend. „Schatz … Wir möchten nur die Gelegenheit haben, mit dir über einen potenziell gefährlichen Job zu sprechen, bevor du ihn annimmst. Wir wollen nur angehört werden."

„Aber ich habe euch gehört", erwidere ich leise und lege Messer und Gabel weg. „Ich weiß genau, wie ihr euch fühlt. Aber die Entscheidung, einen Job anzunehmen, liegt allein bei mir. Ich verspreche, dass ich euch über die Risiken aufkläre und mit Informationen über die vorhandenen Sicherheitsmaßnahmen überhäufe, damit ihr euch besser fühlt."

An ihren Gesichtern ist abzulesen, dass ihnen diese Antwort nicht gefällt. Ich wende den Blick von meinen Eltern zu Dax, aber er starrt nur stumpfsinnig zurück. Ich habe keine Ahnung, was er denkt. Ich vermute, er steht im Moment auf der Seite von Mom und Dad. Als ich zu Regan sehe, lächelt sie mich unterstützend und mitfühlend an.

Mein Vater richtet seine volle Aufmerksamkeit auf Dominik. „Du hast jetzt auch ein Interesse an dieser Sache, Dominik. Was hältst du davon?"

Ich verenge die Augen in Dominiks Richtung. Er sieht nicht so aus, als wäre es ihm unangenehm, in etwas hineingezogen zu werden, von dem ich glaube, dass es sich bald zu einem echten Familienstreit entwickeln könnte.

Hat er ein Interesse daran, wie mein Vater meinte? Ich nehme an, er hat das Recht, sich Sorgen zu machen, was ihm zumindest das Recht gibt, seine Meinung zu äußern.

Dominik hebt sein Glas Wein und nimmt einen kleinen Schluck, was offensichtlich eine Hinhaltetaktik ist, damit er über seine Antwort nachdenken kann. Ich kann mir vorstellen, dass ihm diese Taktik im Geschäftsleben zugutekommt – die Fähigkeit, sich zu beherrschen, nicht gleich mit seinen ersten Gedanken herauszuplatzen.

Er stellt sein Glas ab und sieht meinem Vater direkt in die Augen. „Calvin, ich habe genau dieselben Sorgen wie du und Linda. Ich hatte die Gelegenheit, mit Willow darüber zu sprechen, sie kennt also meinen Standpunkt. Aber im Moment muss ich darauf vertrauen, dass Willow weiß, was sie tut. Ich respektiere ihre Fähigkeiten und dass sie verdammt gut in ihrem Job ist. Ebenso muss ich respektieren, dass sie sich genug aus uns macht, um unsere Sorgen ernst zu nehmen. Ich will nicht, dass Willow irgendwohin geht, wo es auch nur im Entferntesten gefährlich ist. Aber wenn sie ausreichend geschützt ist, dann kann ich nichts anderes tun, als sie voll und ganz zu unterstützen, denn sie erfüllt sich ihre Träume."

Es wird so still, dass ich erwarte, dass Grillen zu zirpen beginnen. Ein Blitz purer Freude durchfährt mich, weil Dominik mich im Gegensatz zu meinen Eltern in aller Öffentlichkeit unterstützt.

Obwohl er es absolut hasst, dass meine Arbeit mich in Gefahr bringt, sagt er mir, dass er in jeder Hinsicht hinter meiner Karriere steht.

Das ist ein entscheidender Moment für mich.

Da wird mir klar, dass es sich lohnt, für Dominik Herzschmerz zu riskieren.

KAPITEL 22

Dominik

Zugegeben, in den Play-offs läuft es ein wenig zu glatt. Wir haben den Boden mit den Seattle Storm aufgewischt und die Vancouver Flash haben sich auch nicht viel besser geschlagen.

Aber die Demons machen uns das Leben schwer, und wir stehen kurz davor, aufs Ganze gehen zu müssen. Morgen entscheidet sich unser Schicksal, ob wir es schaffen, uns als vereintes Team zusammenzureißen und die Conference-Meisterschaft zu gewinnen, oder ob wir als das „Team, das es nicht geschafft hat" in die Geschichte eingehen.

Es ist eine traurige Tatsache, dass wir erwartet haben, Spiel fünf in Phoenix zu gewinnen und vor heimischem Publikum einen Sieg im Conference-Finale zu erringen. Aber die Demons kamen mit viel Schwung aus der Kabine und haben uns mit 4:2 in den Hintern getreten.

Das sechste Spiel fand wieder in Los Angeles statt, und obwohl ein Auswärtssieg weitaus schwieriger ist als ein Heimsieg, hatten wir als Team das Gefühl, dass wir den Sieg bei den Hörnern packen könnten.

Das ist nicht geschehen.

Wieder einmal schienen die Demons eine Art mystisches Feuer unter ihrem Hintern zu haben, das sie antrieb – zusammen mit dezibelstarken

Fans, die so viel Lärm machten, dass wir in ihrer Arena während aller drei Spieldrittel kaum etwas hören konnten. Sie haben uns um einen Sieg gebracht und die Serie mit drei Siegen pro Mannschaft ausgeglichen.

Und jetzt sind wir wieder in Phoenix und morgen Abend findet Spiel sieben statt. Der Gewinner zieht ins Cup-Finale ein … Der Verlierer geht bis zur nächsten Saison in Urlaub.

Ich bin noch lange nicht bereit, Ferien zu machen.

Um sicherzustellen, dass meine Mannschaft so gut wie möglich vorbereitet ist, habe ich die Spieler, Trainer und ihre Lebenspartner zum Abendessen zu mir nach Hause eingeladen. Als ich die Einladung mit dem Wort „Lebensgefährtin" versah, stellte ich damit sicher, dass ihre Ehepartnerin oder jemand, dem sie nahestehen, gemeint war. Ich wollte niemanden wie Tacker daran hindern, Nora mitzubringen, aber ich wollte auch nicht, dass Wylde mit einem Puckhäschen auftaucht, das er am Abend zuvor in einer Bar aufgegabelt hat. Ich machte ebenso klar, dass ich keine anderen Familienmitglieder dabei haben wollte. Ich wollte, dass es intim ist, damit ich einen letzten Moment mit meinen Jungs haben kann. Soweit es mich betrifft, ist die Person, die meinen Spielern und Trainern am nächsten steht, genauso ein Teil dieses Teams wie die, die auf der Gehaltsliste stehen.

Wir brauchen ein verbindendes Ereignis. Einen Moment, in dem wir zur Ruhe kommen, uns daran erinnern können, dass unsere Träume in Reichweite sind, und uns für den bevorstehenden Kampf stärken können.

Ich dachte mir, dass es von großem Nutzen sein könnte, wenn wir uns treffen und in einem entspannten Rahmen einfach „zusammen sein" könnten. Bedenkt man, dass wir uns auf das siebte Spiel vorbereiten und weiter gekommen sind als jedes andere Expansion Team je zuvor, ist logisch, dass die Nervosität und die Anspannung auf einem Allzeithoch sind.

Meine Jungs müssen sich entspannen, sich neu formieren und ihre Entschlossenheit stärken.

Sie müssen morgen mit der Einstellung eines Siegers in dieses Stadion gehen.

Ohne Willow hätte ich das auf keinen Fall auf die Beine stellen können. Es war eine spontane Entscheidung, und es ist keine leichte Aufgabe, fast fünfzig Leute so kurzfristig zu bewirten.

Doch Willow wandte sich an unsere „Lebenspartner"-Gemeinschaft und beschloss, jedes Paar zu bitten, sein Lieblingsgericht mitzubringen, egal, ob es süß oder herzhaft ist. Meines Wissens könnten wir am Ende fünfundzwanzig Desserts haben, was normalerweise keine schlechte Sache ist, aber meine Jungs haben morgen ein Spiel zu spielen. Wir können keine Magenverstimmung und so weiter gebrauchen.

Der Kern der Vengeance-Organisation befindet sich nun in meinem Haus. Überall auf den Küchenablagen und Tischen ist gutes Essen verteilt. Die Leute sitzen in kleinen Gruppen zusammen und essen mit Plastikgabeln von Papptellern, während sie sich mit ihren Mitspielern unterhalten. Es ist eine Seltenheit, dass wir Veranstaltungen haben, bei denen das gesamte Team anwesend ist und jeder seinen für ihn wichtigsten Menschen dabeihat. Es gibt keine Kinder, die ablenken könnten, und es herrscht nicht einmal eine Party-Atmosphäre, weil wir morgen ein bedeutsames Spiel haben.

Es sind ruhige Gespräche und Gemeinschaft, genau das, was dieses Team heute Abend braucht.

Zu meiner Überraschung macht sich Willow als Gastgeberin nützlich. Das ist ein ziemlicher Schock, denn dass sie mir hilft, eine Party in meinem Haus auszurichten, zeigt allen, dass wir ein Paar sind. Es ist zwar kein Geheimnis, dass wir miteinander ausgehen, aber nur der enge innere Kreis der First Line weiß, dass es ernst wird. Ich nehme an, nach heute Abend wird der Rest des Teams das auch begreifen.

Damit habe ich kein Problem.

Im Grunde bin ich begeistert.

Es bedeutet, dass Willow sich mehr und mehr der Möglichkeit öffnet, etwas Tiefes und Bedeutungsvolles mit mir zu erleben. Ich bin mehr als bereit dafür.

Heute Abend folge ich ihrem Beispiel und wechsle zwischen den kleinen Gruppen von Gesprächspartnern hin und her, wobei ich darauf achte, dass ich mit jedem Mitglied meines Teams eine gute Zeit verbringe. Falls ich den Lebensgefährten vorher nicht kannte, stelle ich sicher, dass ich ihn kenne, wenn ich sie verlasse, um zur nächsten Gruppe zu gehen.

Coach Perron und ich unterhalten uns bei einem Glas Scotch, und ich lasse ihn über alle seine Bedenken sprechen. Es stellt sich heraus, dass er keine hat, weil er, genau wie ich, Vertrauen in dieses Team hat. Das gefällt mir sehr.

Das Essen wird verspeist, die Gespräche enden und die Leute machen sich auf den Weg in eine hoffentlich erholsame Nacht. Willow und ich verbringen eine gute halbe Stunde an meiner Haustür und wünschen jedem der Jungs und ihren Partnern eine schöne Nacht. Es gibt kein Händeschütteln, denn als alles vorbei ist, fühle ich mich jedem einzelnen dieser Menschen näher. Ich gebe den Frauen einen Kuss auf die Wange und den Männern eine halbe Umarmung mit herzlichem Schulterklopfen. Willow steht an meiner Seite und umarmt unsere Gäste ebenfalls zum Abschied.

Erst als wir die Tür hinter Coach Perron schließen, nachdem die meisten anderen schon gegangen sind, und ins Wohnzimmer zurückkehren, wird mir klar, dass die Kerngruppe noch da ist. Meine First Line.

Bishop, Erik, Legend, Dax, Wylde und Tacker.

Ich werfe einen Blick durch den offenen Wohnraum in die Küche und entdecke dort Brooke, Blue, Pepper, Regan und Nora beim Aufräumen.

Willow legt ihren Arm um meine Taille und lehnt sich mit leichtem Druck an mich. „Ich helfe den

Mädels. Du bleibst bei den Jungs."

Wenn sie so ist, könnte ich sie tagelang anstarren. Sie blickt mit einer Sanftheit in ihrem Gesicht auf, die rührend ist. Es ist ein klares Bekenntnis zu mir und zu dem, was ich für sie bedeute. Sie hat die Rolle meiner Lebensgefährtin übernommen, und ich bin so stolz auf sie, weil ich weiß, wie schwer es für sie war, an diesen Punkt zu gelangen.

Diese neue Rolle bewegt mich auf eine Weise, die ich mit Willow noch nicht gespürt habe. Es fühlt sich an, als hätte ich nach einem langen, mühsamen Aufstieg einen Gipfel erreicht, und der Sonnenaufgang dort ist zu überwältigend, um ihn überhaupt zu beschreiben.

Ich kann ihr nur ein anerkennendes Lächeln schenken, denn wenn ich anders reagieren würde, könnte ich mich lächerlich machen.

Willow entfernt sich von mir, und ich gebe den Männern ein Zeichen, mir zu folgen, bevor ich durch das Wohnzimmer zu den Glasschiebetüren der Terrasse gehe. Sie kommen mit mir nach draußen, damit wir die kühle Abendluft genießen können.

Es gibt einen großen Barbereich im Freien in Form eines Hufeisens, den Mrs. Osborne immer gut bestückt hält. Ich trete dahinter. „Möchte jemand einen Schlummertrunk?"

Sie lehnen alle ab, was nicht überraschend ist. Alkohol ist in der Nacht vor einem Spiel keineswegs verboten – einige Spieler feiern dann sogar besonders ausgiebig. Aber es ist klar, dass diese Jungs nichts tun werden, was ihren Körper während der Play-offs gefährden könnte.

Ich beuge mich vor, um in den kleinen Kühlschrank zu greifen, der in die Bar eingebaut ist, und verteile Wasser in Flaschen an die Männer. Danach gieße ich mir ein weiteres Glas Scotch ein. Ich muss mir keine Sorgen um einen Kater machen, aber das ist erst mein dritter Drink an diesem Abend. Und auch mein letzter.

Niemand macht sich die Mühe, Platz zu nehmen, und sie schieben die Hocker, die um die Bar herumstehen, beiseite. Sie stützen sich mit den Ellbogen auf die Steinplatte, und da ich hinter der u-förmigen Bar und sie um die Außenseite herum stehen, wird es zu einer Art intimer Runde von Freunden.

„Der heutige Abend war wirklich großartig", sagt Bishop. „Wir haben das gebraucht."

„Ja", stimmt Tacker zu. „Das war perfekt. Wir mussten einfach zur Ruhe kommen."

Ich zucke mit den Achseln, weil ich mein Einmischen nicht eingestehen will. „Wir müssen uns einfach darauf konzentrieren, dass wir mehr sind als nur ein Sportteam. Wir sind eine Familie, und egal, was morgen verdammt noch mal passiert … Wir werden gemeinsam als Familie handeln."

„Darauf trinke ich", sagt Erik mit einem Grinsen. Er hält seine Wasserflasche hoch, was zustimmendes Gemurmel hervorruft.

„Gibt es etwas Neues von Rafe?", frage ich Wylde.

Vor anderthalb Wochen starb Rafes Vater, an dem Tag, an dem die Cold Fury das erste Spiel gegen die New York Vipers in ihrem Conference-Finale bestritten. Er hat an dem Abend nicht gespielt, aber ich habe bemerkt, dass er in den nächsten drei Spielen wieder dabei war. Die Cold Fury haben ihre Gegner in vier Spielen besiegt und sich damit ihren Platz im Cup-Finale gesichert.

Während wir uns durch diese Serie gekämpft, gekratzt und gebissen haben, haben sich die Cold Fury erholt, neue Kräfte gesammelt und darauf gewartet, gegen wen sie antreten würden.

„Es war gut für ihn, gleich wieder aufs Eis zu gehen", erwidert Wylde. „Er sagte, es sei der Wunsch seines Vaters gewesen, dass Rafe nach seinem Tod kein Spiel verpassen solle. Nach den Play-offs werden sie eine Gedenkfeier abhalten."

Zugegebenermaßen bedauert ein kleiner Teil von mir, dass Rafe nicht mehr bei uns ist. Aber ich bin froh, dass er diese kostbaren Wochen mit seinem Vater verbringen konnte, bevor dieser starb, und dass er immer noch spielen kann. Das ist wahrscheinlich das Beste für ihn.

„Ich denke, man muss es erneut sagen", fährt Wylde fort, und es liegt etwas in seinem Tonfall, das all unsere Blicke auf ihn zieht. „Es war wirklich anständig von dir, ihn zu traden."

Ich weise das Kompliment von mir. „Ich glaube, mich zu erinnern, dass ich euch alle nach eurer Meinung gefragt habe, und ihr habt alle zugestimmt, dass wir es tun sollten. Es war genauso eure Entscheidung wie meine."

„Aber du bist der Boss", betont Legend. „Es waren deine Entscheidung und dein Können, die Gray Brannon dazu gebracht haben, den Deal zu machen."

„Nichtsdestotrotz", sagt Wylde leise. „Ich weiß aus eigener Erfahrung, dass du Rafe kein besseres Geschenk hättest machen können."

Tacker senkt den Blick, und er nickt, als wüsste er genau, worauf Wylde anspielt. Natürlich weiß er es. Er und Wylde sind schon seit Langem beste Freunde.

In Wyldes Tonfall schwingen Schmerz und Bedauern mit, und ich will mehr wissen, denn ich kann mir offenbar nicht helfen, wenn es um meine Jungs geht. Ich öffne den Mund, um weiterzufragen, aber die Schiebetür öffnet sich. Dann kommen die Frauen auf die Terrasse geströmt.

„Okay, Jungs", verkündet Brooke, während sie auf Bishop zugeht. „Als selbst ernannte Kapitänin der Bessere-Hälfte-Mannschaft …"

„Die Bessere-Hälfte-Mannschaft?", fragt Wylde lachend.

„Das sind wir Frauen", antwortet Brooke und deutet mit der Hand auf besagte Ladys. „Ihr wisst schon … die besseren Hälften von euch Männern."

„Sprich für dich selbst", erwidert Wylde mit einem verschmitzten Zwinkern. „Ich bin eine bessere Hälfte, ganz für mich allein."

„Eines Tages wirst du eine gute Frau abbekommen", beruhigt ihn Pepper, während sie sich zu ihm beugt und ihm spielerisch auf den Arm schlägt.

„Nein danke", entgegnet er und gibt dann ein gespieltes Schaudern von sich, damit wir verstehen, dass er gern Single ist.

„Jedenfalls", fährt Brooke fort und schiebt ihren Arm unter Bishops. „Es ist schon spät, und wir wollen, dass ihr euch ausschlafen könnt. Also brechen wir die Party ab und schaffen euch gewaltsam aus Dominiks Haus."

Willow ist die Letzte, die auf die Terrasse tritt. Sie hält ein Glas Wein in der Hand und ein Lächeln ziert ihr schönes Gesicht.

Die Männer richten sich auf, treten von der Bar zurück und gehen zu ihren Frauen. Alle bis auf Wylde, der sich bei diesen Treffen nie darüber aufzuregen scheint, dass er der einzige verbliebene Single in dieser Gruppe ist.

„Sieht so aus, als ob wir für heute Schluss machen", sinniert Erik, während er Blue bei der Hand nimmt.

„Ich begleite euch hinaus", bietet Willow an, geht zur Bar und stellt ihr Glas neben meinem ab.

„Mach dir nicht noch mehr Mühe." Nora winkt ab und Tacker legt seinen Arm um ihre Schultern. „Wir finden schon alleine raus. Ihr zwei bleibt hier draußen und genießt diese wunderbare Nacht."

Das ist alles, was ich hören muss. Ich greife nach Willow, packe sie am Ellbogen und ziehe sie an meine Seite. Sobald ich einen Arm um ihren Rücken lege, erwidert sie die Geste. Wir stehen Seite an Seite, als unsere Gäste – ja, *unsere* Gäste – durch die Terrassentür ins Haus verschwinden, nachdem sie sich verabschiedet haben.

Als sich die Tür geschlossen hat, beobachten wir die Bande schweigend durch die großen Fenster zur Terrasse. Sie schlängeln sich durch das Haus und direkt zur Tür hinaus. Ich merke mir, dass ich noch abschließen muss, bevor wir ins Bett gehen.

Ich nehme meinen Scotch, stütze einen Ellbogen auf die Bar und neige den Kopf zu Willow. „Danke.“

Sie nimmt ihren Wein, dreht sich zu mir um und lehnt sich ebenfalls auf die Theke. „Wofür?“

„Dafür, dass du einfach nur du bist“, sage ich und berühre mit dem Rand meines Glases ihres. „Und dafür, dass du mehr bist.“

Willow lächelt, ihr Blick fällt auf ihren Wein, bevor sie ihn an die Lippen hebt. Sie nimmt einen kleinen Schluck. „Ich bin froh, dass dir das *mehr* gefallen hat.“

Sie weiß genau, wovon ich spreche. Dass ich bemerkt habe, dass sie den nächsten Schritt getan hat, um unsere Beziehung voranzubringen.

Mir ist auch klar, dass sie nicht will, dass ich eine große Sache daraus mache. Willow arbeitet sich durch ihre Vertrauensprobleme. Sie lernt langsam, dass ich ihr nicht wehtun werde, und macht zaghafte Babyschritte, um mir auf halbem Weg entgegenzukommen.

Trotzdem muss sie eines wissen. Ich habe als Kind eine harte Lektion gelernt, nämlich dass nichts jemals garantiert ist und dass die Menschen, die wir lieben, uns ohne Vorwarnung und ohne Grund genommen werden können. Das hat mich gelehrt, meine Gefühle nie zu verbergen.

Ich stelle mein Glas ab, nehme Willows aus ihrer Hand und platziere es auf der Bar. Ich umfasse ihr Gesicht mit meinen Handflächen und beuge mich vor. Sie blinzelt und wartet geduldig und ohne Angst auf das, was ich zu sagen habe und was so wichtig ist, dass ich ihre Aufmerksamkeit auf diese Weise halten muss.

„Ich bin verrückt nach dir, Willow", flüstere ich und drücke meine Lippen auf die ihren. Ich ziehe mich gerade so weit zurück, dass ich sie wieder sehen kann, und fahre fort: „Du musst wissen, als das alles anfing, war ich derselben Meinung wie du. Es sollte nur vorübergehend sein. Eine lustige Affäre. Wir würden eine gute Zeit haben und dann weiterziehen. Aber es wurde mehr daraus. Wir wissen es beide, und ich denke, heute Abend haben wir es auch beide akzeptiert. Ich bin froh darüber. Ich möchte nur, dass du weißt, dass das, was zwischen uns ist, wunderschön ist und mehr ist, als ich mir je erträumt habe."

Willows Augen bewegen sich zwischen meinen hin und her, während sie über meine Worte nachdenkt. Ihre Lippen verziehen sich nach oben, offensichtlich zufrieden damit. Sie antwortet mir mit einem Kuss und legt ihre Hände in meinen Nacken, um mich an sich zu ziehen.

Ich weiß, es fällt ihr schwer, diesen Schritt zu tun.

Die Worte sind ihr wahrscheinlich im Hals stecken geblieben, und sie auszusprechen, würde alles noch realer machen.

Aber es ist in Ordnung, dass ich sie nicht höre, denn verdammt, ich spüre ihre Gefühle in dem Kuss, den sie mir schenkt. Ich spüre den Kern ihrer Gefühle für mich, allein durch die Berührung ihrer Lippen und das Gleiten ihrer Zunge.

Mein Herz reagiert darauf, aber auch mein Körper. Ich lasse meine Hände auf ihren Hintern sinken und ziehe sie zu mir, damit sie meine Reaktion spüren kann.

Willow stöhnt, als meine Erektion gegen sie drückt, dann ist sie in meinen Armen, die Beine um meine Taille geschlungen.

Ich drehe mich um und gehe auf die Tür zu, aber Willow entzieht mir ihren Mund. „Hier draußen."

Ich halte inne und begutachte die Möglichkeiten der Terrassenmöbel. Es gibt ein schweres Rattansofa mit dicken, breiten Polstern. Das wird reichen.

Es ist klar, dass unsere sexuelle Beziehung eine wichtige Komponente unserer Intimität ist. Willow ist abenteuerlustig, erkundungsfreudig und hat vor nichts Angst. Die meiste Zeit führe ich.

Befehl.

Anweisungen.

Kraft.

Und sie lässt sich wunderbar formen. Ich habe gelernt, dass es das ist, was Willow liebt. Ich glaube wirklich, dass es die einzige Zeit in ihrem Leben ist, in der sie die Kontrolle abgibt und dadurch gestärkt wird. Indem sie keine Entscheidungen trifft und sich von jemand anderem sagen lässt, was sie tun soll.

Doch heute Abend möchte ich, dass sie mir mehr von sich zeigt. Sie ist vielleicht nicht in der Lage, die Worte zu erwidern – ein einfacher Dialog, um mich wissen zu lassen, was sie fühlt –, aber sie ist großartig mit Berührungen.

Ich lasse mich auf die Couch fallen, lehne mich zurück und setze Willow rittlings auf mich. Sie legt die Hände auf meine Brust und starrt mit fragend geneigtem Kopf nach unten.

„Leg dich ins Zeug, Miss Monahan", sage ich neckisch und verschränke die Finger hinter dem Nacken.

Für einen kurzen Moment scheint sie sich selbst nicht sicher zu sein. Indem man sie zwingt, die Führung zu übernehmen, hat sie heute Abend die Kontrolle über unsere Geschichte. Das ist keine Position, in der sie sich wohlfühlt.

Aber mein Mädchen hat keine Angst, denn ich sehe einen Funken der Herausforderung in ihren Augen.

„Wie wäre es, wenn ich mein Bestes gebe?", antwortet sie, was noch besser klingt.

Willow greift sich an die Hüften und zieht langsam das ärmellose Leinenkleid hoch, das sie trägt. Sie hat es mit einfachen schwarzen Sandalen kombiniert, die jetzt fehlen. Ich nehme an, sie hat sie ausgezogen, als sie mit den anderen Frauen die Küche aufgeräumt hat, weil sie sich in meinem

Haus wohlfühlt.

Ihr Körper wird Zentimeter für Zentimeter enthüllt. Ich habe immer gedacht, dass ihre Kurven und Kanten die reine Perfektion sind, aber mir gefällt mit Abstand am besten, wie weich ihre Haut ist. Ich kann nie genug davon bekommen und greife nach ihren Hüften.

Hübsche rosa Spitze bedeckt den Bereich zwischen ihren Schenkeln und ihre Brüste. Meine Daumen spielen an der Borte ihres Höschens. Willow lässt sich auf mir nieder, und ich kann ihre Hitze durch den Stoff meiner Hose spüren, was meinen Schwanz noch mehr anschwellen lässt.

Willow legt die Fingerspitzen an ihren Hals. Langsam fährt sie mit ihnen in der Mitte ihres Oberkörpers hinunter, durch das tiefe Dekolleté ihrer Brüste und über ihren flachen Bauch. Sie spielt mit dem Bund ihres Höschens, bevor sie zu ihrer Hüfte wandert und ihre Finger um mein Handgelenk schlingt.

Ich halte mich fest, als sie zieht, aber schließlich lasse ich ihr ihren Willen. Sie führt meine Hand zwischen ihre Beine und gibt ihr einen eindringlichen Stoß. Als meine Fingerknöchel sie berühren, kippt ihr Kopf nach hinten und sie schließt die Augen. Das winzige Stöhnen, das sie von sich gibt, macht mich fertig.

Ihre Botschaft ist einfach und ich höre sie laut und deutlich.

Willow will nicht die Kontrolle übernehmen.

Nein, das ist nicht ganz richtig.

Sie braucht es, dass ich sie in diesem Teil unserer Beziehung behalte, und ich merke, dass ich damit gut zurechtkomme.

Ich ziehe sie zu mir, um ihren Mund zu schmecken. Sie macht so erstaunliche Dinge mit ihren Lippen, dass ich sie jetzt einfach auf meinen haben will. Der Kuss ist tief und doch sanft. Kraft kann sich manchmal so federleicht wie eine Taubenfeder anfühlen.

Während wir uns küssen, schiebe ich meine Hand zurück zwischen ihre Beine. Meine Finger tauchen unter der rosa Spitze in ihre feuchten Tiefen. Ich liebe es, sie dazu zu bringen, sich zu winden, und wegen meiner zärtlichen, geübten Streicheleinheiten windet sie sich in kürzester Zeit.

Ich lege eine Hand in die Mitte ihrer Brust und drücke sie zurück, bis sie wieder aufrecht sitzt. Als ich eine Brustwarze zwicke, zuckt sie gegen mich.

Ich nicke ihr zu und sage ihr, was sie tun soll. „Mach mich fertig, Willow. Reite mich.“

Sie beißt auf ihre Unterlippe und zuckt langsam mit den Augenlidern. Dann arbeitet sie daran, meinen Gürtel zu öffnen, danach den Knopf und den Reißverschluss der Hose. Im Handumdrehen ist mein Schwanz frei und in ihren Händen.

Sie erhebt sich auf die Knie, zieht den Schritt ihres Höschens zur Seite und dann … verdammt, ja … lässt sie sich auf mich sinken.

Ich zische als Antwort, denn jedes Mal, wenn ich in ihr bin, verliere ich mich in der Lust. Es ist so überwältigend, dass ich die Stücke von mir, die sie nimmt, wohl niemals wiederfinden werde.

Für mich ist das in Ordnung. Ich vertraue darauf, dass sie sie sicher verwahrt, genauso wie ich die Teile von ihr, die sie mir gibt.

KAPITEL 23

Willow

Ich weiß nicht, ob ich diesen Druck noch lange aushalten kann. Ich zerquetsche Dominiks Hand seit etwa fünf Minuten, während die Zeit auf der Uhr heruntertickt.

Es ist das dritte Drittel des siebten und letzten Spiels der Conference Finals. Es steht 1:1 unentschieden, und niemand will, dass es in die Verlängerung geht. Daher spielen beide Teams wie im Rausch. Das Adrenalin treibt sie an, schneller, härter, gemeiner vorzugehen.

Dominik hat zu diesem Spiel keine Geschäftspartner, Kollegen oder Prominente eingeladen. Stattdessen bot er den Ehepartnerinnen oder Lebensgefährtinnen an, sich zu ihm in die Loge zu setzen.

Nicht alle nahmen die Einladung an, denn einige hatten Familienmitglieder, die das Spiel besuchten und mit denen sie zusammensitzen wollten. Aber viele taten es und der Raum ist voll.

Meine Mädchenschar ist komplett, da sie sich alle für die Loge des Besitzers entschieden haben. Blue hat heute Abend sogar Billy mitgebracht. Sein Rollstuhl ist direkt hinter der letzten Sitzreihe geparkt, seine Schwester neben ihm hält seine Hand.

Meine Eltern und Meredith und ihr Mann sind ebenfalls hier. Sie befinden sich in der Reihe vor dem Platz, an dem Dominik und ich stehen.

Keiner kann es ertragen, still zu sitzen – auch Billy nicht, der in seinem Rollstuhl auf und ab hüpft. Alle haben sich von ihren Stühlen erhoben oder drängen sich hinten im Gemeinschaftsbereich.

Dominik und ich haben nicht einmal Platz genommen, sondern standen lieber im Aufenthaltsbereich. Wir können das Geschehen genauso gut sehen, da die Reihen nach unten abfallen und die Sicht nicht behindern. Dominik steht während der Spiele immer, da er zu nervös ist, um stillzusitzen.

Mir stockt der Atem, als der Puck frei gestochert wird und einer der Demons-Spieler ihn sich schnappt und auf unser Netz zusteuert. Er hat einen guten Vorsprung, und als unsere Männer die Verfolgung aufnehmen, ist er schon gut anderthalb Meter voraus.

„Oh Scheiße", schreie ich, Dominiks Hand immer noch fest gepackt. Ich spüre, wie er ganz still wird, als er beobachtet, was das Ende seiner Träume sein könnte, aber ich tue das Gegenteil, springe auf und ab, während ich aus vollem Halse kreische.

Kane Bellan, den wir gegen Rafe getradet haben, ist der Verfolger, der am dichtesten dran ist. Legend wartet im Netz mit gespreizten Beinen auf den unvermeidlichen freien Schuss.

Kane kann eine von zwei Möglichkeiten wählen. Er kann den Spieler entweder zu Fall bringen, indem er ihm in den Schlittschuh hakt, was zu einem Penaltyschuss für das andere Team führen würde. Oder er kann einfach versuchen, ihn unter Druck zu setzen, damit er seinen Schuss vergeigt. Das sind keine wirklich guten Optionen, denn so oder so werden sie einen Torschuss bekommen.

Wie durch ein Wunder – oder weil Kane heute Morgen gut gefrühstückt hat – kommt er seinem Gegner so nah, dass er seinen Stock in Reichweite des Pucks bringen kann, als der andere bereit ist, um auf das Tor zu schießen.

Das reicht. Als der Demon einen Schuss aus dem Handgelenk auf Legend abgibt, trifft er ihn nicht voll und der Puck hoppelt tatsächlich über das Eis. Legend ist in der Lage, auf die Knie zu gehen, den Puck zu stoppen und ihn rasch mit seinem Handschuh abzudecken, um den Spielzug zu beenden.

Jeder in der Loge – und wahrscheinlich auch der Rest der Arena – seufzt erleichtert auf, dass wir noch dabei sind.

Das rote Licht in der Box der Offiziellen leuchtet auf und signalisiert eine Werbeunterbrechung, und die Spieler machen sich auf den Weg zur Bank, um Wasser zu trinken und zu verschnaufen. Ich schaffe es, meine Finger von Dominiks zu lösen.

Er grinst und schüttelt seine Hand ein wenig. „Wenn du und ich jemals an einen Punkt in unserer Beziehung kommen, an dem du in den Wehen liegst … erinnere mich daran, dass ich deine Hand nicht halte."

Ich breche in Gelächter aus und bemerke, wie meine Mutter vor uns ihren Kopf herumreißt. Diese elterlichen Ohren sind offenbar darauf trainiert, jeden Hinweis aufzuschnappen, der verraten könnte, wie ernst es Dominik und mir miteinander ist.

Ich finde es bezaubernd, aber ich widerstehe dem Drang, Mom zu necken.

„Willst du etwas zu trinken?", fragt Dominik und legt seine Hand auf meinen Rücken.

„Einen Schnaps, um meine Nerven zu beruhigen", erwidere ich nicht ganz ernst. Aber er muss dasselbe wollen, denn er geht zur Bar, wo ein paar andere in den zwei Minuten, die wir haben, bevor das Spiel wieder beginnt, ebenfalls Getränke holen.

Pepper und Brooke gesellen sich zu mir, und ich sehe, wie Blue Billy hilft, etwas Wasser zu trinken. Er sieht plötzlich erschöpft aus.

„Das ist die reinste Folter", jammert Pepper. Ich vermute, dass sie mehr als jeder andere von uns bei diesem letzten Spielzug Stress empfand, da es ihr Mann war, der gegen den heranstürmenden Spieler antrat.

„Legend legt ein großartiges Spiel hin", beruhigt Brooke sie und legt den Arm um Peppers Schultern. „Er wird uns da durchführen. Jetzt müssen wir nur noch einen der anderen dazu bringen, ein Tor zu schießen, damit wir nach Hause gehen und uns entspannen können."

Ich neige den Kopf und schaue auf die Anzeigetafel, die über dem Eis angebracht ist. Nur elf Sekunden verbleiben bis zum Ende der regulären Spielzeit. Wenn ein Tor fallen soll, muss es mit den ersten Pässen nach dem Face-off erzielt werden, was ein fast unmögliches Unterfangen ist.

Mein Vater dreht sich auf seinem Sitz um, offensichtlich hat er uns zugehört. Er holt sein Portemonnaie heraus und zieht einen Zwanzig-Dollar-Schein hervor. „Ich habe zwanzig Dollar und wette darauf, dass wir in der regulären Spielzeit ein Tor erzielen und diese Serie beenden werden.“

Wir alle blinzeln ihn nur überrascht an, vor allem wegen der Überzeugung in seiner Stimme. Und weil niemand gegen eine solche Zuversicht wetten will – obwohl die Chancen sehr schlecht stehen –, lächeln wir alle und lehnen höflich ab.

Mein Vater grinst, als er das Geld in seine Brieftasche zurücklegt, aber er lehnt sich über die Stuhllehne und erklärt siegessicher: „Merkt euch meine Worte. Wir werden in der regulären Spielzeit gewinnen.“

„Gott, ich hoffe, du hast recht, Dad“, erwidere ich lachend.

„Das ist das erste Mal, dass ich dich das zu deinem alten Herrn sagen höre“, murmelt er mit einem Zwinkern und ich kichere.

„Okay, Babe“, sagt Dominik hinter mir. Er legt seinen Arm um meine Schultern und hält mir etwas vor die Nase, das aussieht wie mindestens zwei Fingerbreit Bourbon. Er tritt an meine Seite und hält sein eigenes Glas in der Hand. Er stößt mit dem Rand gegen meins. „Prost.“

Ich lächle. „Prost.“

Wir legen beide den Kopf in den Nacken und kippen den Drink hinunter. Dominik ist Manns genug, seinen mit einem Schluck zu leeren, aber ich brauche drei. Doch das Brennen in meinem Bauch und die unmittelbare Euphorie sagen, dass es dringend nötig war. Wenn das Spiel wieder anfängt, werde ich wahrscheinlich sehr gelassen sein.

Bei dem Gedanken muss ich laut lachen, und Dominik beugt sich vor, um näher zu kommen. „Was ist so lustig?"

Ich schüttle den Kopf. „Nur, dass mir der Alkohol direkt zu Kopf steigen wird und du mich nach dem Spiel vermutlich hier raustragen musst."

„Hmmm", knurrt er tief in der Kehle. „Mir gefällt die Vorstellung, dass du heute Abend besonders gehorsam sein wirst."

„Als ob du Alkohol bräuchtest, um mich dazu zu bringen." Ich schnaube und gebe ihm einen spielerischen Schubs.

Dominiks Blick wandert zum Eis, und ein Muskel in seinem Kiefer spannt sich ein wenig an. Die Spieler sind auf dem Eis, was bedeutet, dass das Spiel bald wieder aufgenommen wird.

Das heißt auch, dass der Stress zurückkommmt, und egal, wie viel Bourbon wir trinken, er wird die Intensität dessen, was auf dem Spiel steht, nicht mildern.

Sämtliche Gespräche in der Loge verstummen und einige Leute eilen zurück zu ihren Sitzen, aber niemand setzt sich. Wir sind alle auf den Beinen, bereit, das durchzustehen.

Der Linienrichter tritt an den Anspielkreis heran. Wir haben unsere First Line auf dem Eis, das ist unsere beste Chance, einen schnellen Sieg zu erringen. Normalerweise nehmen die Center das Face-off, also steht Tacker im Kreis, entschlossen, seinen Gegner zu besiegen.

Der Linienrichter beugt sich leicht nach vorn, und die übrigen Spieler stellen sich auf und sind bereit, loszulegen.

Der Puck wird fallen gelassen, und Tacker schafft es blitzartig, seine Kelle daran zu bekommen. Wie bei einem orchestrierten Tanz schießt der Puck direkt auf den Schläger von Bishop, der bereits einen ganzen Schritt vom Kreis entfernt ist und Boden auf das Netz der Demons gutgemacht hat.

Dieses Face-off war hervorragend. So blitzschnell, so perfekt, dass Bishop über das Eis laufen kann. Dax ist auf der gegenüberliegenden Seite, als ein Verteidiger der Demons es schafft, sich zwischen sie und das Tor zu stellen.

In der Arena hallt das gewaltige, dröhnende Gebrüll der Zuschauer wider, das unser Team ermutigt.

Ich lege meine Hand in die von Dominik und drücke sie ganz fest. Er sagt kein Wort, sondern lehnt sich nur leicht nach vorn und verengt die Augen. Ich springe auf der Stelle und schreie: „Go, go, go!"

Bishop manövriert weiter das Eis hinunter. Der Demons-Spieler will ihn angreifen, aber Bishop gibt den Puck geschickt an Dax ab, während sie auf das Netz zulaufen, und zwingt den Verteidiger, in die entgegengesetzte Richtung zu skaten. Dax nähert sich dem Tor, lässt seine linke Schulter sinken und zieht ab. Der Torwart muss nun ebenfalls eingreifen. Ein Stürmer der Demons versucht, den Puck wegzustoßen, aber Dax gibt ihn gekonnt an Bishop weiter, der nun freie Bahn hat.

Als der Puck über das Eis zu Bishop gleitet, hält er die Kelle hin und flippt ihn. Der Puck beginnt zu rotieren, und als der Torwart der Demons sich in Position bringen will, fällt der Puck über seine Schulter ins Netz.

Für einen Moment scheint die Zeit stillzustehen. Alle fragen sich, ob wir tatsächlich gerade das Siegtor geschossen haben, aber dann leuchtet das schöne rote Licht hinter dem Netz in voller Pracht auf … und die Fans rasten aus. Das Gebrüll ist so ohrenbetäubend, dass ich einen leichten Druck in meinem Kopf spüre. Das Nächste, was ich weiß, ist, dass ich in Dominiks Armen liege und er mich wild herumwirbelt.

Ich lache und halte ihn fest.

Während er mich herumschwenkt, sehe ich die anderen in der Loge. Meine Eltern, die sich umarmen, Billy, der in seinem Rollstuhl auf und ab hüpft, und Regan, der die Tränen über das Gesicht laufen.

Heilige Scheiße. Wir haben in Anbetracht der verbliebenen Zeit ein fast unmögliches Tor geschossen und damit den Sieg so gut wie gesichert. Es sind nur noch 2,7 Sekunden im Spiel, und das reicht nicht für die Demons, um etwas zu unternehmen. Es gab nur wenige Momente in meinem Leben, in denen ich glücklicher war als jetzt.

Dominik stellt mich schließlich ab und ich stütze mich mit einer Hand auf seiner Brust ab. Ich schaue mir das Geschehen auf dem Eis an und suche nach meinem Bruder. Er ist bei seinen Mitspielern, die sich alle um den Hals fallen und sich gegenseitig auf die Helme klopfen. Die Wiederholung läuft auf dem Jumbotron, und alle schreien, als sie es noch einmal sehen, dieses Mal in Zeitlupe.

Ich werde in Umarmungen gezogen, genau wie Dominik. Da ist nichts als purer Jubel.

Regan und ich halten uns aneinander fest. Sie ist aufgeregter als die meisten anderen, denn ihr Mann hat gerade den perfekten Assist für die Torchance gegeben.

Unten auf dem Eis ist das Spiel noch nicht ganz vorbei. Der Linienrichter stellt die Spieler für ein weiteres Face-off auf, aber die Schultern der Demons hängen deutlich herab. Sie wissen, dass sie verloren haben.

Der Puck fällt, Tacker kommt mit seiner Kelle zuerst an den Puck, genau zwischen Dax und einem Demons-Spieler. Sie kämpfen um die Kontrolle, doch es hilft nichts. Der Buzzer ertönt, was das Ende des Spiels bedeutet.

Die Arizona Vengeance haben die Conference Finals gewonnen und spielen nun gegen die Cold Fury um die Meisterschaft.

Grünes, blaues und silbernes Konfetti regnet von den Dachsparren der Arena, und der Rest der Mannschaft schwärmt auf dem Eis aus. Weitere

Umarmungen und Freudenschreie sind in der Besitzerloge zu hören. Mein Vater zieht mich in eine Bärenumarmung, die mir den Atem raubt.

Dominik wird weggezogen und alle wollen den Besitzer drücken – den Mann, der das alles möglich gemacht hat.

Wir werfen uns gegenseitig verstohlene Blicke durch die Menge zu. Ich weiß, dass Dominik bald aufs Eis muss, aber er schlängelt sich zwischen den Leuten hindurch, um zu mir zu kommen.

Seine Augen sind auf meine gerichtet und ich habe noch nie eine solche Mischung von Gefühlen auf seinem gut aussehenden Gesicht gesehen. Freude und Triumph, gepaart mit einem harten Blick der Entschlossenheit. Wären wir nicht in einem Raum voller Menschen, von denen einige meine Familie sind, würde ich sagen, es ist der Blick, den er bekommt, wenn er mich ins Bett zerren und ficken will.

Dafür wäre ich sehr zu haben.

Dominik bleibt schließlich vor mir stehen. Wieder liege ich in seinen Armen und er wirbelt mich herum. Ich lache und in meinem Kopf dreht sich alles. Ja … Es ist einer der glücklichsten Momente in meinem Leben.

Dominik stellt mich sanft auf den Füßen ab, legt seine Hände an meine Wangen und gibt mir einen harten Kuss, der ewig dauert, aber immer noch nicht lang genug ist. Wir beginnen beide in den Kuss zu lächeln, bis wir lachen.

Er weicht nur ein paar Zentimeter zurück. Sein

ganzes Gesicht strahlt vor Glück und Hoffnung für die Zukunft. Er sieht aus, als könnte er die Welt erobern, und ich glaube, das kann er auch.

Dominiks Grinsen ist so breit, dass es ansteckend ist, und ich lächle wie ein Idiot zurück.

Er lässt seine Hände auf meine Schultern sinken und sagt etwas, als hätte er es lange für sich behalten. „Lass uns heiraten, Willow."

Es ist, als ob ich das Kreischen einer Nadel auf einer Schallplatte hören könnte. Alles bleibt für mich irgendwie stehen. Ich bin mir vage bewusst, dass die anderen um uns herum immer noch lachen, vor Freude schreien und sich wegen des Sieges ziemlich verrückt verhalten.

Aber hier sind nur Dominik und ich. Wir starren uns gegenseitig an und seine Worte hallen in meinen Ohren wider.

„Heiraten?", frage ich. Meine Zunge fühlt sich in meinem Mund dick und geschwollen an.

„Ja", ruft er. „Heiraten. Ich bin verrückt nach dir. Ich habe mich wahnsinnig in dich verliebt, und ich weiß, dass es schnell geht …"

„So unglaublich schnell", unterbreche ich, während ich versuche, von ihm zurückzutreten.

Er hält sich an mir fest und schüttelt mahnend den Kopf. „Ja, es ist schnell, aber wir haben den Punkt erreicht. Ich kann es fühlen. Du hast deine Ängste überwunden und bist mit mir in diese Beziehung hineingesprungen. Ich möchte den Rest meines Lebens mit dir verbringen, Willow. Ich weiß genau, dass ich dich zur glücklichsten Frau aller Zeiten machen kann, wenn du nur diesen Schritt mit mir wagst."

In meinem Kopf dreht sich alles, und das hat nichts mit dem Sieg oder dem Bourbon zu tun, den ich kurz zuvor getrunken habe. Mir ist zusätzlich leicht übel, was damit zu tun hat, dass ich Dominik nicht enttäuschen will, aber ich drehe in diesem Moment auch ziemlich durch.

„Dominik", beginne ich leise … okay, flehend. Ich lege die Hände auf seine Brust und ich habe keine vorformulierten Gedanken. Nur eine Menge Emotionen wirbeln in meinem Kopf umher. „Das ist einfach zu schnell für mich. Und ja … Ich habe den Schritt mit dir gewagt und ich mag dich wirklich sehr – so sehr –, aber ich würde es gerne einfach so belassen, wie es jetzt ist."

„Du magst mich sehr", erwidert er. Ich bin so erleichtert, dass er mich gehört hat, dass mir die Bedeutung seines dumpfen Tonfalls und der Ausdruck in seinen Augen entgeht.

„Ja … Ich bin auch verrückt nach dir, aber du musst dir mehr Gedanken darüber machen. Ich weiß, du freust dich über den Sieg, aber überleg dir das gut. Ich meine … Du solltest über einen Ehevertrag nachdenken. Du bist ein Multimillionär …"

„Milliardär", murmelt er.

Ich lache, denn ich weiß, dass ich keine Vorstellung davon habe, wie reich er ist, und das wird immer unser Witz sein. „Ja, okay … ein Milliardär.

Ein heißer, begehrenswerter Milliardär, und ich bin im Vergleich dazu arm. Du brauchst Schutz und ..."

„Ich will keinen", unterbricht er mich, und ich zucke ein wenig zusammen, weil sein Ton so hart ist.

Der Jubel in seinem Gesichtsausdruck ist jetzt verschwunden. In seinen Augen ist kein Eifer mehr zu sehen. Ich habe ihn abgeschmettert und fühle mich beschissen, weil ich ihm die Freude über seinen Sieg genommen habe.

„Hör mal", sage ich leise und trete näher. „Lass uns später darüber reden."

„Das ist eine einfache Ja-oder-Nein-Antwort, Willow."

Ich erschaudere, weil ich weiß, wie sich das anhören wird. „Dann heißt es im Moment Nein, aber ich würde wirklich gerne mal darüber reden ..."

„Ich muss gehen", sagt er und wendet sich von mir ab. Er hat Verpflichtungen unten auf dem Eis. Es wird eine Preisverleihung geben und Presseinterviews.

„Wir reden heute Abend darüber", rufe ich ihm nach, doch er schaut nicht zurück. Er geht zielstrebig durch die Loge und ignoriert die Leute, die versuchen, ihn zu erwischen, um ihm zu gratulieren. Sie scheinen verblüfft zu sein, weil er sie abblitzen lässt, aber er ist zur Tür hinaus und weg.

„Geht es dir gut?", fragt Regan, die an meiner Seite auftaucht.

„Hast du das gehört?"

„Ich habe gehört, wie er um deine Hand angehalten hat", murmelt sie. „Deine Eltern übrigens auch."

Ich recke den Hals, um zu ihnen zurückzuschauen, und sie sehen mich mit besorgten Augen an. Sie haben vielleicht nicht das ganze Gespräch mitbekommen. So wie Dominik allerdings gerade rausgegangen ist, ist klar, dass ich ihm nicht die Antwort gegeben habe, die er hören wollte.

„Er hat mich überrumpelt", erwidere ich und versuche, meine lahmarschige Reaktion auf seinen Antrag zu entschuldigen. Ich meine … Ich stehe fest zu meiner Einstellung in dieser Sache – es ist viel zu früh –, aber vermutlich hätte ich es besser machen können.

Anstatt zu erstarren und mich von ihm zurückzuziehen, hätte ich es ein bisschen lockerer und neckischer halten können. Ich hätte lachen, ihn umarmen oder küssen können. Ich hätte ihm versprechen können, dass die Idee gut ist, aber sich besser für ein privates Gespräch eignet. Vielleicht im Bett, mit Champagner und Erdbeeren.

Stattdessen habe ich so getan, als wäre sein Heiratsantrag das Abscheulichste, was ich mir vorstellen könnte.

Ich bin schrecklich damit umgegangen.

Aber wir kriegen das schon hin. Er ist jetzt auf dem Weg, sich im Ruhm des Sieges zu sonnen. Später wird er besser gelaunt sein, und vielleicht

stelle ich mit ihm auf dem Heimweg von der Arena schmutzige Dinge in der Limousine an, die er
heute Abend für uns arrangiert hat.

Es wird schon gut gehen.

Da bin ich mir sicher.

KAPITEL 24

Dominik

Ich rolle mein Handgelenk, mache eine schnelle Handbewegung und das Jo-Jo fährt sanft an der Schnur herunter. Es erreicht den Boden, dreht sich kurz und klettert dann wieder hoch. Als das Spielzeug oben angekommen ist, führe ich die gleiche Bewegung noch einmal aus.

Währenddessen laufe ich in meinem Wohnbereich hin und her, unfähig, mich zu beruhigen. Der heutige Abend war der emotionalste in meinem ganzen Leben.

Meine Mannschaft hat einen spektakulären Sieg errungen und uns ins Cup-Finale gebracht. Das verdammte Hochgefühl in diesem Moment war unglaublich.

Ich machte meiner Freundin einen Heiratsantrag in der Überzeugung, dass sie dasselbe für mich empfindet wie ich für sie. Sie lehnte ab, und mir wurde klar, dass ich keine Ahnung habe, wenn es um Willow Monahan geht. Scheiß auf sie und ihre Abneigung gegenüber Risiken.

Ich ließ sie in der Loge des Besitzers stehen und schaute nicht mehr zurück. Als ich mich auf den Weg zum Eis machte, umringt von der Teamleitung und zwei Polizisten, sagte ich mir immer wieder, dass ich nicht mehr an sie denken sollte. Jetzt war es an der Zeit, mit meinem Team zu feiern und mich in all dem Ruhm zu sonnen, der aus einer hart umkämpften Schlacht resultierte.

Aber ich konnte es nicht.

Ich bekam Willow einfach nicht aus dem Kopf.

Mein ganzer Körper schien mit diesem leisen, zornigen Brummen zu vibrieren, das nur durch die innere Niedergeschlagenheit darüber gemildert wurde, wie schnell ich von einem solchen Hoch wieder herabgesunken war.

Nicht ein einziges Mal, wenn ich mir den Moment vorstellte, in dem ich um ihre Hand anhielt und ihren entsetzten Gesichtsausdruck sah, bereute ich den Antrag. Ich bin kein übermäßig impulsiver Typ, aber ich höre auf mein Bauchgefühl.

Und mein Gefühl sagte mir, dass ich es tun sollte. Ich nahm den Jubel auf, sammelte diese Energie und hoffte, dass ich es so darstellte, dass sie nicht Nein sagen konnte.

Ohne Zweifel wusste ich, dass ich in Willow verliebt war, und ich war bereit, mein Leben an sie zu binden. Deshalb werde ich es nie bereuen, sie gefragt zu haben.

Ich mache mir Vorwürfe, weil ich sie nicht richtig verstanden habe. Ich dachte wirklich, sie würde genauso empfinden. Es war alles da: Sie brachte ihre Familie in unseren Kreis, und stand mir als Partnerin zur Seite, als ich das Team einlud. Wie wir uns lieben und wie wir vögeln. Zwei völlig unterschiedliche Dinge, aber beide erfüllt von Vertrauen und tiefer Intimität, die sich für mich noch nie so angefühlt haben.

Unsere Unterhaltungen. Wir können stundenlang

reden und sie kennt mich besser als jeder andere.

Ich dachte, ich würde sie ebenso gut kennen, aber das ist etwas, wofür ich mich immer wieder geißeln werde.

Ich drehe das Jo-Jo weiter, während ich durch den Raum gehe und mich frage, wie es weitergehen soll. Mein Großvater brachte mir in der kurzen Zeit, die ich nach dem Tod meiner Eltern bei ihm lebte, bei, wie man ein Jo-Jo beherrscht. Als ich dann in ein Gruppenheim kam, war es der einzige Gegenstand, den ich behalten konnte. In Pflegefamilien oder ähnlichem werden oft Dinge gestohlen, und ich war klein und ein leichtes Opfer, als ich dort ankam. Aber ich konnte das Jo-Jo immer in meiner Tasche aufbewahren, und ich habe gelernt, es herauszuziehen und wie automatisch damit zu spielen, wenn ich nachdenken musste.

Während ich auf und ab gehe, wird mir klar, dass ich mit Willow reden muss, doch ich habe keine Ahnung, was ich sagen soll.

Bei der Siegerehrung nach dem Spiel habe ich die Ruhe bewahrt. Ich war charmant, liebenswürdig und freute mich mit meiner Mannschaft. Wir posierten für Fotos und nahmen die Trophäe entgegen, die eine silberne Schale ist und nach einem ehemaligen Präsidenten der Liga benannt ist. Jemand verspritzte zur Feier Champagner auf dem Eis, und ich wurde zusammen mit meinem Team damit durchtränkt.

Danach bin ich in die Umkleidekabine gegangen und habe vor den Männern eine kleine aufmunternde Rede gehalten. Ich hoffe, sie war aufrichtig genug, denn obwohl ich glaube, dass ich die richtigen Worte gesagt habe, befand ich mich immer noch in einer Spirale, weil Willow mich abgelehnt hat.

Danach habe ich eine kurze Pressekonferenz mit den Trainern gegeben.

Und da ich nicht einmal bereit war, Willow anzusehen, geschweige denn mit ihr zu sprechen, schlich ich mich unbemerkt aus der Arena. Ich ging zwei Blocks weiter, rief ein Uber und ließ mich nach Hause fahren. Ich hatte der Limousine, die ich bestellt hatte, Anweisungen gegeben, Willow und ihre Familie dorthin zu bringen, wohin sie wollten. Ich ging davon aus, dass es heute Abend ein paar Kneipenbesuche oder Partys geben würde, aber hoffentlich nicht zu viele. Immerhin beginnt morgen das erste Spiel der Endrunde.

Es klingelt an der Tür und ich erstarre, wobei das Jo-Jo außer Kontrolle gerät und sich verheddert. Ich nehme die Schnur von meinem Finger und lege das Spielzeug auf den Couchtisch.

Es ist bestimmt Willow, und ich weiß nicht, was ich tun soll.

Ich habe wirklich nicht erwartet, dass sie hierherkommt, weil ich sie nicht eingeladen habe. Und doch, wie konnte ich nicht wissen, dass sie kommen würde?

Natürlich würde sie darüber sprechen wollen.

Mit einem Seufzer gehe ich zur Tür. Ich war nie jemand, der sich vor Dingen drückt, die getan werden müssen, und ja, wir müssen reden.

Es fühlt sich jedoch verfrüht an, weil ich meine Gefühle noch verarbeiten muss.

Ich schließe die Tür auf und öffne sie. Es überrascht mich nicht, dass sie mit einem unglaublich besorgten Gesichtsausdruck dasteht. Sie ringt die Hände, spricht aber nicht. Ich nehme an, dass sie auf eine Einladung nach drinnen wartet.

Schließlich platzt sie heraus: „Du hast die Arena ohne ein Wort verlassen! Ich habe ewig auf dich gewartet. Fast alle waren schon weg, bis ich endlich zur Limousine gegangen bin und der Fahrer mir gesagt hat, dass du weg bist.“

„Hör zu, Willow“, beginne ich, aber sie unterbricht mich.

„Wir müssen darüber reden, Dominik. Du kannst nicht einfach weggehen und das nicht beenden … dieses …“

„Gespräch?“, frage ich ungläubig. „Denn soweit ich mich erinnere, war das Gespräch beendet. Ich habe dich gefragt, ob du mich heiraten willst, und du hast Nein gesagt. Ich wüsste wirklich nicht, was es da noch zu besprechen gäbe.“

Sie drängt sich an mir vorbei in mein Haus. Damit bin ich letztlich einverstanden, denn es wäre unhöflich, sie auf der Veranda aufzuhalten, wenn sie das Bedürfnis hat, darüber zu reden. Mit einem Seufzer drehe ich mich um, folge ihr hinein und schließe die Tür hinter mir.

Willow dreht sich zu mir um. „Wir können das hinbekommen, Dominik. Nur weil ich jetzt Nein gesagt habe, heißt das nicht, dass ich nicht irgendwann bei einem Ja ankommen werde."

Ich verschränke die Arme vor der Brust. „Meinst du?"

Sie hat meinen sarkastischen Tonfall überhaupt nicht mitbekommen, auf ihrem Gesicht erscheint ein erleichtertes Lächeln. „Ja. Ich meine … Wir sind auf einem guten Weg. Wenn es so weitergeht wie bisher, dann denke ich, dass es möglich ist. Ich meine, ich glaube, du hast dich heute Abend von dem Moment mitreißen lassen. Der Aufregung des Sieges. Ich verstehe das und ich fühle mich wirklich geschmeichelt. Es ist nur schlechtes Timing, das ist alles. Du musst wissen, Dominik, dass du der einzige Mann bist, mit dem ich jemals wieder ins Spiel zurückkehren würde."

„Das ist kein Spiel, Willow", schnauze ich, woraufhin sie zusammenzuckt und das Lächeln aus ihrem Gesicht verschwindet. „Und ich war nicht von diesem Moment mitgerissen. Ich habe über eine Zukunft mit dir nachgedacht, lange bevor ich dir einen Antrag gemacht habe. Ich habe dich gefragt, ob du mich heiraten willst, nicht weil ich mich über unseren Sieg gefreut habe, sondern weil ich dich liebe und dachte, dass du genauso für mich empfindest. Also wiederhole ich … Das ist kein Spiel. Es ist mein Leben. Es ist mein Herz."

Sie sieht aus, als hätte ich sie geschlagen, denn obwohl ich es nicht direkt gesagt habe, habe ich sie mit meinen Worten in die Rolle des Bösewichts gedrängt.

Ihr Kopf sinkt leicht, ihr Blick richtet sich auf den Boden. Ihre Stimme ist leise. „Es ist auch mein Herz. Und das ist verängstigt."

Ein Knurren der Frustration dringt aus mir heraus und ich wirbele von ihr weg. Diese Worte sollten mich besänftigen. Ich sollte ein gewisses Maß an Mitgefühl für ihre Vergangenheit haben, die sie ängstlich macht, aber scheiß drauf … Ich habe auch eine Vergangenheit. Ich habe meine Probleme überwunden, und ich habe entschieden, dass sie das Risiko wert ist.

Im Gegenzug dazu bedeutet das, dass sie eindeutig denkt, dass ich das Risiko nicht wert bin.

Ich drehe mich noch einmal zu ihr um. „Ich habe dir einen Antrag gemacht und du hast Nein gesagt. Aber mehr als das, ich habe gesagt, dass ich dich liebe, und du hast mir nichts zurückgegeben."

Ihr Gesicht errötet vor Schuldgefühlen.

„Liebst du mich?", frage ich.

„Ich … ähm … ich weiß nicht, wie ich es nennen soll", murmelt sie schließlich. „Ich mag dich so sehr; mehr als ich jemals zuvor jemanden mochte. Ist es Liebe? Ich weiß es nicht … Sonst hätte ich doch ohne zu zögern Ja gesagt, oder?"

Das ist ein verdammt gutes Argument, und ich glaube, damit habe ich meine Antwort. „Ich kann das nicht tun, Willow. Das ist jetzt alles falsch."

„Nein", ruft sie laut und lässt mich zusammenzucken. Dann steht sie vor mir, die Hände in den Stoff meines Hemdes gekrallt. Ihr Gesichtsausdruck ist verzweifelt … fast wild. „Du kannst uns nicht aufgeben, nur weil wir nicht genau zur gleichen Zeit das Gleiche empfinden. Das ist nicht fair."

Ich umfasse ihre Hände und versuche, sie wegzuziehen, aber sie ist schnell. Blitzartig zieht sie mich am Hals zu sich herunter, während sie sich auf die Zehenspitzen stellt. Ihr Mund berührt meinen und sie flüstert: „Wir haben etwas Gutes, Dominik. Vergiss das nicht."

Ich bin wütend auf Willow, daran gibt es keinen Zweifel. Sie hat mir wehgetan und ich will es ihr heimzahlen, aber es lässt sich nicht leugnen, dass der Druck ihrer Lippen auf meinen etwas tief in mir entfacht. Sofern man die Gefühle aus solchen Dingen herausnimmt, kann ich die Tatsache nicht verleugnen, dass mich schon ihre kleinste Berührung anmacht.

Ich würde mich dafür hassen, wenn es sich nicht so gut anfühlen würde.

Trotzdem lege ich die Hände auf ihre Schultern und versuche halbherzig, sie zurückzudrängen, um etwas Würde zu bewahren.

Doch sie spielt schmutzig. Ihre Zunge gleitet in meinen Mund, und sie lässt eine Hand in meinen Schritt gleiten, die mich zuerst sanft umschließt, dann aber grob zudrückt.

Mein Körper feuert auf allen Zylindern, denn Willow ist nicht oft die Tonangebende, und die Tatsache, dass sie meinen Schwanz massiert, lässt jedes rationale Denken verschwinden.

Ich stöhne auf, als meine Hand ihre packt. Nicht

um sie wegzustoßen, sondern um sie zu zwingen, mich durch den Stoff meiner Hose zu streicheln.

„Siehst du", murmelt sie gegen meinen Mund und gräbt ihre Zähne in meine Unterlippe. „Zwischen uns herrscht etwas Starkes. Vergiss das nicht."

Sex.

Sie hat recht ... Wir hatten schon immer tollen Sex. Es war wie ein verdammtes Feuerwerk, das jedes Mal besser wurde.

Dennoch zögere ich. Das macht die Sache nur noch schlimmer.

Willow muss es gespürt haben, denn ihre Finger arbeiten geschickt an meinem Gürtel, Knopf und Reißverschluss.

Mein Kopf fällt zurück, als sie mich in ihre Hände nimmt und beginnt, mich zu wichsen.

„Mein Gott", murmle ich und stöhne, als sie auf die Knie sinkt.

Ihr Ziel ist es, mich in den Mund zu nehmen, und wenn ich sie das tun lasse, hat sie die ganze Macht.

Das ist inakzeptabel.

Ich greife mit einer Hand in ihr Haar und ziehe sie wieder hoch. Sie zuckt zusammen und lächelt gleichzeitig, und ich hasse diesen triumphierenden Blick in ihrem Gesicht.

Aber verflucht, ich liebe, dass sie es liebt, von mir kontrolliert zu werden.

Ich manövriere sie nach hinten, direkt auf meine Couch. Ich gebe ihr einen kräftigen Stoß und greife sofort nach ihren Beinen, um ihr die Stiefel auszuziehen, dann die Jeans und den Slip.

Ich bin zugleich sauer und heiß auf sie. Es ist so verdammt schmutzig, dass ich ihr nur die untere Hälfte ihrer Kleidung ausziehe. Ich liebe Willow völlig nackt, aber ich stehe auch darauf, wenn nur ihre Pussy bloß ist und mir zur Verfügung steht.

Und ich muss sie einfach benutzen.

Vielleicht sogar, um das, was zwischen uns ist, herunterzuspielen.

Es ist ihre Schuld, wirklich. Sie hat dieses Feuer entfacht.

Ich schiebe eine Hand zwischen ihre Beine und werde mit seidiger Nässe belohnt. Als ich mit zwei Fingern in sie eindringe, drückt sie sich als Reaktion darauf fast von der Couch.

Scheiß auf sie, weil sie mich dazu gebracht hat, das so sehr zu wollen.

Sie stöhnt, lässt ihre Hüften kreisen und greift nach mir. „Jetzt, Dominik.“

Ja … jetzt.

Mein Schwanz ist bereits aus der Hose befreit und fast schmerzhaft hart, als ich mich zwischen Willows gespreizte Beine fallen lasse. Sie nimmt mich in die Hand, führt mich zu ihrem süßen Punkt und ich stoße hinein.

Ihr Gesicht verwandelt sich erneut, dieses Mal zeigt ihre Miene wunderschöne Glückseligkeit. Es ist ein Ausdruck, auf den ich immer unglaublich stolz bin, und doch kann ich es im Moment nicht einmal ertragen, ihn zu sehen. Es schmerzt mein Herz zu sehr, zu wissen, dass dieser Teil zwischen uns perfekt ist, aber nichts anderes.

Ich schließe die Augen, neige den Kopf und drücke mein Gesicht an ihren Hals. Ich schlinge meine Arme fest um sie und ficke sie hart.

Willow windet sich, schreit auf und bohrt ihre Nägel in meinen Hintern.

Sie kommt vor mir … Ihre Pussy spannt sich an, ihr Rücken drückt sich durch. Willow erlebt einen heftigen Orgasmus, und ihr Schrei der Erleichterung geht mir unter die Haut. Sie hat kein Problem damit, diese Verbindung mit mir herzustellen, doch mit jedem Stoß fühle ich mich weiter und weiter von ihr entfernt.

Taubheit setzt ein und schafft fast eine schwarze Leere zwischen uns. Es ist so seltsam … Es fühlt sich verdammt fantastisch an, die Reibung meines Schwanzes, der in sie stößt. Meine Eier spannen sich an, und ich weiß, dass ein Orgasmus unmittelbar bevorsteht, denn es wäre unmöglich, in diesem sich großartig anfühlenden Wesen nicht zu kommen.

Aber als es dann endlich passiert … Als ich mich mit einem Stöhnen der Erleichterung, dass es vorbei ist, in sie ergieße, fühle ich nicht besonders viel.

Und zum ersten Mal in meinem Leben wird mir schmerzlich bewusst, wie viele Gefühle mit sexueller Intimität verbunden sind. Ich habe schon eine Mauer um mich errichtet, als Willow meinen Antrag abgelehnt hat. Ich weiß nicht, ob mich das zu einem schlechteren Mann macht, aber verdammt, das war die unbefriedigendste sexuelle Erfahrung meines Lebens. Und es hat alles mit der Tatsache zu tun, dass ich diese Frau liebe und sie mich nicht zurück liebt.

„Verdammt noch mal", murmle ich, als ich mich aus ihr herausziehe und rückwärts von der Couch wegtaumle. Ich richte mich auf, stecke meinen verräterischen Schwanz zurück in die Hose und ziehe den Reißverschluss hoch.

Willows Lächeln ist sanft und zufrieden. Aber dann nimmt sie mich wahr … Die Art, wie ich nach hinten stolpere und die Stirn runzele, während ich sie auf meiner Couch ausgestreckt ansehe. Von der Taille abwärts nackt, mit meinem Sperma gefüllt und gesättigt von einem intensiven Orgasmus.

„Du musst gehen", sage ich.

In ihrem Blick blitzt tiefer Schmerz auf, als sie das Puzzle zusammensetzt. Meine Worte, meine Körpersprache, mein Ausdruck.

Ich spüre einen Stich in der Brust, da ich zum ersten Mal sehe, dass sich Willows Augen mit Tränen füllen. Ihre Unterlippe zittert. „War es so schlimm?"

Ich will sie nicht verletzen.

Moment … Verdammt, doch, ich will. Sie hat mir sehr wehgetan und ich muss es ihr zurückzahlen.

„Es war nicht dasselbe. Es fühlte sich hohl an", antworte ich wahrheitsgemäß. „Ich weiß, dass du denkst, dass wir immer noch tollen Sex miteinander haben, aber anscheinend stimmt das nicht. Es ist nicht genug."

„Autsch“, murmelt sie leichthin und rollt von der Couch. Ihr Gesicht ist rot vor Verlegenheit, als sie sich hastig erst ihr Höschen und dann ihre Jeans anzieht. Ich sehe hilflos zu. Mein Gewissen sagt mir, dass ich aufhören soll, ein Arschloch zu sein, aber meine eigenen verletzten Gefühle werden dadurch bestätigt, dass sie sich jetzt genauso schlecht fühlt wie ich.

Ich weiß, dass ich das bereuen werde.

Ich weiß, dass ich voreilig handle.

Und doch … Würde ich diese bevorstehende Zugentgleisung um nichts in der Welt aufhalten. Meine Mauer steht noch immer, und ich habe nicht vor, sie wieder niederzureißen. Es ist scheiße, zu lieben und nicht zurück geliebt zu werden.

Willow setzt sich auf den Rand der Couch, um ihre Stiefel anzuziehen. Die Stille ist beklemmend und ich fühle mich in meinem eigenen Haus vollkommen fehl am Platz. Ich kann es kaum ertragen, sie anzusehen – nicht wegen dem, was sie mir angetan hat, sondern wegen dem, was ich uns *beiden* gerade angetan habe.

„Willst du wirklich nicht mehr darüber reden?“, fragt sie und steht auf.

Ich schüttele den Kopf. „Ich glaube nicht, dass es etwas zu besprechen gibt.“

„Ich denke, du irrst dich“, murmelt sie, als sie sich von mir abwendet. Ich beobachte, wie sie zur Haustür geht und den Knauf ergreift. Sie blickt über die Schulter und sieht mich böse an. „Ich bin schockiert … Dominik Carlson ist ein echter Feigling."

Das trifft mich tief. So hat mich in meinem Leben niemand je genannt. In der Tat definiere ich mich sehr stark durch meine Siegermentalität.

Ich hasse mich noch mehr dafür, weil sie recht hat.

Aber das ist alles neu. Diese unbekannte Hölle der Gefühle habe ich bisher nie erlebt. Ich weiß nicht genau, ob ich aufgegeben habe, nur dass ich es leid bin, zu versuchen, alles zu verstehen.

Es ist also das Beste, das Gespräch nicht weiter zu verlängern, und so schweige ich entschlossen. Ihr Gesichtsausdruck zeigt ihre Enttäuschung, dann verschwindet sie aus meiner Tür und aus meinem Leben.

Ich vermisse sie sofort, als sie nicht mehr da ist.

KAPITEL 25

Willow

Mit müden Augen scrolle ich durch die Nachrichten auf meinem iPhone. Zwei Tassen Kaffee haben meine Müdigkeit nicht vertreiben können, also stehe ich vom Küchentisch auf und gehe zur Kanne. Die Sonne steht kaum über dem Horizont, als ich aus dem Fenster über der Spüle schaue, und mir wird klar, dass ich jetzt schon fast vierundzwanzig Stunden am Stück wach bin.

Zu sagen, dass ich letzte Nacht nicht schlafen konnte, als ich von Dominik zu Dax' Haus kam, ist eine Untertreibung, obwohl ich bis auf die Knochen erschöpft war. Ich lag in meinem Zimmer, wälzte mich hin und her und spielte jeden demütigenden Moment wieder und wieder in meinem Kopf ab.

Besonders der letzte Teil, nachdem wir miteinander geschlafen hatten und er mir sagte, dass es einfach nicht gut war. Ich weiß nicht, warum das mein Herz so sehr trifft, wo es doch nur mein Ego treffen sollte. Aber ich denke, es hat etwas mit der Tatsache zu tun, dass Sex mit Dominik nie emotionslos war.

Ich gieße mir noch eine Tasse Kaffee ein, bevor ich zurück zum Tisch gehe. Ich nehme mein Handy in die Hand und überfliege einen weiteren Sportartikel über den Sieg der Vengeance gestern Abend.

Arizona zieht souverän in die Endrunde ein!
Von Kat Mizera

Es waren aufregende Monate für Teambesitzer Dominik Carlson und sein Team Arizona Vengeance. In seiner ersten Saison steht das Aschenputtel-Team aus der Wüste im Cup-Finale gegen den zweimaligen Titelverteidiger Carolina Cold Fury, und das wird ein heißes Spiel.

Die Vengeance haben Heimvorteil und profitieren vom Schwung ihrer bahnbrechenden Play-offs. Nachdem sie in der ersten Runde Seattle Storm besiegt und in der zweiten Vancouver Flash in fünf Spielen ausgeschaltet haben, waren sie für das Finale der Western Conference gegen die L.A. Demons gerüstet.

Die sieben Spiele umfassende Conference-Finalserie begeisterte die Fans und ließ sie im letzten Spiel bis zum Schluss mitfiebern. Beim Stand von 1:1 sorgten Mannschaftskapitän Bishop Scott und Left Wing Dax Monahan mit einem denkwürdigen Lauf über das Eis für Aufsehen. Scott schob den Siegtreffer an Demon-Torwart Ryder Hayes vorbei und sicherte den Vengeance damit die erste Teilnahme am Stanley-Cup-Finale.

Nach einer etwas turbulenten Saison, in der der langjährige Center und damalige Kapitän Tacker Hall für zehn Spiele gesperrt wurde, hat sich das Team wieder zusammengerauft und die Saison *als Tabellenführer der Western Conference beendet. Die Fähigkeit, als brandneues Team Widrigkeiten zu überwinden, hat zweifellos eine Rolle bei diesem Erfolg gespielt, ganz zu schweigen vom Einfluss des Cheftrainers Claude Perron.*

Unter seiner Anleitung erzielten die beiden besten Scorer des Teams in den Play-offs, Scott und Monahan, in sechzehn Spielen beeindruckende neunzehn bzw. zwanzig Punkte. Der Torhüter der Vengeance, Legend Bay, hielt im gestrigen Spiel zweiundfünfzig Schüsse und ließ nur einen Treffer von Demons-Kapitän Artur Lafleur zu. Im Verlauf der gesamten Play-offs erlaubte Bay nur zehn Gegentore und erreichte damit eine bemerkenswerte Fangquote von 93,2 Prozent, was ihn zum Anwärter auf die Conn Smythe Trophy für den wertvollsten Spieler der Play-offs macht.

Die Verteidiger Erik Dahlbeck und Aaron Wylde waren maßgeblich am Erfolg des Teams beteiligt: Dahlbeck erzielte gegen die Demons seinen ersten Hattrick überhaupt, und Wylde stellte mit drei spielentscheidenden Toren einen Teamrekord auf.

Ich überlege, wie bedeutsam dies alles ist. Diese Finalserie wird brutal ausgetragen werden. Die Cold Fury streben die dritte Meisterschaft in Folge an, was eine absolute Seltenheit ist. Die Vengeance versuchen, Geschichte zu schreiben, indem sie als erstes Expansion Team den Cup gewinnen. Ich prophezeie, dass die Serie über alle sieben Spiele gehen wird und Seelen bluten werden. Das erste Spiel ist heute Abend und wir haben erneut Heimvorteil. Das ist gut, denn die Cold Fury sind in Sachen Erfahrung im Vorteil.

Das Geräusch, dass jemand die Treppe hinunterkommt, schreckt mich aus meinen Gedanken auf, und ich bin wirklich verblüfft, dass jemand so früh auf ist. An der Schwere der Schritte erkenne ich, dass es Dax ist.

Ich schaue gerade von meinem iPhone auf, als er in die Küche kommt. Er runzelt die Stirn. „Warum bist du so früh auf? Und Himmel … Du siehst beschissen aus."

„Danke", antworte ich trocken und nehme einen kräftigen Schluck aus meinem Kaffee. „Das hört jede Frau gern."

Er sieht nicht einmal verärgert aus, denn er ist mein Bruder und wir haben uns unser ganzes Leben lang die Wahrheit gesagt. Er schiebt sich an mir vorbei, geht zum Schrank und holt einen Becher. „Nein, ernsthaft … Bist du krank?"

„Ich schätze, ich habe nur zu wenig geschlafen", murmle ich.

Dax schenkt sich eine Tasse Kaffee ein und setzt sich dann zu mir an den Tisch. Ich tue so, als würde ich durch mein Handy scrollen, aber ich spüre, wie sein Blick schwer auf mir ruht.

Schließlich sehe ich auf. „Was?"

Seine Augen verengen sich. „Was ist los mit dir? Und versuch nicht, es zu leugnen. Ich weiß es."

Ich könnte eine lahme Ausrede vorbringen. Eine

Magenverstimmung oder Menstruationskrämpfe vorschieben. Aber er weiß, dass das, was mich plagt, nicht wirklich körperlich ist, es sei denn, der Schmerz in meinem Herzen und die Scham, die in meinem Bauch brodelt, zählen.

„Dominik hat mir gestern Abend einen Heiratsantrag gemacht", sage ich und er zuckt vor Überraschung ein wenig zusammen. „Ich bin überrascht, dass Regan oder Mom und Dad es dir nicht gesagt haben. Sie haben es mitbekommen."

„Niemand hat etwas erwähnt", erwidert er leise.

„Wahrscheinlich wollten sie dich nicht damit belästigen", wage ich eine Vermutung. „Ich meine … Warum sollte man sich die Freude über den Sieg im Conference-Finale verderben? Ich gratuliere dir übrigens."

„Danke", antwortet er mit einem Grinsen. „Schön, dass du es anerkennst."

„Es tut mir so leid", erwidere ich sarkastisch. „Ich war damit beschäftigt, einen Heiratsantrag zu bekommen, ihn abzulehnen, Dominiks Herz zu brechen und dann zu versuchen, es wieder hinzubiegen, nur damit er mir das Herz bricht. Ich hatte dringendere Probleme zu bewältigen."

„Es tut mir leid", murmelt er jetzt mitfühlend.

„Und er war wirklich grausam, Dax", sage ich mit … ja, einer weinerlichen Stimme.

Offenbar zu weinerlich, denn Dax lässt sich nicht zu irgendeiner Art von Mitleid hinreißen, das ihn in den Überfürsorglicher-Bruder-Modus versetzen würde.

„Erzähl mir, was passiert ist", befiehlt er in einem sachlichen Ton. Er will die Situation einschätzen und dann ungeschönt mit mir reden. Natürlich wird er Dominik für mich in den Arsch treten, wenn er es für gerechtfertigt hält, aber er will alles hören.

Normalerweise wäre es mir zu peinlich, jemandem alles zu erzählen, doch Dax ist nicht „Jemand". Er ist mein Bruder, und wir sind schon unser ganzes Leben lang eng miteinander verbunden. Da ich ein Nomade ohne Zuhause bin, habe ich oft für längere Zeit bei ihm gewohnt. Auch jetzt wieder beweist er seine Großzügigkeit, indem er sein Haus erneut für mich öffnet, damit ich alle Play-off-Spiele besuchen kann.

Ich atme tief ein und wieder aus. Ich erzähle ihm, wie Dominik mir einen Antrag gemacht hat. Dass es so unerwartet war, dass ich es nur schwer verarbeiten konnte. Dass ich das Gefühl hatte, dass er vielleicht nur einen Adrenalinschub durch den Sieg bekommen hat und es eventuell nicht so gemeint hat. Vor allem gebe ich zu, dass der Gedanke an eine Verlobung mich zu Tode erschreckt hat. Denn obwohl ich mich tatsächlich in Dominik verliebt habe, habe ich anscheinend immer noch einige Vertrauensprobleme, von denen ich nicht wusste, dass ich sie lösen muss.

Ich gehe nicht auf die kleinen Details ein, die in Dominiks Haus passiert sind. Zum Beispiel erzähle ich Dax nicht, dass ich Dominik fast angefleht habe, weiter mit mir an unserer Beziehung zu arbeiten. Oder dass ich ein schamloses Flittchen war, indem ich meine Hände auf die intimsten Stellen seines Körpers legte, um ihn zum Sex mit mir zu bewegen. Es war so schändlich, Sex als Mittel zu benutzen, um uns zusammen zu halten, doch ich war überzeugt, dass es funktionieren würde.

Aber Dominik hatte am Ende recht. Wir sind vielleicht beide zum Höhepunkt gekommen, doch es war nicht gut. Es war einfach … normal, und was wir früher hatten, war außergewöhnlich.

Nein, ich habe Dax nichts davon erzählt. Nur, dass ich zu Dominik gegangen bin und ihn sehr eindringlich angefleht habe, uns eine Chance zu geben, in der Hoffnung, dass wir eines Tages so weit sind, dass wir über eine Heirat reden können.

„Und wie seid ihr zwei dann verblieben?", fragt Dax, während er seinen Kaffee leert.

Ich zucke mit den Achseln. „Er hat mich gebeten, sein Haus zu verlassen. Er sagte, er könne das nicht mit mir machen."

Dax runzelt die Stirn. „Was genau soll das bedeuten?"

Ich zucke wieder mit den Achseln. Ich werde ihm nicht sagen, dass wir keinen so tollen Sex hatten und Dominik mir direkt ins Gesicht gesagt hat, dass er nicht gut war.

Hohl war das Wort, das er gewählt hat, um zu beschreiben, wie er sich dabei fühlte.

„Er hat mich gebeten, sein Haus zu verlassen", wiederhole ich mit großer Bitterkeit, als ob damit alles gesagt wäre. „Er wollte nicht darüber reden."

Dax schiebt seinen Stuhl vom Tisch zurück, steht auf und geht erneut zur Kaffeekanne. „Ich glaube nicht, dass irgendetwas davon bedeutet, dass das zwischen euch beiden unbedingt vorbei ist."

„Nein?", frage ich und setze mich ein wenig aufrechter hin. Denn im Moment sieht es wirklich verdammt düster aus.

Er wirft mir einen Blick über die Schulter zu, bevor er die Kanne in seine Tasse leert. Er stellt sie zurück und schaltet die Maschine aus. „Er braucht wahrscheinlich nur Zeit, um sich abzukühlen. Ich kann mir vorstellen, dass es ein Schlag für sein Ego war, dass du Nein gesagt hast."

Jede Faser meines Wesens sagt mir, dass das nichts mit Dominiks Ego zu tun hat, sondern mit seinem Herzen, das ich versehentlich beschädigt habe. „Ich glaube, ich habe ihn wirklich verletzt", murmle ich traurig.

Dax blinzelt. Er kann die Scham in meiner Stimme hören.

Er geht zurück zum Tisch, setzt sich und nimmt sanft meine Hand in seine. „Willow … Wenn du ihn verletzt hast, dann bedeutet das, dass er sehr, sehr viel für dich empfindet. Ich meine, das habe ich schon vermutet, seit er dir einen Antrag gemacht hat. Aber wenn du in der Lage warst, ihm wirklich Schmerz zuzufügen, dann denke ich, dass es eine gute Chance gibt, dass ihr die Dinge wieder in Ordnung bringen könnt. So eine Liebe verschwindet nicht einfach. Ich würde versuchen, noch einmal mit ihm zu reden."

„Glaubst du das wirklich?", frage ich und spüre zum ersten Mal ein glaubhaftes Gefühl der Hoffnung.

„Was hast du zu verlieren?", entgegnet er.

„Nichts", antworte ich mit einem aufrichtigen Lächeln.

„Dann würde ich an deinen Entschuldigungen arbeiten", schlägt er lachend vor und lässt meine Hand los.

Was du heute kannst besorgen, das verschiebe nicht auf morgen, denke ich. Ich erhebe mich von meinem Stuhl und beuge mich dann vor, um Dax kurz zu umarmen. „Danke für die aufmunternden Worte."

„Gern geschehen", antwortet er mit einem beruhigenden Lächeln. „Und später, wenn du wirklich willst, dass ich ihm in den Arsch trete, werde ich das tun. Aber erst, wenn die Play-offs vorbei sind, okay?"

„Abgemacht." Ich lache und nehme mein Handy vom Tisch. Ich gehe die Treppe hinauf in mein Zimmer und wähle Dominiks Nummer aus meinen Kontakten.

Ich höre das Telefon läuten und hoffe, dass er abnimmt, bin aber gleichzeitig sehr nervös bei dem Gedanken, mit ihm zu reden.

Es klingelt fünfmal, bevor die Mailbox anspringt, und ich frage mich, ob er noch schläft, vielleicht gerade duscht oder meinen Anruf einfach ignoriert. Ich höre mir seine kurze Nachricht an, die ganz geschäftsmäßig ist. Nach dem Ton spreche ich meine Bitte aus.

„Dominik … Ich hatte gehofft, dass wir heute vielleicht noch etwas reden könnten. Es tut mir wirklich leid, was alles passiert ist, und nun ja … Ich denke, das zwischen uns ist immer noch echt. Ich weiß, dass wir wieder auf den richtigen Weg kommen können, wenn wir es nur versuchen. Wie dem auch sei, ruf mich zurück. Ich habe den ganzen Tag Zeit."

Ich zögere einen Moment und überlege, ob ich noch etwas sagen soll. Soll ich ihm mitteilen, dass ich ihn liebe? Oder würde das zu diesem Zeitpunkt unaufrichtig klingen? Vielleicht, dass ich ihn vermisse? Das ist wahr und stimmt. Oder sollte ich ein bisschen betteln?

Schließlich murmle ich nur noch: „Es tut mir leid. Ich möchte das wirklich klären."

Ich lege auf und klopfe mit dem Handy nachdenklich gegen mein Kinn. Möglicherweise ruft er zurück und will sich mit mir zum Frühstück treffen. Ich sollte duschen, damit ich startklar bin.

Mit einem Plan meiner nächsten Handlungen im Kopf gehe ich ins Bad und bin zuversichtlich, dass ich auf dem richtigen Weg bin.

***

Dominik ruft nicht an, während ich unter der Dusche stehe. Ich trockne mir die Haare, trage ein wenig Make-up auf und lege mich dann auf mein Bett, um zu warten.

Daraus wird ein dreistündiges Nickerchen.

***

Ich bin verblüfft von dem „*Zu verkaufen*"-Schild vor Dominiks Haus, als ich vorfahre. Nach meinem Mittagsschlaf, als ich immer noch kein Wort von Dominik gehört hatte, wusste ich, dass ich etwas aggressiver vorgehen muss, damit er mit mir redet. Es besteht weiterhin die Möglichkeit, ihm vorerst seinen Freiraum zu lassen, doch ich kann es einfach nicht. Ich habe das Gefühl, dass unsere gesamte Beziehung an einem seidenen Faden hängt, der bald reißen wird. Ich muss das jetzt für meinen eigenen Seelenfrieden wieder in Ordnung bringen.

In der Einfahrt steht ein Auto – nicht sein Porsche –, aber das Garagentor ist geschlossen, also habe ich keine Ahnung, ob er hier ist oder nicht. Es gibt nur einen Weg, das herauszufinden.

Nachdem ich am Bordstein geparkt habe, gehe ich zur Haustür. Ich klingele und warte mit klopfendem Herzen darauf, dass Dominik mir hoffentlich aufmacht.

Als sich die Tür öffnet, bin ich überrascht, Mrs. Osborne – seine Assistentin – dort stehen zu sehen. Sie ist eine angenehme Frau, aber sehr forsch und effizient. Zumindest ist es das, woran ich mich von den paar Mal erinnere, die ich während meiner Reise nach Los Angeles mit ihr zu tun hatte.

Ihr Lächeln ist höflich und distanziert. „Kann ich Ihnen helfen?"

„Ist Dominik zu Hause?", frage ich und trete etwas näher, um an ihr vorbeizuschauen.

Sie versperrt mir die Sicht, offensichtlich wie eine

schützende Barriere zwischen mir und Dominiks Haus. „Ich fürchte, nein."

„Wo ist er?"

„Das darf ich Ihnen nicht mitteilen", erwidert sie hochnäsig.

„Mrs. Osborne, Sie wissen, wer ich bin", erinnere ich sie mit einem charmanten Lächeln. „Ich bin sicher, er hat nichts dagegen …"

„Es steht mir nicht frei, Ihnen seinen Aufenthaltsort mitzuteilen", wiederholt sie mit Nachdruck, und ich frage mich … Hat Dominik sie tatsächlich angewiesen, mir nichts zu sagen, falls ich auftauchen sollte? Oder macht sie nur ihren Job, wie sie es normalerweise tut?

„Warum steht das Haus zum Verkauf?", erkundige ich mich.

„Das müssen Sie ihn fragen." Sie faltet die Hände vor dem Körper.

Ich weiß nicht, warum ich den Gedanken, dass er das Haus zum Verkauf anbietet, so beängstigend finde. Es ist ja nicht so, dass ich erwartet hätte, dass er auf lange Sicht hierherzieht. Ich meine, warum sollte er? Er hat keine dauerhaften Bindungen hier und nicht einmal ich betrachte diese Stadt als mein ständiges Zuhause.

Aber trotzdem … Wir haben in diesem Haus viel geteilt. Ich schätze, ich habe mir vorgestellt, dass wir hier zusammenleben, und mir ist klar, wie aufgeblasen es klingt, so etwas überhaupt zu denken, obwohl ich mich auf nichts festlegen konnte, als er mich fragte.

„Ich nehme an, er wird heute Abend beim Spiel sein", dränge ich.

„Das darf ich Ihnen …"

„… nicht mitteilen", beende ich verärgert ihren Satz. „Ja. Das verstehe ich. Gibt es irgendetwas, was Sie mir sagen dürfen?", erkundige ich mich und lasse endlich meine selbstbewusste Fassade fallen. „Ich muss wirklich mit ihm reden."

Sie starrt nur vor sich hin. Ihr Gesicht ist wie versteinert.

„Ich habe ihn verletzt", gestehe ich. „Und ich versuche, es wiedergutzumachen. Aber das kann ich nicht, wenn er sich versteckt."

Mrs. Osbornes Gesichtsausdruck ändert sich kein bisschen, doch sie sagt: „Er wird heute Abend bei dem Spiel sein. Das ist alles, was ich Ihnen sagen kann."

Es ist nicht viel, aber wenigstens habe ich noch eine Chance. Ich nicke dankbar. „Danke schön. Und wenn Sie ihn heute Abend vor dem Spiel sehen, sagen Sie ihm bitte, dass ich hier war und ihn unbedingt sprechen muss."

Der distanzierte Ton ist wieder da. „Ich werde diese Nachricht gerne weitergeben."

Dann schließt sie die Tür vor meiner Nase.

***

Die Arena ist heute Abend mit einer Rekordzahl von Zuschauern gefüllt. Die Aufregung ist greifbar, und doch … scheint mich das alles nicht zu interessieren.

Ich bin mit meinen Eltern und Regan zu dem Spiel gekommen. Dax hat uns tolle Plätze unten am Eis besorgt, direkt hinter der Mannschaftsbank. In der gleichen Reihe sitzen auch Pepper und ihre Eltern sowie Brooke, Nora und Noras Ranchmanager Raul.

Ich kann nicht lange still sitzen. Da Dominik weder auf meine Anrufe noch auf meine SMS antwortet, habe ich keine andere Wahl, als zu versuchen, ihn in der Loge des Besitzers festzunageln. Ich will ihm aber keine Szene machen, sondern mich von ganzem Herzen entschuldigen und ihn um ein wenig seiner Zeit bitten, vielleicht morgen, damit wir reden können.

Ich habe keine Probleme, auf die Ebene zu gelangen, auf der sich die Eingänge zu den Logen befinden, denn die Aufseher, die den Bereich überwachen, kennen mich gut.

Doch sobald ich zu Dominiks Loge komme, hält der Wachmann dort seine Hand hoch, als ich mich nähere. „Es tut mir leid, Miss Monahan", teilt er mir mit, da er offensichtlich Anweisungen für den Fall erhalten hat, dass ich auftauche. „Aber die Loge ist heute Abend voll. Ich habe gehört, Sie haben gute Plätze unten am Eis."

Oh mein Gott, das ist demütigend. Dominik hat tatsächlich einen seiner Angestellten angewiesen, mich wegzuschicken. Ich kann mir nicht einmal vorstellen, was man diesem Kerl erzählt hat.

„Ich muss nur kurz mit Dominik sprechen", erwidere ich und versuche mein Glück. „Wenn ich kurz reinkommen kann …“

„Es tut mir leid, aber Mr. Carlson ist heute Abend nicht in der Loge“, antwortet er. „Und, wie gesagt, sie ist voll.“

Ich starre ihn misstrauisch an. „Das sagen Sie mir doch nicht nur, damit ich gehe, oder?“

Der Mann sieht beleidigt aus. „Das würde ich ganz sicher nicht tun.“

„Weil ich es verstehen würde, wenn Dominik Ihnen gesagt hat, dass Sie mich fernhalten sollen“, fahre ich fort.

„Miss Monahan … Die Loge wurde heute Abend einer anderen Partei zur Verfügung gestellt. Mr. Carlson nimmt heute Abend reguläre Plätze in der Arena in Anspruch.“

Ich schaue zurück zum Aufzug, der zur Haupttribüne führt, und dann wieder zum Wachmann. „Er sitzt bei den normalen Zuschauern? Und wo?“

„Ich weiß nicht, wo seine Plätze sind“, antwortet er steif. „Ich weiß nur, dass die Loge privat genutzt wird, und Mr. Carlson hat mich gebeten, allen, die normalerweise hier oben sind, zu sagen, dass sie heute Abend nicht verfügbar ist.“

Vielleicht hat er einen Platz dort, wo wir alle sitzen.

Vielleicht hat er sich entschieden, mit mir unten zu sitzen.

Das ist ein gutes Zeichen, da bin ich mir sicher.

„Danke“, sage ich begeistert zu dem Wachmann, bevor ich durch die Arena zurücklaufe.

Ich schnaufe heftig auf dem Weg zu unseren

Plätzen. Ich bin enttäuscht, dass ich Dominik nicht sehe, aber es sind noch einige Sitze frei. Es ist eine gute Viertelstunde, bis das Spiel beginnt.

Ich setze mich neben Regan und höre ihr halbherzig zu, als sie erzählt, wie aufgeregt sie ist. Ich beobachte, wie sich die Plätze um uns herum füllen, ohne dass Dominik zu sehen ist. Ich fange an, die Menge zu durchsuchen, schaue mich in der ganzen Arena um, in der Hoffnung, ihn zu entdecken.

Es ist wie die Suche nach der Nadel im Heuhaufen, und der Angestellte könnte mich auch belogen haben.

Oder er hat mir die Wahrheit gesagt, wie sie ihm bekannt ist und ihm direkt von Dominik mitgeteilt wurde.

Unabhängig davon sind, als der Puck fällt und das Spiel beginnt, ein paar Dinge unmissverständlich klar.

Dominik will nicht mit mir reden.

Dominik will mich ganz offensichtlich nicht sehen.

Es besteht sogar die Möglichkeit, dass er das tut, um mich absichtlich zu verletzen, so wie ich ihn verletzt habe.

Am wichtigsten ist die Erkenntnis, dass das erdrückende Gewicht auf meiner Brust und der Schmerz tief in mir das Schrecklichste sind, was ich je erlebt habe. Noch nie hat es jemand geschafft, mich so zu verletzen, und ich fühle mich vollkommen vernichtet.

KAPITEL 26

Dominik

Ich sitze in der Lobby des Hotels und warte auf den Bus, der mit meiner Mannschaft vom Flughafen kommt. Normalerweise wäre ich mit ihnen im Flugzeug von Phoenix nach Raleigh gewesen, wo wir die Spiele drei und vier des Cup-Finales bestreiten, aber ich musste wegen einiger geschäftlicher Angelegenheiten nach New York City.

Trotz der Tatsache, dass die Vengeance die Spiele eins und zwei gewonnen haben, erwarte ich nicht, dass wir die Serie mit Siegen in den Spielen drei und vier für uns entscheiden werden. Ich meine, es wäre schön und die Schlagzeilen wären fantastisch, aber die Wahrheit ist, dass die Cold Fury unser stärkster möglicher Gegner sind. Die Spiele eins und zwei waren hart umkämpft und hätten auch anders ausgehen können, um ehrlich zu sein. Ich gehe davon aus, dass die nächsten beiden Partien genauso intensiv sein werden, doch die Cold Fury werden auf heimischem Eis spielen und haben den Vorteil, dass die Zuschauer hinter ihnen stehen.

Wie dem auch sei, wir sind jetzt mittendrin, und alles, was ich tun kann, ist, weiterhin Vertrauen in mein Team zu haben.

Zugegeben, es ist mir in letzter Zeit schwergefallen, meine ganze Energie in etwas zu stecken. Die

Siege in den Spielen eins und zwei waren unglaublich, doch sie fühlten sich auch bittersüß an, weil es mit Willow zu Ende gegangen war. Ich bin immer noch stinksauer, aber ich vermisse sie. Ich glaube nicht, dass wir eine Zukunft haben, und ich bin wütend, dass es so ist.

Ich bin sauer auf Willow und auf mich selbst, weil ich anscheinend nicht über meinen eigenen Schmerz hinwegsehen kann. In meinem Kopf sind die Dinge schwarz und weiß. Ich habe ihr einen Antrag gemacht und ihr meine Liebe gestanden. Sie hat mich abblitzen lassen, was bedeutet, dass sie mich offensichtlich nicht liebt.

Ich sollte loslassen und weitermachen, und doch suhle ich mich wie ein verdammter Verlierer in Selbstmitleid.

Ich habe keine Ahnung, was Willow denkt. Sie hat sich am Tag nach unserer Trennung bemüht, ein Gespräch anzufangen, aber ich war nicht bereit. Ich wollte nicht mit ihr reden oder mir noch einmal anhören, dass sie hoffentlich eines Tages an den Punkt kommen kann, an dem ich bin. Ich meine, wie verdammt beleidigend ist das … Dass sie sich möglicherweise mit viel harter Arbeit und vielleicht auch ein bisschen Glück in mich verlieben könnte?

Ich brauche diesen Scheiß nicht.

Mrs. Osborne erzählte mir, dass Willow bei dem Haus vorbeikam, das ich kurzerhand zum Verkauf angeboten habe. Nach dem Cup-Finale werde ich nach Los Angeles zurückkehren, und ich werde mich erst wieder in Phoenix blicken lassen, wenn die nächste Saison beginnt. Dann würde ich zu einigen Spielen fliegen und in einem Hotel übernachten.

Ich habe auch gehört, dass Willow zur Loge des Besitzers gegangen ist.

Sie hat mich wiederholt angerufen und SMS geschrieben, aber ehrlich gesagt, habe ich die Sprachnachrichten gelöscht, ohne sie mir anzuhören, und ihre Texte kaum angeschaut. Es war immer das Gleiche. Sie wollte reden, damit wir versuchen könnten, wieder auf den richtigen Weg zu kommen.

Ich wollte einfach ohne sie weitermachen.

Doch dann herrschte Funkstille. Keine Kommunikation mehr. Nachdem wir das erste Spiel gewonnen hatten, versuchte sie nicht, mich anzurufen oder mir eine SMS zu schicken, abgesehen von einer einfachen Glückwunsch-SMS, in der nichts weiter stand als *„Toller Sieg"*.

Natürlich habe ich nicht geantwortet.

Am nächsten Tag hörte ich nichts mehr von ihr, und auch nicht am Tag danach, also dem von Spiel zwei. Als ich zurück in meiner Loge war, erwartete ich fast, dass Willow wieder auftauchen würde. Zu diesem Zeitpunkt war ich besser darauf vorbereitet, ihr gegenüberzutreten, und wollte ihr einfach sagen, dass ich gern etwas Freiraum hätte. Vielleicht würde ich ihr sogar vorschlagen, mir bis nach den Play-offs Zeit zu geben, damit ich mich weiter auf mein Team konzentrieren kann. Ich weiß nicht einmal, was ich mir erhofft habe, aber ehrlich gesagt … war ich etwas enttäuscht, als sie nicht auftauchte.

Ich konnte nichts tun, als dies als Zeichen dafür zu werten, dass alles so lief, wie es sollte.

Und ich hasste das Gefühl, das ich dabei hatte.

Jetzt habe ich Zweifel.

Hätte ich mit Willow reden sollen? Hätte ich ihr vielleicht eine Chance geben sollen, das zu verarbeiten, was ich von ihr verlangt habe? Ich weiß, dass ich sie überrumpelt habe, und ich weiß, dass sie Ängste hat. Hätte ich sie besser unterstützen sollen, anstatt mir Sorgen darüber zu machen, wie es auf mich wirkt?

Das sind alles Fragen, auf die ich keine Antworten habe, und ich fürchte, wenn ich die wirklichen Antworten wüsste, würde ich mich noch beschissener fühlen, als ich es ohnehin schon tue.

Also mache ich weiter.

Ich zwinge mich, mich auf die Play-offs zu konzentrieren, und warte darauf, dass meine Mannschaft im Hotel ankommt, damit ich sie als Erster frisch aus dem Bus begrüßen kann.

Mein Handy klingelt und schreckt mich auf. Ich ziehe es aus der Innentasche meines Jacketts und bin überrascht, den Namen von Gray Brannon zu sehen.

Ich antworte der General Managerin der gegnerischen Mannschaft im Cup-Finale so informell, wie man nur kann. „Rufen Sie an, um uns den Sieg zu überlassen?"

Gray lacht, ein heiseres, rauchiges Geräusch der Belustigung. „Sie sind niedlich, Dominik. Und obwohl ich Ihnen zu den Spielen eins und zwei gratuliere, verspreche ich Ihnen hier und jetzt, dass wir die nächsten beiden gewinnen werden."

Ich mache mir nicht die Mühe, zu scherzen, da ich weiß, dass das eine sehr reale Möglichkeit ist.

Aber ich lache als Antwort, denn ich mag es, dass wir jetzt diese Kameradschaft haben. „Und was verschafft mir das Vergnügen dieses Anrufs?"

„Nun, zum einen", sagt sie mit geschäftsmäßiger Effizienz, „wollte ich Sie offiziell in Raleigh willkommen heißen und fragen, ob Sie etwas brauchen."

Höfliche Formalitäten werden ständig zwischen Geschäftsinhabern und der oberen Führungsebene ausgetauscht. Das ist Teil des Berufs.

„Alles gut", sage ich, als ich den Bus vor dem Hotel halten sehe. Ich erhebe mich von dem Stuhl, auf dem ich gesessen habe, und gehe zu den Türen. „Aber ich weiß es zu schätzen."

„Außerdem möchte ich Sie und alle Gäste Ihrer Wahl einladen, mit mir, meinem Vater und einigen Familienmitgliedern der Cold Fury in der Besitzerloge Platz zu nehmen."

Das überrascht mich jetzt. Es wird immer eine Loge für die Besitzer und das Management von Gastmannschaften zur Verfügung gestellt, aber nie angeboten, die Loge der Heimmannschaft zu teilen. Grays Vater ist zufällig auch der Besitzer der Cold Fury.

Sie fährt fort, zu erklären. „Ich finde es wirklich toll, wie wir einen Deal ausgearbeitet haben, um Rafe Simmons mit seinem Vater zu helfen. Das ist ein großartiges Beispiel dafür, dass wir Gegner sein können und trotzdem unsere Menschlichkeit feiern, indem wir zusammenarbeiten. Ich dachte, es wäre cool, wenn einige der Familien der gegnerischen Teams heute Abend Zeit miteinander verbringen könnten. Ja, ich weiß, das ist ein Wettbewerb und es könnte hitzig werden, aber mir gefällt auch die Vorstellung, dass wir zusammen sind, selbst wenn wir gegeneinander kämpfen."

Einen Moment lang weiß ich nicht, was ich sagen soll. Ich erreiche den Eingang, zögere aber, bevor ich hinausgehe. Durch die Glasscheibe beobachte ich, wie sich die Türen des Busses öffnen und die Spieler beginnen, auszusteigen. Ich möchte sie begrüßen, also muss ich mich beeilen.

„Gray … Ich finde, das ist eine phänomenale Idee. Ich sage zu und werde einige Familienmitglieder einladen, von denen ich weiß, dass sie für das morgige Spiel anreisen werden. Ich rufe wieder an."

„Klingt gut. Wir sprechen uns bald." Und damit legt sie auf, denn sie hat wichtige Dinge zu tun, wie zum Beispiel ein professionelles Eishockeyteam zu leiten.

Ich schiebe die Türen auf und erwische die ersten Spieler, die aus dem Bus steigen. Ich schüttele jedem Spieler die Hand, wenn er aussteigt, und spreche ihm aufmunternde Worte zu, die individuell auf ihn zugeschnitten sind.

Als Bishop an der Reihe ist, sage ich: „Da ist der Anführer meines Teams. Ein Hoch auf König Bishop."

Er lacht, nimmt meine Hand und drückt sie kräftig.

Ich beuge mich näher zu ihm. „Hör zu ... Kannst du die Jungs holen und auf mich warten? Ich muss etwas mit euch besprechen."

Es bedarf keiner Erklärung, auf wen ich mich beziehe, wenn ich „die Jungs" sage. Er weiß, dass ich die First Line meine ... die Gruppe von Männern, mit denen ich mich in den letzten Wochen angefreundet habe.

„Klar doch, Boss", scherzt er, bevor er zur Seite geht.

Ich fahre fort, alle Spieler zu begrüßen, ebenso die Trainer und Betreuer. Es gibt zwei Busse, die mit unserem Team vom Flughafen gekommen sind, und ich stelle sicher, dass ich mich mit jedem ein paar Minuten unterhalten kann, bevor sie zum Einchecken ins Hotel gehen.

Als ich endlich in der Lage bin, meine First Line zu suchen, finde ich sie versammelt in einer Ecke der Lobby. Sie surfen alle auf ihren Handys, einige mit Ohrstöpseln.

Sobald ich mich zu ihnen setze, legen sie ihre Telefone weg und schenken mir ihre ungeteilte Aufmerksamkeit.

„Also, ich habe einen Anruf von Gray Brannon bekommen, kurz bevor ihr aufgetaucht seid", erzähle ich ihnen.

Bishop, Erik, Dax, Tacker, Wylde und Legend mustern mich neugierig.

„Sie öffnet ihre Loge für Familienmitglieder beider Teams, um den Spirit zu ehren, der uns zusammengeführt hat, damit Rafe nach Raleigh zurückkehren kann. Sie hat mich gebeten, einige Familienmitglieder unseres Teams mitzubringen. Ich wollte es zuerst euren Familien anbieten."

Legend ergreift als Erster das Wort. „Ich weiß, dass Pepper, Brooke, Blue und Nora vorhatten, morgen während des Spiels zusammenzusitzen. Ich bin mir sicher, dass ihnen das gefallen würde. Wir können sie ja mal anrufen."

Es ist mir nicht entgangen, dass Willows Name nicht in dieser Gruppe von Frauen enthalten war, und ich weiß nicht, was das bedeutet. Aber Regans Name ist auch nicht gefallen, daher ist es mehr als wahrscheinlich, dass sie mit der Familie zusammensitzen werden.

Also wende ich mich an Dax. „Was ist mit deiner Familie? Ich weiß, dass deine Eltern vorhatten, zu allen Finalspielen zu kommen."

Seit Willow und ich Schluss gemacht haben, habe ich Dax weder gesehen noch gesprochen. Ich habe keine Ahnung, ob er es überhaupt weiß oder nicht, weil ich keine Ahnung habe, ob sie es jemandem erzählt hat.

Der Blick, den er mir zuwirft, ist ausdruckslos, und ich kann ihn nicht durchschauen. „Ich werde meine Eltern anrufen, wenn sie landen. Sie fliegen heute ein. Ich bin sicher, das würde ihnen gefallen. Und Regan auch."

Ich zögere, weiß nicht, ob ich die offensichtliche Art und Weise, in der Willow nicht erwähnt wird, infrage stellen soll, aber andererseits hat er seine Schwester Meredith ebenfalls nicht genannt.

Ich beschließe, dass mich das nichts angeht. Wenn sie kämen, hätte er sie schon erwähnt. Also nicke ich ihm kurz zu und wende mich dann an den Rest der Jungs. „Jemand soll mir einfach eine endgültige Liste mit den Teilnehmern schicken."

„Klar", antwortet Bishop, und die Männer gehen.

Ich mache mich auf den Weg zu den Aufzügen und will in mein Zimmer und etwas arbeiten. Aber dann entscheide ich mich genauso schnell, dass ich die Sache mit Willow nicht auf sich beruhen lassen kann.

„Dax", rufe ich, während ich mich zu ihm drehe. „Hast du einen Moment Zeit?"

Der Blick, den er mir zuwirft, verheißt nichts Gutes. Es ist derselbe, den er mir immer geschenkt hat, wenn ich ihn um Informationen über seine Schwester gebeten habe. Er drückt eindeutig aus, dass er nicht damit belästigt werden will.

Davon habe ich mich noch nie abschrecken lassen.

Dax nähert sich und ich frage unverblümt: „Kommt Willow nicht zum Spiel?"

Er schüttelt den Kopf. „Berufliche Verpflichtungen."

Das überrascht mich. Ich hätte nie gedacht, dass

sie die Spiele ihres Bruders verpassen würde, wenn die Vengeance so weit gekommen sind. „Sie hat einen Job angenommen?"

„Ja." Sein Gesicht ist steinern und er ist eindeutig nicht auf ein längeres Gespräch aus.

„Warum?", frage ich, obwohl ich denke, dass ich die Antwort kenne.

Und das lässt die Emotionen in seinen Augen aufflackern. Er beugt sich vor und knurrt: „Was glaubst du, warum sie einen Job angenommen hat?"

Seine Botschaft ist laut und deutlich. Der Vorwurf lautet, dass ich sie davon abgehalten habe, ihrem Bruder dabei zuzusehen, wie er möglicherweise seinen ersten Stanley Cup gewinnt.

„Wo ist sie hin?"

„Was kümmert dich das?", erwidert er. „Du hast dir offensichtlich nicht die Zeit genommen, diesen Scheiß mit ihr durchzusprechen. Von jetzt an hast du kein Recht mehr, auch nur das Geringste über sie zu erfahren."

„Wo?", knurre ich. Denn ich habe den leisen Verdacht, dass es irgendwo sein wird, wo es mir nicht gefällt.

„Syrien", knirscht Dax. „Du hast sie verdammt noch mal an einen der gefährlichsten Orte auf dieser Erde getrieben. *Du* hast das getan … und alles nur, weil du keine fünf Minuten Zeit hattest, um mit ihr zu reden."

Verflucht noch mal.

Er hat verdammt recht. Ich habe keine Ahnung,

ob wir in der Lage gewesen wären, die Dinge zu klären. Aber ich zweifle nicht eine Sekunde daran, dass das Ignorieren ihrer Versuche, mit mir zu kommunizieren, der Grund dafür ist, dass sie gegangen ist. Das ist typisch Willow: Sie ist entschlossen, ihr Leben so zu führen, wie sie es für richtig hält, und ich kenne sie gut genug, um zu wissen, dass sie damit allen beweisen will, dass sie mich nicht braucht und weiterziehen will. Die Tatsache, dass sie den Job in Syrien angenommen hat, bedeutet nicht unbedingt, dass sie es getan hat, um mich zu ärgern. Ich glaube nicht, dass sie der Typ ist, der so etwas tun würde, um sich an mir persönlich zu rächen. Aber ich weiß verdammt gut, dass sie sich von einem besonders beängstigenden Ziel nicht abschrecken lassen würde, also hat sie sich davon auch nicht abhalten lassen.

In diesem Moment schiebt sich Tacker irgendwie zwischen Dax und mich. Er muss uns beobachtet haben, und obwohl wir nicht so laut waren, dass er etwas hören konnte, ist Dax' Körpersprache bedrohlich genug.

„Gibt es hier ein Problem?", fragt er freundlich, aber sein Gesichtsausdruck verrät, dass er bereit ist, handgreiflich zu werden, wenn es sein muss.

Ich mache einen Schritt zurück, nur aus Rücksicht auf Dax, der zu Recht sauer ist. „Hier ist alles in Ordnung."

„Ist es nicht", knurrt Dax. „Wenn ihr etwas zustößt, mache ich dich dafür verantwortlich."

Er dreht sich weg und verlässt die Lobby, vermutlich, um sich abzukühlen.

„Geht es dir gut?", fragt Tacker, dessen Tonfall nun voller Sorge ist. Es ist offensichtlich, dass er das Gefühl hat, mir etwas zu schulden, weil ich ihm über die Monate hinweg geholfen und ihn unterstützt habe, während er seinen eigenen Weg gefunden hat. Aber er schuldet mir gar nichts. Ich bin froh, es getan zu haben.

„Alles okay", antworte ich mit einem Lächeln, von dem ich weiß, dass es meine Augen nicht ganz erreicht. Ich klopfe ihm auf den Oberarm. „Trotzdem danke."

Ich mache mich auf den Weg zum Aufzug und überlege wieder einmal, dass ich eine Menge Arbeit vor mir habe, die erledigt werden muss.

Aber jetzt kann ich nur noch an Willow in Syrien denken, wo sie Gott weiß was für einen Auftrag hat, und ich habe ein schlechtes Gewissen, weil ich sie dorthin gescheucht habe.

KAPITEL 27

Willow

Wenn ich es bereue, diesen Auftrag angenommen zu haben, dann in diesem Moment.

„Willow, Mark, John … Ich kann nicht genug betonen, wie wichtig es für euch ist, hierzubleiben, egal wie neugierig ihr werdet", sagt Malik Fournier, während er seine Sachen packt. „Wir können es uns nicht erlauben, uns Sorgen um eure Sicherheit zu machen."

„Verstanden", erwidere ich.

Wir haben in den letzten zwei Tagen dieses zivile Team von angeheuerten Soldaten begleitet, die zu einem in den USA ansässigen Unternehmen namens Jameson Force Security gehören. Sie arbeiten zusammen mit einer kleinen Gruppe von Soldaten der Special Forces aus dem Vereinigten Königreich und Australien an der Rettung einiger Flüchtlingshelfer, die letzte Woche als Geiseln genommen wurden.

Dies war nicht mein ursprünglicher Auftrag, als ich in Syrien ankam. Ich bin eigentlich von der *Washington Post* angeheuert worden, um mit Reportern zusammenzuarbeiten, die einen Sonderbericht über eine Sicherheitzone für Flüchtlinge an der Grenze zwischen Syrien und der Türkei machen sollten. Blutige langjährige Kriege, die Millionen von Zivilisten in die Flucht trieben, sollten nie vergessen werden, und das Bewusstsein für solche Notlagen ist immer einen Nachrichtenartikel wert.

Das Risiko war stets vorhanden, aber es war so gering, wie es unter diesen Umständen nur möglich war. Wir befanden uns in einer recht stabilen Region. Ich weiß, dass das meine Eltern und Dax wahrscheinlich nicht besonders beruhigt hat, als ich ihnen sagte, dass ich weggehen würde, doch sie haben sich nicht allzu sehr dagegen gewehrt.

Meine Eltern verstanden den wahren Grund nicht, warum ich wegging, nämlich, dass ich so viel Abstand wie möglich zwischen mich und Dominik bringen musste. Mein Herz war zu sehr in Fetzen gerissen, um in seiner Nähe weiterzumachen. Die Art und Weise, wie er mich nicht sehen, nicht mit mir reden oder auch nur eine der vielen SMS, die ich ihm geschickt hatte, mit Aufmerksamkeit bedenken wollte, ist zu vernichtend gewesen. Es ist klar, dass es mit uns vorbei ist, und das hier ist mein verzweifelter Versuch, mein Leben fortzuführen.

Ich habe mich mit Dax am Tag nach ihrem Sieg über die Cold Fury an den Küchentisch gesetzt und von Angesicht zu Angesicht darüber gesprochen. Ich hatte Schuldgefühle, weil ich gehen würde, obwohl die Vengeance kurz davor war, ihren Traum von der Meisterschaft zu verwirklichen. Nach demselben Spiel, bei dem Dominik nicht einmal in die Besitzerloge kam, um mir aus dem Weg zu gehen, habe ich Dax mitgeteilt, dass ich am nächsten Tag nach Syrien abreisen würde.

Er schimpfte gut fünf Minuten lang über die Gefahren und wie sehr das die Familie beunruhige. Ich konterte damit, dass ich mein Leben so leben muss, dass es mir berufliche Erfüllung bringt.

Die gleichen Argumente, die wir schon vorher hatten.

Aber dann sagte ich es ihm direkt. „Ich kann nicht hierbleiben.“

Mein Bruder ist nicht dumm. Er wusste genau, was ich damit meinte, aber er stellte sich trotzdem unwissend. „Warum nicht?“

Und zum ersten Mal, seit Dominik mir das Herz gebrochen hat, fing ich an zu weinen. Ich legte den Kopf auf meine Unterarme und schluchzte.

Ich hörte das Scharren seines Stuhls, und dann lagen seine Arme um mich. Ich weinte lange an seiner Brust, murmelte und flennte von verlorener Liebe und verpassten Chancen und davon, dass Dominik ein schrecklicher Mensch war, weil er mich ignorierte.

Ich redete mir alles von der Seele, und er hat nicht ein einziges Mal versucht, mich zu überzeugen, dass es dumm sei, wegen eines gebrochenen Herzens den ganzen Weg nach Syrien zu laufen.

Schließlich sah ich auf und wischte mir die restlichen Tränen von den Wangen. „Dax … Ich fühle mich schrecklich, wenn ich gehe, während du in den Play-offs bist, aber dieser Job … Ich liebe ihn. Er wird mich von Dominik ablenken und ich werde mich besser fühlen. Im Moment geht es mir so schlecht, dass ich das wirklich brauche. Wenn du mir sagst, dass meine Abwesenheit auf der Zuschauertribüne dir persönlich schaden wird, bleibe ich. Aber wenn du auch nur im Geringsten verstehen kannst, was los ist, hoffe ich, dass du mir sagst, dass es okay ist, zu gehen."

Er fluchte leise vor sich hin, doch dann umarmte er mich fest. „Es ist in Ordnung, wenn du gehst. Nur versprich mir bitte, dass du auf dich aufpasst."

Ich versprach es.

Er ließ mich gehen.

Und jetzt habe ich mich selbst in große Gefahr gebracht.

John, der Reporter, mit dem ich zusammen unterwegs war, hatte von der Entführung der Geiseln und dem Rettungsteam erfahren, das zur Befreiung eintreffen sollte. Er hat seine Beziehungen spielen lassen und im Gegenzug Gefallen angeboten, und dann durften wir mit ihnen reisen, während sie Aufklärung betrieben und Informationen sammelten. Mark ist unser privater Sicherheitsmann, der von der *Washington Post* angeheuert wurde, um uns die ganze Zeit zu begleiten.

Und nun sind sie bereit, die Geiseln, allesamt australische Staatsbürger, zu befreien. Jameson wurde als zusätzliche Kraft für die Special Forces Teams hinzugezogen.

In den letzten Tagen hatte ich die Jameson-Crew kennen und schätzen gelernt. Jimmy Tate ist lässig und hat eine schwangere Frau zu Hause. Tank

Richardson und Sal Mezzina sind ruppig, aber auf humorvolle Art und Weise. Und Malik Fournier … Nun, ich habe viel mit ihm gemeinsam. Seine Brüder, Max und Lucas Fournier, spielen Eishockey bei den Carolina Cold Fury, die derzeit gegen das Team meines Bruders um den Cup kämpfen. Glücklicherweise ist eine von Maliks Kolleginnen eine geniale Technikerin namens Bebe. Sie konnte uns Zugang zu den Radioübertragungen der Spiele verschaffen, die wir uns dann zusammen angehört haben. Im Moment steht es drei zu zwei für die Arizona Vengeance, und Malik und ich haben eine Wette über zwanzig Dollar darauf abgeschlossen, wer den Cup gewinnt. Es ist eine lustige Rivalität, die uns von der ihm bevorstehenden Gefahr ablenkt.

Was mich betrifft, so sollte ich noch relativ sicher sein. Es ist uns nicht erlaubt, mit ihnen vorzurücken. Stattdessen wurde uns befohlen, im Basislager zu bleiben.

Leider wird Spiel sechs bald beginnen. Es geht auf Mitternacht zu, und wegen der Zeitverschiebung, weil das Spiel in Raleigh stattfindet, beginnt es in zwei Stunden. Maliks Team wird bald ausrücken, und wir wurden angewiesen, uns absolut ruhig zu verhalten, wenn wir zurückbleiben.

Deshalb kann ich mir das Spiel nicht anhören – nicht hier in der Stille der Nacht. Sofern alles nach Plan läuft, werden sie lange vor Tagesanbruch mit den Geiseln zurück sein, und John und ich werden die Story unseres Lebens haben.

Die Stimmung im Lager ist angespannt, während die Jameson-Jungs ihre Ausrüstung zusammenpacken. Sie tragen Wüstentarnkleidung, ihre Splitterschutzwesten sind mit Granaten ausgestattet und ihre Sturmgewehre sind gesichert und geladen.

Ich nutze die Gelegenheit, um sie bei der Arbeit zu fotografieren und die grimmige Entschlossenheit in ihren Gesichtern einzufangen.

Malik schenkt mir ein schiefes Grinsen. „Willst du mich berühmt machen, Monahan?"

Hier draußen nennt mich niemand Willow.

„Wenn das veröffentlicht wird, stehen die Damen meilenweit Schlange", versichere ich ihm lachend.

Für einen kurzen Moment erhalte ich ein spontanes und echtes Lächeln der Belustigung, bevor er sich wieder seinen Sachen widmet.

„Und wenn du wieder hier bist, bin ich bereit, die zwanzig Dollar von dir zu kassieren, denn die Cold Fury werden heute Abend untergehen."

„In deinen Träumen, Schwester", antwortet er leise lachend.

Zu diesem Zeitpunkt ist es mir egal, wer heute Abend gewinnt. Ich hoffe nur, dass die Jungs heil zurückkommen.

Da merke ich, dass ich seit fast zwanzig Minuten nicht mehr an Dominik gedacht habe. Ich war so damit beschäftigt, in letzter Sekunde Anweisungen zu erhalten, was zu tun ist, wenn sie das Camp verlassen, und alle möglichen Szenarien im Kopf durchzugehen, dass ich glücklicherweise eine Pause von meinem ständigen Herumschmachten hatte.

Wenn ich geglaubt habe, dass die Distanz zu Dominik und die bevorstehende Gefahr ihn aus meinem Gedächtnis verdrängen würden, habe ich mich getäuscht, denn selbst jetzt frage ich mich, was er tut. Ich bin mir sicher, er ist aufgeregt, dass er in wenigen Stunden der Besitzer einer Meistermannschaft sein könnte. Wahrscheinlich ist er schon in der Arena, vielleicht hält er sogar eine letzte Ansprache an das Team.

Ganz gleich, wie die Dinge verlaufen – hier in Syrien oder drüben in Raleigh –, ich weiß nur, dass ich ihn schrecklich vermisse und den Herzschmerz, den er mir zugefügt hat, noch lange nicht überwunden habe. Ich frage mich, ob er jemals verschwinden wird.

***

Ich schaue auf meine Uhr. Sie sind seit fast fünfundvierzig Minuten weg und ich bin unruhig. Ich weiß, dass es Stunden dauern kann, bis sie zurückkommen, und ich weiß auch, dass sie vielleicht nie mehr zurückkommen.

Ihren Informationen zufolge werden die Geiseln in einem verlassenen Gehöft festgehalten, das etwa einen „klick" entfernt ist – in für Zivilisten verständlichen Worten: etwa einen Kilometer. Es ist eine Neumondnacht, die dunkelste Zeit des Monats, und sie wurde eigens dafür ausgewählt, dass sie ihren Zug machen können. John, Mark und ich sitzen vor unserem Zelt und tragen nur unsere Jacken, um die leichte Kälte der Nacht abzuwehren. Wir haben alle unsere elektronischen Geräte ausgeschaltet und sind leise, sodass wir von den lauteren Geräuschen der Nacht verborgen werden. Wir haben unsere Gespräche auf ein Minimum beschränkt und murmeln nur besonders leise, wenn wir uns verständigen müssen.

Nach meinen Berechnungen befinden sich die Vengeance tief im ersten Drittel des sechsten Spiels. Also mixe ich meine Gebete für die Sicherheit der Männer, die gerade unschuldige Geiseln retten, mit der Bitte an Gott, die Vengeance heute Abend gewinnen zu lassen. Ich versuche, die Gedanken an Dominik aus meinem Kopf zu verdrängen, indem ich mich auf Dax konzentriere und mir vorstelle, wie sein Gesicht aussehen würde, wenn er über das Eis läuft und den Pokal hochreckt.

Scheiße, ich habe einen Fehler gemacht, hierherzukommen. Ich sollte für meinen Bruder da sein, obwohl er mir seinen Segen zum Weglaufen gegeben hat.

Ein Knall ertönt in der Nacht, ein einzelner Schuss, der mich bis ins Mark erschüttert. Ich kann zwar Johns und Marks Gesichtsausdruck nicht sehen, aber spüren, wie sich ihre Körper anspannen.

Und dann … bricht die Hölle los. Es folgt schnelles Geschützfeuer, kurze Salven von zehn bis fünfzehn Schuss. Ich kann nicht sagen, aus welcher Richtung es kommt oder wie weit es entfernt ist.

Dann ist da eine Explosion.

Eine Granate.

Ich weiß nur zu gut, wie sich das anhört.

„Wir müssen los", flüstert Mark barsch, springt auf und hält sich dabei geduckt. Er hat ein Sturmgewehr auf den Rücken geschnallt und eine Pistole an der Hüfte. Wir tragen alle Splitterschutzwesten und Helme, aber John und ich sind nicht bewaffnet. Ich besitze allerdings ein persönliches Satellitentelefon. Sobald wir uns irgendwo versteckt haben, können wir hoffentlich Hilfe rufen.

John und ich springen auf und folgen Mark im Laufschritt, während wir uns weiter ducken, um weniger als Zielscheibe zu dienen.

Dies ist nicht unerwartet.

Die Jameson-Jungs haben uns ausdrücklich gesagt, dass wir das Lager sofort verlassen und uns in den Hügeln verstecken sollen, wenn wir Schüsse hören. Falls sie in Schwierigkeiten gerieten, würde unser Standort irgendwann aufgesucht und wir würden gefunden werden.

Mein Herz klopft, während wir rennen. Ich stolpere über eine Pflanze, spüre, wie sich Steine in meine Knie graben, doch ich stehe wieder auf, noch bevor John mir helfen kann. Das andauernde Geschützfeuer erklingt nicht weiter entfernt, allerdings auch nicht näher. Ich kann nicht sagen, ob wir vor größerer Gefahr fliehen oder direkt darauf zu laufen, aber ich muss Mark vertrauen. Er ist ein ehemaliger Army Ranger, und er ist gut in seinem Job.

Ich schnappe nach Luft und verspüre einen schmerzhaften Stich in der Seite, als Mark John und mich schließlich in ein dorniges Unterholz schiebt. Ich ignoriere das Piksen in meiner Haut durch die Kleidung, während ich hinter ihm her krieche. Er befiehlt uns, so weit wie möglich hineinzugehen, dann stellt er sich in der Nähe des Randes auf und setzt ein Nachtsichtgerät auf, das an der Oberseite seines Helms befestigt ist.

Ich versuche, meine Atmung unter Kontrolle zu halten, weil ich Angst habe, dass meine harten Atemzüge uns verraten könnten.

Die Schießerei geht weiter und es gibt zwei weitere Explosionen.

John murmelt: „Es wird alles gut. Es wird alles gut werden."

Er betet es immer wieder vor sich hin und klingt dabei überhaupt nicht selbstbewusst.

Und in diesem Moment wird mir etwas so Bedeutungsvolles klar, dass ich vor Erleuchtung weinen möchte. Ich könnte hier sterben, zusammengekauert unter diesem Busch mitten in Syrien, und Dominik wird die wichtigste Wahrheit von allen nie erfahren. Bei all meinen Entschuldigungen, Erklärungsversuchen und meinem verzweifelten Flehen, dass wir es schaffen könnten, habe ich ihm nicht ein einziges Mal das gesagt, was er wahrscheinlich hören musste. Weil ich zu viel Angst hatte, es zu sagen.

Aber im Moment habe ich mehr Angst davor, zu sterben, ohne dass Dominik jemals erfährt, was ich für ihn empfinde.

Ich greife nach dem Satellitentelefon, das an meinem Gürtel hängt, beuge mich darüber und schalte es ein. Der LED-Bildschirm leuchtet und John flüstert: „Mach das Scheißding aus.“

Ich knurre zurück. „Ich muss einen Anruf tätigen.“

„Du bringst uns noch um“, knurrt er.

Ich ignoriere ihn, gehe in die Knie, öffne meine Jacke und kauere weiter vor dem Telefon, um das Licht zu dämpfen, das es ausstrahlt. Zittrig berühre ich die Taste für eine der vier Nummern, die ich vor meiner Abreise einprogrammiert habe.

Dominiks.

Ich hatte die feste Absicht, ihn anzurufen, aber mit jedem Tag, der verging, ohne dass er sich meldete, wurde ich unsicherer.

Das Telefon beginnt zu klingeln.

Ich stelle ihn mir in der Besucherloge in der Arena der Cold Fury vor. Er bewahrt sein Handy in der Innentasche seiner Jacke auf. Er würde es herausziehen und sehen, dass ich anrufe, da meine Nummer auftauchen müsste, denn es ist mit meinem Handykonto verbunden. Wird er sich fragen, warum ich ihn in den frühen Morgenstunden aus Syrien anrufe?

Wird er sich Sorgen machen?

Bitte, bitte geh ran, Dominik.

Doch nach viermaligem Klingeln meldet sich seine Mailbox und ein leises Stöhnen der Enttäuschung entkommt mir.

Weitere Schüsse und eine zusätzliche Explosion, die noch näher klingt.

Es dauert ewig, bis Dominiks Ansage abgespielt ist, obwohl es eine kurze, einfache Nachricht ist. John knurrt, ich solle wieder auflegen, aber ich ignoriere ihn. Mark bleibt mit seinem in die Dunkelheit gerichteten Gewehr in Position.

Endlich ertönt der Ton, der anzeigt, dass es Zeit ist, draufzusprechen. „Dominik … Ich bin's, und ich wünschte wirklich, du hättest abgenommen."

Noch mehr Schüsse … Diesmal ist es nur ein Magazin.

Vielleicht, um das Leben eines Menschen zu beenden?

Mein Ton wird dringlicher. „Ähm … Hör mal, ich sitze hier irgendwie in der Klemme." Wieder fallen Schüsse, deutlich näher. Ich senke die Stimme. „Ich muss mich kurzfassen, aber ähm … Ich habe Angst. Ich habe im Moment wirklich große Angst, und ich weiß nicht, was passieren wird. Aber ich habe vor allem Angst, dass ich sterbe, ohne dass du weißt, was ich für dich empfinde. Ich wollte dir nur sagen … dass ich dich liebe. Ich hätte Ja sagen sollen, als du mich gefragt hast, ob ich dich heiraten will. Ich bereue es zutiefst, und du sollst wissen, dass du mein Ein und Alles bist."

Es gibt einen weiteren Schusswechsel, und jetzt hören wir Männer schreien.

„Leg das verdammte Telefon weg", befiehlt John und der Schrecken in seiner Stimme durchbricht den Nebel in meinen Gedanken.

Ich halte das Telefon fest in der Hand. „Ich muss gehen, Dominik. Ich liebe dich."

Ich lege auf, stecke das Gerät mit dem Bildschirm voran in den Dreck, um das Licht zu dämpfen, und lasse mich dann neben John auf den Boden fallen.

Ich fühle mich seltsam befriedigt, dass ich den Anruf erledigt habe. Dominik musste wissen, dass ich keine Angst habe vor ihm oder dem, was er repräsentiert. Im Gegenteil, er ist mein Ein und Alles.

Und jetzt muss ich abwarten, was passiert.

KAPITEL 28

Dominik

Jetzt wird mir klar, dass ich es nie wirklich zu schätzen wusste, so unverschämt wohlhabend zu sein. So oft habe ich mein Geld für selbstverständlich gehalten, mir aber gleichzeitig häufig Vorwürfe gemacht, weil ich mir die teuersten Spielsachen gekauft habe.

Doch ich war noch nie so dankbar dafür wie jetzt. Nur wenige Privatjets schaffen den mehr als zehnstündigen Flug von Raleigh, North Carolina, nach Istanbul, Türkei, aber zufälligerweise besitze ich einen, der das kann.

Meine Gulfstream G650ER war innerhalb einer Stunde nach dem Anruf von Willow aufgetankt und abflugbereit.

Mir dreht sich der Magen um, wenn ich nur daran denke, zu welchem Zeitpunkt ich erst beschlossen habe, die Mailbox abzuhören. Ich hatte ihren Anruf während des Spiels gesehen und sogar darüber nachgedacht, ihn anzunehmen, aber ich war immer noch entschlossen, sie zu bestrafen. Ich habe so getan, als ob ich sie nicht bräuchte. Wenn ich so unwichtig war, dass sie zu einem gefährlichen Einsatz nach Syrien reiste, dann musste sie damit leben, auf die gleiche Weise behandelt zu werden.

Es war der zweitschlimmste Fehler meines Lebens. Der schlimmste war, sie überhaupt gehen zu lassen.

Es war ein rundum beschissener Abend. Die Vengeance verloren das sechste Spiel gegen die Cold Fury, sodass es zu einem letzten Showdown in Phoenix kommen wird. Ich machte mir nicht die Mühe, die Voicemail abzuhören, bis das Spiel zu Ende war. Alle hatten die Loge des Besitzers des Gastteams verlassen und ich war schon auf dem Weg nach draußen, als ich es nicht mehr aushielt. Ich musste einfach hören, was sie zu sagen hatte, nachdem sie sechs Tage lang geschwiegen hatte, seit sie nach Syrien abgereist war.

Ich musste mich fast übergeben, als ich ihre Stimme hörte.

Den Terror darin.

Die Schüsse im Hintergrund.

Wie sie flüsterte, damit ihre Stimme nicht weit trug.

Ein Mann knurrte sie an, sie solle auflegen.

Und dann die Worte, von denen ich dachte, sie würden mich zum glücklichsten Mann der Welt machen: *Ich liebe dich.*

Ich konnte sie nicht einmal zu schätzen wissen, denn als die Nachricht zu Ende war, konnte ich nur daran denken, dass die Frau, die ich liebte, tot sein könnte, während ich ihren Worten lauschte.

Aber Geld ist Macht … und Macht bedeutet Verbindungen. Ich fuhr mit einem Uber zum Flughafen, und Mrs. Osborne machte ihre Arbeit. Noch bevor ich in mein Flugzeug stieg, hatte ich einen US-Senator in der Leitung und versuchte, herauszufinden, wo zum Teufel Willow war.

Wir befanden uns irgendwo über dem Atlantischen Ozean, als ich endlich Einzelheiten der Vorkommnisse erfuhr. Sie war mit einigen Truppen unterwegs, die einen Geiselbefreiungsversuch unternahmen. Es war nicht ihr ursprünglicher Auftrag, doch sie hat ihn angenommen, als er verfügbar wurde. Ich wollte sie für diese Entscheidung hassen, aber ich schwor mir, dass ich ihr alles verzeihen würde, wenn sie noch am Leben wäre.

Wir waren eine Stunde vor der Landung in Istanbul, als ich erfuhr, dass Willow wohlauf war. Das war ein gottgegebenes Wunder, wenn man bedenkt, dass einige der Menschen, mit denen sie unterwegs war, getötet worden waren. Ich wusste nicht, ob ich sie umarmen oder schütteln sollte, wenn ich sie sah. Doch Istanbul war nicht mein Endziel. Wie es schien, waren Willow und ein Teil der Gruppe, zu der sie gehörte, gerettet und zu einem Luftwaffenstützpunkt in die Türkei gebracht worden, wo sie derzeit von US-Beamten befragt wurde. Berichten zufolge war sie in guter Verfassung, aber definitiv aufgewühlt.

Ja … Ich würde ihr alles verzeihen.

Mein Flugzeug landete in Istanbul. Das Auftanken dauerte etwa dreißig Minuten, ohne weitere Verzögerungen, da mein Freund, der Senator, mir bereits eine Landeerlaubnis für den Luftwaffenstützpunkt erteilt hatte.

Ich befinde mich jetzt in einem Militärjeep, der mich zu einem Gebäude auf dem großen Gelände chauffiert, das sich die amerikanischen und türkischen Luftstreitkräfte teilen. Als ich einen Korridor entlang zu einer geschlossenen Tür am Ende geführt werde, weiß ich, dass Willow auf der anderen Seite ist.

Ich kann sie spüren.

Der Angestellte der US Air Force öffnet mir die Tür und ich trete hindurch. Willow steht mit dem Rücken zu mir an einem Fenster. Sie dreht sich um und ihre Augen weiten sich ungläubig, als sie mich sieht. Mein Blick streift an ihr herunter. Sie trägt ein weißes Tanktop und kakifarbene Shorts, dazu einen Verband um das Knie, aber sonst wirkt sie gesund und unversehrt.

Ich halte inne, als ich dieses verdammt schöne Gesicht sehe, und wir starren uns einige lange Augenblicke an.

Und dann fliegt sie auf mich zu, mit verwundetem Knie und allem Drum und Dran, und endlich liegt sie in meinen Armen, und ich schwöre, dass ich sie nie wieder loslassen werde.

„Was machst du hier?", fragt sie mit gedämpfter Stimme, da ich sie vom Boden hochgehoben habe und ihr Gesicht an meinem Hals vergraben ist.

Meine Hand wandert zu ihrem Hinterkopf. „Du hast doch nicht ernsthaft geglaubt, dass ich dich nach der Mailboxnachricht, die du hinterlassen hast, nicht abholen würde, oder? Ernsthaft, Willow … Ich kann mir bessere Möglichkeiten vorstellen, meine Aufmerksamkeit zu bekommen."

Sie stößt ein ersticktes Lachen aus und drückt sich

näher an mich.

Ich greife mit den Fingern in ihr Haar und ziehe ihren Kopf zurück, damit ich ihr Gesicht sehen kann. „Du liebst mich also, was?"

„Gott … absolut", sagt sie mit einem Stöhnen und presst ihren Mund auf meinen.

Es ist ein Kuss, der für lange Tage der Zurückhaltung und des Verlusts steht und unser beider Seelen reinigt. Er ist zärtlich und sanft, und dann ist er beendet, ihr Gesicht wieder in meiner Halsbeuge vergraben.

„Ich hatte solche Angst, Dominik", flüstert sie gegen meine Haut. „Ich hatte solche Angst – nicht, dass ich sterben würde, aber dass ich sterben würde, ohne dass du weißt, was ich fühle."

„Es ist okay", beruhige ich sie.

Sie lehnt sich leicht zurück und schüttelt den Kopf. „Nein, es ist nicht okay. Jimmy und Sal sind da draußen gestorben. Malik wird vermisst und …"

Ich drücke meine Finger auf ihren Mund. „Ich möchte, dass du mir alles darüber erzählst. Aber zuerst möchte ich, dass du von hier wegkommst. Ich habe einen Arzt auf Abruf, der dich untersucht, und dann fliegen wir nach Paris, damit du ein paar Tage Urlaub machen kannst …"

„Nein", kreischt sie praktisch, ihre Augen werden unglaublich groß und füllen sich mit Angst. „Mir ist gerade klar geworden … Du *bist wirklich hier*."

„Natürlich bin ich hier."

„Nein, nein, nein. Dominik … Spiel sieben wird

in weniger als achtzehn Stunden beginnen. Was zur Hölle machst du denn hier?"

Und dann dämmert es mir. Ich habe nicht ein einziges Mal an die Vengeance gedacht, seit ich losgeflogen bin, und jetzt dreht Willow deswegen durch?

„Entspann dich", versuche ich, sie zu beruhigen.

„Nein, nein, nein", wiederholt sie verzweifelt. „Du musst in ein Flugzeug steigen und zurück. Vielleicht kannst du es schaffen, bevor …"

„Willow, hör einfach auf", befehle ich streng, während ich sie auf den Boden stelle. Ich lege meine Hände fest auf ihre Schultern und vergewissere mich, dass sie mich anschaut. „Das Spiel bedeutet nichts. Du bist das Einzige, was zählt."

Ihre Augen werden feucht und ihre Stimme wird leiser. „Aber … Dominik, es ist dein Traum."

„Du bist mein Traum", stelle ich klar. „Und es ist egal, ob ich dabei bin oder nicht. Die Vengeance werden gewinnen."

Sie blinzelt nur. „Ich kann wirklich nicht glauben, dass du die Play-offs für mich verlassen hast."

„Ich würde alles für dich tun, Willow. Ich liebe dich."

„Es tut mir so leid, dass ich dir die Worte nicht früher sagen konnte. Ich war so sehr mit meiner Angst vor der Ehe beschäftigt, dass ich nicht einmal darüber nachgedacht habe, was ich für dich empfinde. Hätte ich das getan – mir nur einen Moment Zeit genommen –, wäre das alles nicht passiert. Ich liebe dich so sehr, Dominik."

Das verdient einen weiteren Kuss, also gebe ich ihn ihr, in der Hoffnung, ihr zu vermitteln, dass zwischen uns wirklich alles gut werden wird.

Ich ziehe mich von ihren weichen Lippen zurück. „Schluss mit dem Gerede. Lass uns wieder in mein Flugzeug steigen und nach Paris fliegen. Oder London. Oder sogar nach Amsterdam. Wo auch immer du in Europa hinwillst, wir können in vier bis fünf Stunden dort sein. Wir lassen dich etwas ausruhen, bevor wir in die Staaten zurückfliegen.“

„Ich wünschte, wir könnten direkt nach Phoenix, damit wir das Spiel sehen können“, murmelt sie niedergeschlagen. „Ich fühle mich schrecklich, weil ich gegangen bin.“

„Wir würden es nie rechtzeitig zurückschaffen“, erwidere ich und nehme ihre Hand. Ich hebe sie zu meinem Mund und presse meine Lippen darauf. „Aber ich verspreche dir, dass wir es im Fernsehen anschauen, während wir nackt im Bett liegen. Klingt das okay?“

Sie lächelt, wenn auch ein bisschen traurig, weil es schade ist, nicht persönlich beim Spiel dabei zu sein.

Trotzdem ist es mir lieber, dass Willow sicher, gesund und tatsächlich zurück in meinem Leben ist. Ich bin im Moment der absolute Gewinner.

***

Wir sind nicht nackt. Stattdessen sitzen wir am Ende des Bettes und lehnen uns in Richtung des

Flachbildfernsehers.

Es war vergleichbar mit der Leichtigkeit, mit der man mit einer Tankfüllung Ozeane überqueren kann, wenn man im Besitz eines Privatjets ist. Genauso einfach war es, sich eine Luxussuite mit Zugang zu einer Liveübertragung des letzten Meisterschaftsspiels zu sichern.

Als Willow und ich in Paris ankamen, duschten wir, beide reisemüde, und schliefen ein paar Stunden. Ich weckte sie mit meinem Mund auf und wir liebten uns zweimal.

Wir bestellten beim Zimmerservice und aßen wie ausgehungerte Tiere.

Wir fickten unter der Dusche und zogen uns dann die vom Hotel zur Verfügung gestellten Bademäntel an.

Und jetzt schreien wir schon seit drei Stunden den Fernseher an, während die Zeit bis zum Sieg heruntertickt. Die Vengeance führen 4:2, es ist noch weniger als eine Minute zu spielen und gerade läuft Werbung.

Willow hüpft vom Ende des Bettes hoch und krabbelt rittlings auf meinen Schoß. Auf ihrem Gesicht leuchten Aufregung und pure Freude. „Ich kann es nicht glauben, Dominik. Du bist dabei, die Meisterschaft zu gewinnen. Das brandneue Babyteam der Liga schlägt wahre Giganten, und das alles nur, weil du einen tollen Kader zusammengestellt hast."

„Es ist unwirklich", gebe ich zu. „Ich meine ... Als ich das Team gekauft habe, war es nur eine

Investition, aber es ist zu viel mehr geworden."

„Es ist eine Familie geworden", sagt sie. Und, ja, genau das ist es. „Ich fühle mich immer noch schlecht, weil wir nicht da sind."

„Jeder versteht es", verspreche ich ihr.

Willow hat ihre Eltern und Dax aus dem Flugzeug angerufen, als wir Richtung Paris flogen. Sie erzählte ihnen etwas beschönigt, was passiert war und dass wir auf dem Weg nach Frankreich waren. Sie waren so froh, dass sie in Sicherheit war und nach Hause zurückkehrte, dass es niemanden im Geringsten störte – vor allem nicht Dax –, dass sie nicht da war.

Was mein Team betrifft, so bin ich davon überzeugt, dass sie es verstehen werden. Ich weiß sogar, dass es so ist. Dax hat noch ein paar Worte privat mit mir gewechselt, um mir dafür zu danken, dass ich seiner Schwester nachgejagt bin. Seine Abschiedsworte waren: „Ich werde immer hinter dir stehen, Bruder."

Ich glaube, alle meine Spieler würden das so sehen.

Also ja … Es ist okay, dass wir hier sind. Willow sitzt auf meinem Schoß, und mein Team war dabei, in seinem ersten Jahr den Cup zu gewinnen.

Eigentlich ist es mehr als okay, dass Willow jetzt auf meinem Schoß sitzt.

Ich höre vage, dass der Ansager im Fernsehen wieder erklingt. Aber Willow ist geschmeidig und warm, und ich weiß, dass die Vengeance auf keinen Fall weniger als eine Minute vor Schluss eine

Zwei-Tore-Führung aufgeben werden.

„Dominik?", flüstert Willow mir ins Ohr.

„Ja?" Ich lege meine Hände auf ihre Hüften und presse unsere Körper aneinander.

„Ich liebe dich. Das weißt du doch, oder?"

„Ja."

„Ist dein Flugzeug vollgetankt?"

„Das sollte es sein", entgegne ich. Wir hatten noch keinen festen Plan, wann wir abreisen wollten.

„Lass uns morgen nach Vegas fliegen."

Mir klappt die Kinnlade herab und ich starre in ihr Gesicht. Klare Augen erwidern den Blick voller Hingabe. „Vegas?"

Und dann fällt es mir ein.

Vegas.

Das Land der schnellen Hochzeiten.

„Bist du sicher?", frage ich, während ich die Arme fest um sie schließe.

„Ich war mir noch nie in meinem Leben einer Sache so sicher", antwortet sie. Aus dem Fernseher höre ich vage den Buzzer, der das Ende des Spiels ankündigt.

Die Arizona Vengeance sind die Champions.

Und es sieht so aus, als würde ich bald heiraten.

Das Leben könnte nicht perfekter sein.

WAS IST AUS MALIK GEWORDEN?

Wer wissen möchte, was aus Malik geworden ist, der findet es ganz einfach im fünften Teil der Jameson Force Security Group-Reihe von Sawyer Bennetts heraus.

Für einen ersten Vorgeschmack findet ihr hier direkt den Klappentext von „Codename: Ghost" und auf den folgenden Seiten, einen Ausschnitt aus dem Roman.

KLAPPENTEXT „CODENAME: GHOST"

Ich war mir über die Risiken meiner Arbeit bewusst, als ich den Job bei der Jameson Force Security Group annahm. Ich dachte, dass meine Zeit als Marine mich auf die Gefahr vorbereiten würde, der ich mich zu stellen hatte. Aber kein Training hätte mich jemals auf die Hilflosigkeit vorbereiten können, meine Teamkollegen sterben zu sehen, den qualvollen mentalen und physischen Schmerz der Folter oder die Verzweiflung während der Gefangenschaft.

Als ich nach einer fehlgeschlagenen Mission nach Pittsburgh zurückkehre, bin ich voller Schuldgefühle und werde von Albträumen heimgesucht. Ich verbringe meine Tage damit, den Teil von mir wiederzufinden, den ich in der Wüste verloren habe. Der Teil, der mich zu dem Malik Fournier gemacht hat, der ich einmal war.

Während die körperlichen Auswirkungen der Folter nachlassen, erweisen sich die emotionalen als viel hartnäckiger. Trost finde ich ausgerechnet bei der Person, bei der ich niemals Mitgefühl suchen sollte, denn Anna Tate hat durch diese Mission noch mehr verloren als ich. Nun ist Anna Witwe und alleinerziehende Mutter einer Tochter, die sie kurz nach dem Tod ihres Mannes zur Welt gebracht hat.

Sie bietet mir Trost, den ich nicht verdiene. Während meine Gefühle für Anna wachsen, mache ich mir Sorgen, dass sie mich verlässt, sobald sie die Wahrheit über das, was wirklich passiert ist, erfährt. Ich ziehe Anna genauso fest an mich heran, wie ich sie von mir wegschiebe. Die Hoffnung auf diese verbotene Liebe wird mich vor dem Geist retten, zu dem ich geworden bin.

LESEPROBE „CODENAME: GHOST"

Kapitel 1

Malik

Ich ziehe die Decke fester um mich und versuche, ein Zittern zu unterdrücken. Am blauschwarzen Licht um mich erkenne ich, dass die Nacht gekommen ist, doch ich habe keine Ahnung, wie spät es ist. Ich habe vor langer Zeit aufgehört, auf die Tageszeiten zu achten.

Ich weiß nur, dass ich seit Monaten in dieser Holzhütte bin, deren Ritzen mit Lehm ausgestopft sind. So viel weiß ich genau, aber nicht, wie viele Hütten es gibt.

Die Hütte ist lediglich ein Bretterverschlag auf dem steinharten Wüstenboden. Dieser ist eine geologische Besonderheit, genannt Wüstenasphalt. Steine und Sand sind fast wie Asphalt verdichtet. Einer der Gründe, warum ich annehme, mich in der syrischen Wüste zu befinden, was jedoch nicht allzu viel aussagt, da über fünfzig Prozent dieses Landes aus Wüste bestehen.

Meinen Entführern genügt es nicht, mich in dieser Hütte gefangen zu halten. Irgendwann vor meiner Ankunft haben sie ein 3 x 3 Meter großes Loch in den Boden gegraben und einen Stab in der Mitte befestigt, an dem ich nun angekettet bin. Im Stehen reicht mein Kopf kaum bis an die Decke.

Selbst auf Zehenspitzen kann ich nicht mehr sehen als das Dach der Hütte. Es gibt keine Tür, nur ein Fenster ohne Scheiben oder Klappläden. Ich bin wie ein Hund angekettet. Ich frage mich oft, warum sie mich in ein Loch gesperrt haben, und die einzige Erklärung ist, dass es Teil der Folter ist. Ich muss sagen, dass es scheiße ist, weder den Himmel noch die Sonne zu sehen oder ihre Wärme zu spüren.

Die Nächte werden langsam recht kalt, weshalb ich annehme, dass in Syrien der Winter beginnt. Ich schätze, dass es nachts so um die 5 °C Grad wird. Die beiden kratzigen Wolldecken, die man mir gegeben hat, kommen dagegen nicht an. Ich kann nachts nicht schlafen, friere zu sehr und fühle mich elend, sodass ich mich mehr tagsüber ausruhe, wenn es wärmer ist.

Ich erhebe mich von meinem Lager, das nur aus den zusammengefalteten Wolldecken besteht und so weit wie möglich vom Nachttopf entfernt liegt. Nicht, dass das eine Rolle spielt. Meinen Geruchssinn habe ich schon lange verloren, was in diesem Fall ein Gottesgeschenk ist. Ich kann mir gar nicht vorstellen, wie ich stinken muss. Ich trage noch dieselben Klamotten, in denen ich gefangen genommen wurde, abgesehen von den Stiefeln, die sie mir weggenommen haben. Schwarze Arbeitshose, langärmeliges schwarzes Thermohemd und Baumwollsocken. Die sind steif und unbeweglich, durchtränkt von Schweiß, Blut und Urin, nach Monaten der Gefangenschaft.

Allerdings nicht von meinen Tränen.

Nicht ein Mal in meiner Gefangenschaft haben sie meine Tränen bekommen.

Steif bewege ich mich durch das Loch im Boden, halte die dicke Kette an meinem Knöchel fest, um nicht darüber zu stolpern. Ich gehe auf die Zehenspitzen und versuche, etwas zu sehen, doch es ist sinnlos. Es gab eine Zeit, da hätte ich mich mühelos aus diesem Loch stemmen können, aber jetzt fehlt mir die Kraft. Sie wurde aus mir herausgeprügelt und -gehungert. Außerdem ist da noch das Problem der Kette um meinen Knöchel.

Als ich geschnappt wurde, war ich nicht erleichtert, noch zu leben. Mir war klar, in den Händen des Feindes zu sein – höchstwahrscheinlich der ISIS –, was bedeutete, auf dem Weg in den Foltertod zu sein. Zusätzlich trauerte ich heftig um meine verlorenen Teamkameraden.

Schnell bin ich gefesselt worden, habe einen Sack über den Kopf gezogen bekommen und bin gefühlte Stunden von dem kurzen Feuergefecht weggefahren worden, in das wir geraten waren. Ich habe immer noch das qualvolle Stöhnen der Männer in den Ohren, die erschossen wurden.

Was als Nächstes kam, ist zu erwarten gewesen. Ich gehörte zur Special-Forces-Einheit der Marines, bevor ich der Privatarmee Jameson Force Security beitrat und das SERE-Training mitmachte.

Survival. Evasion. Resistance. Escape.

Überleben. Flucht. Widerstand. Ausbruch.

Ich bekam nicht die Gelegenheit, meine Überlebens- und Ausbruchsfähigkeiten zu testen. Sie warfen mich direkt in den Widerstandsteil, als sie mir den Sack vom Kopf nahmen und mit der Folter anfingen, damit ich drauflos plauderte.

Gern würde ich behaupten, ich hätte der Folter tagelang widerstanden, aber das wäre nicht die Wahrheit. Der menschliche Körper kann nur bis zu einer gewissen Grenze mithalten, doch im Grunde lag es daran, dass ich einfach nicht die Informationen hatte, die sie haben wollten. Ich gehöre ja nicht mehr dem aktiven Dienst an. Als sie begriffen, dass ich einer privaten Sicherheitseinheit angehöre und in die Hände des Feindes gefallen bin, änderte sich ihr Interesse an mir.

Bevor sie mich verlegten, sagten sie, dass ich wertvoll sein könnte, um beim Austausch von Spionen mit anderen Ländern benutzt zu werden. Oder sie könnten mich vielleicht brauchen, um eine gute alte Enthauptung ins Internet zu stellen, was sich dann viral verbreiten würde, wie die meisten solcher Videos.

Sie stülpten mir wieder einen Sack über, fuhren mich stundenlang durch die Gegend und warfen mich in dieses Loch, in dem ich seit weiß Gott wie lange hocke. Es ist schwer, den Zeitraum im Auge zu behalten, besonders in den letzten paar Wochen, seit ich immer schwächer werde. Ich schlafe viel. Und morgens und abends bin ich oft wie benebelt, und die Zeit verläuft zu gleichförmig, um sie zu begreifen.

Ob ich bei guter Gesundheit bin, ist denen nicht

wichtig. Ich bekomme zu essen, aber nicht regelmäßig. Meine Rippen stehen hervor und meine Knie sind knochig. Meistens bringen sie mir Reis, manchmal ein schales und trockenes Gebäck, das sie Ka'ak nennen. Ab und zu mal etwas Ziegenfleisch. Wasser bekomme ich genug, aber es schmeckt rostig. Ich muss mich dazu zwingen, es zu trinken. Mein Urin ist so braun wie das Wasser, was bestimmt bedeutet, dass ich langsam sterbe.

Diese Tatsache habe ich inzwischen akzeptiert.

Ich lasse mich auf meiner Decke nieder, lehne mich an die kalte, schmutzige Wand und wickele die andere Decke enger um mich. Mit geschlossenen Augen denke ich an meine Familie. Ich wette, dass meine Eltern und Geschwister jeden Winkel nach mir absuchen. Und mit Sicherheit nutzt mein Boss Kynan McGrath jeden seiner Regierungskontakte, um dasselbe zu tun. Ohne Zweifel hat mich noch niemand aufgegeben, so wie ich mich selbst. Sie werden nicht ruhen, bis sie Klarheit über meinen Verbleib haben. Das tut mir leid für sie, denn mich zu finden, gefangen in einem Loch mitten in der syrischen Wüste, ist, wie eine Stecknadel im Heuhaufen zu suchen.

Ich bin unauffindbar.

Ich höre Stimmen draußen, aber ich verstehe kein Arabisch. Schon gar nicht kann ich Dialekte unterscheiden. Ich kann nur sagen, dass ich immer zwei Bewacher habe, die sich alle paar Tage abwechseln. Einer ist normalerweise immer wach und der andere pennt auf dem Boden der Hütte. Manchmal höre ich ein Fahrzeug kommen und wieder fahren, wahrscheinlich, um die Wachen zu wechseln und Lebensmittel zu bringen.

Nie reden sie mit mir, und zwar nicht unbedingt, weil sie kein Englisch können, sondern weil ich ein Niemand für sie bin. Nur ein Gefangener, den sie in dem Loch lassen müssen. Sie empfinden mich nicht als Bedrohung, also ignorieren wir uns einfach gegenseitig. Ich glaube, sie müssen mich nur ansehen, um zu merken, dass ich vor langer Zeit schon sämtliche Fluchtpläne aufgegeben habe.

Schritte stapfen über den Wüstenasphalt. Jemand betritt die Hütte und das Gesicht eines Mannes erscheint über mir. Bill starrt mich an.

Nun ja, nicht wirklich. Ich kenne deren Namen nicht, aber da ich diese Männer täglich sehe, habe ich ihnen meine eigenen Namen gegeben.

Bill ist der netteste meiner Bewacher, doch das bedeutet nicht viel. Nur, dass er mir den Behälter mit meinem Essen nicht zuwirft, sondern sich an den Rand kniet und ihn mir reicht, damit nichts ausschwappt. Außerdem ist er der Einzige, der mich ab und zu aus dem Loch holt, aber ich glaube, nicht, weil er ein Herz hat. Er lässt mich nur raus, damit ich in die Wüste kacken oder pissen kann anstatt in den Eimer, den er am Ende auskippen muss.

Diesmal hat er kein Essen dabei, sondern winkt mir nur wortlos zu, ob ich raus will, um mich zu erleichtern.

Diese Chance lasse ich nie aus, ob ich rausmuss

oder nicht, also nicke ich schnell.

Bill ist ein starker Mann und weiß, dass ich es mit ihm nicht mehr aufnehmen kann. Er schwingt das Gewehr auf seinen Rücken und legt sich am Rand des Lochs auf den Bauch. Wenn er einen Befehl ruft, den ich nicht verstehe, weiß ich, dass ich meine Hände zusammenlegen soll, damit er sie mir fesseln kann. Ich trete unter ihn, halte die Hände hoch, falte die Finger zusammen, sodass er ein Seil um meine Handgelenke wickeln kann.

Wenn das getan ist, springt er in das Loch und öffnet die Klammer um meinen Knöchel, die an der dicken Kette hängt. Stumm faltet er die Hände zur Räuberleiter zusammen, und ich stelle – wie schon so oft – einen Fuß hinein, sodass er mich hochhieven kann. Er ist stark und kann mich direkt hinauskatapultieren. Meine Landung ist hart und presst mir die Luft aus den Lungen. Bill ist genauso fit wie groß und springt mühelos hinter mir aus dem Loch.

Grob packt er mich am Arm und zerrt mich auf die Beine. Er schubst mich grob und befördert mich aus dem Eingang in die Nachtluft. Es ist frostig, aber gleichzeitig erfrischend. Ich erlebe einen kurzen Moment der Klarheit und eine Welle der Kraft. Sollte ich ihn angreifen? Versuchen, ihm die Waffe abzuringen? Ich blicke zu seinem Partner, meinem anderen Wärter, den ich Mortimer genannt habe. Er sitzt neben einem kleinen Feuer und nagt an einem Knochen mit knorpeligem Fleisch. Wahrscheinlich Ziege. Ich würde töten für einen Bissen, doch ich weiß, dass ich keinen bekommen werde.

Unerwartet schubst mich Bill erneut. Ich stolpere vorwärts und falle auf ein Knie. Über die Schmach, mich nicht wehren zu können, bin ich lange hinaus. Es ist mir egal, dass ich nicht einmal die Kraft habe, stehen zu bleiben, wenn mich jemand stößt.

Bill brüllt etwas auf Arabisch und zerrt mich wieder auf die Füße. Mortimer antwortet etwas und die beiden lachen. Ich starre Bill an und frage mich, ob er eine Familie hat und warum er solche Dinge tut. Wird er gut dafür bezahlt? Glaubt er an die Ziele, die meine Entführer anstreben?

Wieder sagt er etwas zu mir, das ich in einer Million Jahre nicht verstehen werde. Genauso verstehe ich das zischende Geräusch nicht, das ich höre.

Plötzlich explodiert sein Kopf in einer Wolke aus Blut, Knochen und Hirn.

Mortimer flucht scharf. Zumindest glaube ich das, und dann höre ich noch ein zischendes Geräusch und sein Kopf explodiert ebenfalls.

Beide Männer fallen auf den Wüstenasphalt, Bill mir direkt vor die Füße. Erstarrt sehe ich zu, wie Blut aus dem herausläuft, was von seinem Kopf übrig ist, und wie die Pfütze auf meine dreckigen Socken zukommt. Sie glänzt im Mondlicht und sieht beinahe schön aus.

Und dann begreife ich.

Ich bin frei.

Ich sehe auf, blinzele in die Nacht, doch der Schein von Mortimers Lagerfeuer macht es unmöglich, viel zu sehen.

„Hände hoch", befiehlt eine amerikanische Stimme am Rand der Dunkelheit.

Ohne zu zögern, hebe ich die gefesselten Hände und sehe mich um.

Und dann treten Schatten aus der Schwärze. Meine Teamkameraden von Jameson. Tank und Merritt, mit einer Handvoll anderer Männer, alle in Tarnkleidung und bis an die Zähne mit Gewehren und Granaten bewaffnet.

Im Juni waren Tank und Merritt zusammen mit mir auf einer Mission, um Geiseln zu befreien, als wir in eine Falle gerieten. Bis jetzt hatte ich keine Ahnung, ob sie überlebt haben. Mir wird schwindelig, als mir bewusst wird, was ich hier sehe. Ich hatte sämtliche Hoffnungen aufgegeben, dass dies je geschehen wird.

Plötzlich steht mein Freund Cage Murdock vor mir und meine Beine geben nach. Er schlingt die Arme um mich und hält mich aufrecht. Tank und Merritt kommen näher, um mich genauer zu betrachten, während die anderen Männer die Überreste von Bill und Mortimer untersuchen.

„Ich habe dich, Kumpel", versichert mir Cage. „Keine weiteren Wächter, oder?"

Ich schüttele den Kopf. „Ich glaube nicht. Ich habe immer nur zwei gesehen."

Tank sieht sich um und nickt zu der Hütte, in der ich gefangen war. „Wir beobachten alles seit ein paar Tagen. Haben auch sonst niemanden gesehen, aber wir müssen sichergehen."

„Wir sind sicher", murmele ich, obwohl ich mir momentan über gar nichts sicher bin.

„Gut", antwortet Cage und lächelt, tätschelt nicht sehr hart meine Schulter. „Das bedeutet, wir können deinen Arsch nach Hause bringen. Ich wette, das gefällt dir, was?"

Ich knirsche mit den Zähnen und weiß, dass meine Antwort niemals gut genug wäre. Stattdessen gebe ich der Wüste, was ich monatelang zurückgehalten habe.

Ich lasse meinen Tränen freien Lauf.

AUTORIN

Seit ihrem Debütroman "Off Sides" im Januar 2013, hat Sawyer Bennett mehr als 30 Bücher von New Adult bis Erotic Romance veröffentlicht und es wiederholt auf die Bestsellerlisten der New York Times und USA Today geschafft.

Sawyer nutzt ihre Erfahrungen als ehemalige Strafverteidigerin in North Carolina, um mitreißende und sexy Geschichten zu schreiben.

Sie mag ihre Helden stark und mit Ecken und Kanten. Wenn sie nicht gerade die Figuren ihrer Romane zum Leben erweckt, ist Sawyer Chauffeurin, Stylistin, Köchin, Putzfrau und die persönliche Assistentin ihres lebhaften Kleinkindes sowie Vollzeitbetreuerin zweier niedlicher, aber ungezogener Hunde. Sie glaubt an das Gute im Menschen, und auch daran, dass ein schlechter Tag durch ein Workout oder ein Stück Kuchen – gerne auch durch beides – besser wird.